SEXTO COQUIN

SARWAH CREED

Traduction par
CHRISTELLE LIVOURY

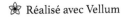 Réalisé avec Vellum

INTRODUCTION

Salut toi,

Merci d'avoir choisi mon livre. J'espère vraiment qu'il te plaira. J'adorerais avoir ton avis après ta lecture. Si tu veux me retrouver sur Facebook ou Instagram, c'est possible. J'aime beaucoup recevoir des nouvelles de mes lecteurs, il te suffit de cliquer sur ce lien :

https://linktr.ee/SarwahCreed

J'ai hâte que tu découvres mon livre.

Bien à toi,

Sarwah

À PROPOS DE SARWAH CREED

Sarwah Creed est l'auteure de la série The FlirtChat. Elle écrit des romances contemporaines et érotiques, avec un ou plusieurs hommes adorant la même femme. Ses héroïnes sont adulées, choyées et aimées.

Quand Sarwah n'écrit pas, elle court, lit et écoute de la musique.
Elle habite avec ses trois enfants à Madrid.

Pour suivre son actualité, plusieurs possibilités :
FB Group : https://www.facebook.com/groups/1213041075857885

Si tu as envie de lire ses livres en avant première et d'intégrer sa liste de chroniqueuses, inscris-toi à la newsletter en cochant Newsletter ET Service Presse
"Newsletter registration" : https://mailchi.mp/843e60806d3a/inscriptionnewletter

À PROPOS DE SEXTO COQUIN

Quatre frères veulent une femme pour passer du bon temps à Las Vegas. C'est l'occasion parfaite pour moi de perdre ma virginité.

Maintenant que ma dernière année d'études est presque terminée, je suis prête à me venger.

Trouver son téléphone à la bibliothèque était un coup de chance... ou peut-être que c'était le destin.

Les messages sexuels des quatre superbes frères de l'équipe de baseball sont obscènes.

Michael, le leader, parle de tout ce qu'il peut faire avec ses mains...

Daniel, le sensible, veut toucher chaque partie de mon corps avec sa langue...

Tristan promet de faire de même...

Adam ne cache pas ses pensées ni ses désirs et mes fenêtres se retrouvent embuées à chaque message coquin que je reçois.

Je dois croiser mes jambes pour soulager la tension qui se développe entre elles.

Et un plan commence à se former.

Ils veulent qu'elle aille à Las Vegas avec eux pour des moments sexy.

Mais c'est moi qui vais me pointer.

J'ai besoin d'expérimenter les choses qu'ils promettent dans ces textos.

Ils ne savent peut-être pas à qui ils parlent.

Mais ils sont sur le point de découvrir qui je suis et de m'aider à obtenir la parfaite vengeance.

Note de l'auteure :

Cette histoire est un harem inversé à part entière avec un mélange d'intimidation, de romance, d'humour et même de suspense. Certaines scènes impliquent des partenaires multiples, alors assurez-vous que non seulement votre Kindle est prêt, mais que vous avez aussi une serviette à portée de main pendant que vous lisez ce récit autonome de type « heureux pour toujours ».

1

En fait, il a l'air plutôt saugrenu.

C'est ce que j'étais en train de me dire alors que mes pieds foulaient la moquette utilitaire grise le long des rangées de livres de la bibliothèque. J'aurais dû m'en ficher. Après tout, il sortait avec Amanda, mon ennemie jurée, et pas avec moi. Je ne connaissais même pas son nom. Je n'étais pas intéressée, même s'il était grand et bâti comme un camion. Ses yeux étaient trop ronds, comme deux billes sans vie, et ils étaient trop rapprochés. En plus de cela, il avait toujours l'air d'avoir besoin d'un bon coup de rasage. Il n'était pas non plus du genre milliardaire sexy qui te fait mouiller ta culotte. Plutôt du genre ivrogne qui vient de sortir du lit et d'enfiler n'importe quels vêtements déjà portés qu'il a trouvés par terre.

Mais ça n'arrêterait pas Amanda une seule minute, même s'il portait les mêmes vêtements de sport que la veille. Elle avait élaboré un plan à l'époque de notre première année d'études. Une sorte de pari selon lequel elle pourrait baiser un mec dans chaque partie du campus. Mais Mlle Amanda ne se contente-rait pas de n'importe quel gars. À l'époque, elle était déterminée à être la chef des pom-pom girls de l'équipe de football de l'Université de Piedmont et maintenant qu'elle l'était, elle ne baisait que les meilleurs athlètes de tous types. Jusqu'à présent, elle s'était frayé un chemin à travers pas mal de bâtiments et pas mal de mecs. Mais ce n'était pas pour ça que je la détestais. Non, je la détestais parce que c'était une salope hors pair, et ce, depuis le début. Lors de nos premiers jours ici, elle m'avait prise en grippe parce que j'avais bêtement demandé à la première conquête faisant partie de son plan dans quel bâtiment se trouvait ma classe. J'avais raté l'orientation et le premier jour de cours à cause d'un très vilain rhume et je n'avais pas encore assimilé dans quels bâtiments se trouvaient mes cours. Ils se ressemblaient tous pour moi et je n'arrivais pas à les distinguer.

Je ne sais toujours pas trop pourquoi cela l'avait autant mise en colère contre moi. J'avais l'air d'une vraie merde ce jour-là. C'est aussi comme ça que je me sentais, mais elle avait quand même été énervée par mon intrusion. Elle était restée plantée là, accrochée au bras du type comme si sa vie en dépendait, et m'avait dévisagée. Je m'en fichais. J'avais demandé au mec avec une veste de foot de l'école s'il savait où se trouvait le bâtiment et j'en ai payé les conséquences depuis.

J'ai vite découvert que nous faisions toutes les deux une spécialisation en communication et que nous avions beaucoup de cours en commun. Elle m'avait fait un sourire malicieux plus tard ce jour-là lorsqu'elle était entrée dans la classe — où j'avais réussi à me rendre sans aide — et m'avait vue au dernier rang.

Quelques semaines plus tard, elle était venue me voir avec un grand sourire au visage. Je m'attendais à ce qu'elle me prenne la tête, mais elle me demanda simplement, ou plutôt exigea :

— Aide-moi avec les cours. Aide-moi à passer cette année. Ensuite, je t'aiderai.

Elle me lança un regard noir en prononçant la dernière phrase.

J'étais perplexe. M'aider avec quoi ?

— Tu veux un homme, n'est-ce pas ? Je pense que je peux... Elle fit une pause pour agiter ses mains alors que son visage se tordait de dégoût.

— ... faire quelque chose de toi.

Elle n'avait pas l'air convaincue. Je ne l'étais pas non plus.

— Bien, sois là demain à quatre heures et on se mettra au travail.

Je hochai la tête comme une gamine dans le bureau du proviseur. C'était fou, je venais d'entrer en fac, je n'avais pas d'amies ici et elle venait de m'offrir la chance d'être mon amie et de m'aider à trouver enfin un mec.

Je ne pouvais pas dire non.

Alors, comme une bonne enfant de chœur, je l'avais aidée. Tous les jours. Après les cours. Même si elle voulait parfois que je fasse ses devoirs. Je l'avais quand même aidée. Jusqu'à ce qu'elle échoue à son premier examen. *Évidemment, c'était de ma faute.* Peu importe le fait qu'elle n'avait clairement pas étudié. J'aurais dû être soulagée. Je faisais ses devoirs en plus des miens et je travaillais à la bibliothèque et ça commençait à m'épuiser. Non seulement parce que ça prenait énormément de temps, mais aussi parce que je l'aidais et qu'il était impensable qu'elle fasse quoi que ce soit pour moi.

Le plus fou, c'est que j'avais l'impression d'appartenir à quelque chose rien que par le fait de traîner avec elle. Même si nous ne traînions pas officiellement ensemble. Je ne me sentais plus comme une étrangère sur le campus. *La fille invisible.* Amanda n'était pas contente, encore une fois, et pour une raison quelconque, son petit jeu avait officiellement commencé.

Au cours des quatre dernières années, elle s'était moquée de moi, avait lancé des rumeurs à mon sujet et avait fait de moi la vedette de son blog. Elle avait légèrement changé mon nom et lorsqu'elle utilisait des photos de moi, elle floutait heureusement mon visage, mais tout le monde sur le campus savait que « *Nikki ne peut pas se faire baiser* » était un blog entièrement consacré à moi.

J'avais l'impression que ma virginité était là pour permettre à tout le monde de se moquer de moi.

C'était en partie à cause d'Amanda. Je reformule. Mon absence totale de vie sexuelle était entièrement à cause d'elle. Elle avait fait de moi une laissée pour compte et en avait aussi profité. Son blog était monétisé et tous les meilleurs sites adoraient la payer pour y mettre leurs publicités. Ça me donnait envie de hurler.

J'étais là grâce à une bourse d'études, une bourse difficile à garder et pour laquelle je bossais comme une folle. Je travaillais à la bibliothèque de l'école pour aider à payer ma chambre et ma pension et je passais le reste de mon temps à étudier. Ce qui était une autre raison pour laquelle je n'avais pas de vie sexuelle. Je n'avais pas le temps d'écrire des blogs ou de harceler d'autres étudiants. J'étais trop occupée à gagner de l'argent pour payer mes études.

Le père d'Amanda avait beaucoup d'argent. Des tonnes d'argent. Du genre « mon père possède quatre centrales électriques et l'équipe de football de l'État ». Mon père à moi n'avait pas un sou.

Le fait que je me démenais alors qu'Amanda n'avait qu'à ouvrir une page Internet pour gagner de l'argent me semblait totalement injuste. Je me débattais entre l'envie de crier et l'envie de pleurer.

Au lieu de cela, je poussai le chariot jusqu'à une rangée de livres qui était exempte d'Amanda et je remis un livre sur l'étagère. Même si j'étais maintenant à quatre rangées d'elle, je pouvais encore entendre ce qu'ils faisaient. Heureusement, c'était un jour calme et il n'y avait personne d'autre dans la bibliothèque. Je l'aurais bien dénoncée, mais la bibliothécaire en chef se contentait généralement de lever simplement les yeux au ciel face aux frasques des étudiants.

— Je suis ici depuis vingt-six ans, Nicolette, et chaque année, il y a au moins un couple qui essaie. On ferme les yeux si ce n'est pas trop flagrant et si la bibliothèque est pratiquement vide. Sinon, on gère la situation. Mais si c'est fait discrètement, mon meilleur conseil est de simplement l'ignorer, ma chérie.

Mme Lawson m'avait dit ça la première fois que j'étais tombée sur cette situation. Cela ne faisait qu'une semaine que je travaillais à la bibliothèque lorsque j'avais aperçu un couple dans un coin sombre en train de se tripoter alors que le garçon soulevait la fille contre le mur pour... eh bien, je ne sais pas parce que j'avais détourné le regard. J'étais ensuite allée voir Mme Lawson pour savoir ce que nous étions censées faire dans ce genre de situation.

Son explication avait été simple.

J'avais froncé les sourcils face à sa réponse, mais elle avait probablement raison. Pourquoi ruiner la carrière d'un étudiant pour quelque chose d'aussi stupide ? Sauf quand il s'agissait d'Amanda. Je voulais me venger. Pas seulement pour la torture de ces dernières années, mais pour la façon merdique dont elle avait intensifié cette torture récemment. Comme si les rumeurs et les commentaires désobligeants ne lui suffisaient pas, ou ce blog stupide que je n'arrivais pas à faire retirer, même si je l'avais signalé à l'école et à l'hébergeur. Elle avait essayé de m'entuber à nouveau, cette fois avec une touche plus personnelle.

Je me tenais silencieusement dans la bibliothèque qui sentait le moisi et je me mis à repenser à cette dernière bataille qui avait démarré il y avait plusieurs mois de ça.

Elle avait échoué à nouveau et était venue me voir avec ses grands yeux gris et des larmes coulant sur son visage.

— J'ai besoin d'aide pour mon projet final sur les campagnes de relations publiques. C'est toi qui as eu les meilleures notes au cours de communication, et je ne veux pas échouer. Je ne vais pas y arriver si tu ne m'aides pas. Je te promets que je ferai tout ce que tu veux. Je fermerai même le blog si jamais tu m'aides.

J'avais voulu refuser d'emblée, mais une idée m'avait alors traversé l'esprit. Elle pourrait m'aider et je l'aiderais. En quelque sorte.

— Très bien. Tu m'aides à perdre ma virginité et je te donnerai des cours particuliers. Mais tu dois être sympa avec moi et m'aider. Est-ce que tu comprends vraiment ce que ça implique ?

Putain, c'était de la folie de lui donner une autre chance. Mais elle avait l'air désespérée et à partir de la deuxième année, ma solitude commençait à me peser. L'idée que j'avais passé presque deux ans ici et que je ne m'étais toujours pas fait de vrais amis était quelque chose que je ne pouvais tout simplement plus supporter.

Elle m'avait observée et je savais ce qu'elle voyait. Une fille de taille moyenne, avec des cheveux châtain clair et des yeux bleus. Je portais des vêtements provenant d'une friperie, je laissais mes cheveux raides sécher de façon naturelle et je ne me maquillais pas. Enfin, pas autant qu'Amanda. Un peu de mascara, un peu d'ombre à paupières et du eye-liner étaient à peu près l'étendue de mes habitudes en matière de maquillage.

Mon corps n'était pas trop mal, je suppose. Je trouvais mon torse un peu trop long, mais je portais un soutien-gorge bonnet C, et tout le temps que je passais à marcher me permettait de rester mince. Peut-être un peu trop mince, diraient certains. J'étais équipée de longues jambes que je cachais dans des jeans baggy, et de pieds qui, selon ma famille, semblaient trop petits pour me soutenir. Je n'allais pas gagner un concours de beauté, mais je ne serais pas éliminée au premier tour. Avec un peu d'aide, bien sûr. Grave erreur.

Amanda avait réussi son projet d'étude, mais elle ne m'avait pas aidée à résoudre mon problème de virginité pour autant. Non, elle avait enregistré notre conversation et avait fait savoir à tout le monde que j'étais vierge. C'était une certitude, venant de source sûre ! Comme elle l'avait poliment écrit sur son blog.

Un livre se referma soudainement devant mon visage avec un bruit semblable à celui d'un coup de feu.

— Tu rêves de baiser Seamus, n'est-ce pas, Nikki ? Je veux dire, Nicolette.

Amanda se tenait juste en face de moi avec le sourire cliché de la garce méprisante aux lèvres. Son visage était un masque de dérision pendant qu'elle me scrutait. Elle faisait toujours ça chaque fois qu'elle me voyait. Le truc, c'est que ce regard ne me faisait plus vraiment me sentir petite.

— Pas du tout, Amanda. Je me demandais juste quelle MST tu avais pu attraper cette fois-ci. J'ai entendu dire que tu en avais déjà eu plusieurs.

Je poussai le chariot hors du chemin pendant qu'elle feignait une ignorance horrifiée qu'il y ait une quelconque MST qu'elle aurait pu attraper. Je n'étais plus la fille timide de première année de fac. Elle ne pouvait plus me parler comme si j'étais indigne d'elle.

Elle avait cessé de faire semblant d'être offensée il y a long-temps, car elle savait qu'elle n'avait pas vraiment d'arguments à faire valoir dans ce domaine. Elle voulait cependant garder secret le cas de chlamydia qu'elle avait attrapée. Dommage que tout le monde sur le campus l'ait su dès sa sortie de la clinique.

— Eh bien, dit Amanda en attrapant la main de Seamus, au moins je peux me faire baiser. Tu sais quoi ? La prochaine fois, tu pourras regarder, Nicolette. C'est le plus proche que tu ne pourras jamais être d'une bite.

Je roulai des yeux alors qu'elle s'en alla d'un air exaspéré.

7

Elle entraîna avec elle un Seamus à l'air plutôt hébété. Il ne semblait même pas se rendre compte que je venais de l'insulter autant qu'elle. Je secouai la tête avec incrédulité, mais je savais que ce gars était là pour faire rentrer l'argent des fans de sport, pas pour recevoir une éducation.

Elle se dirigea vers la porte, son majeur levé en l'air. C'était une vraie *salope*.

J'aurais aimé qu'il y ait un moyen de lui faire ressentir, ne serait-ce qu'un instant, ce qu'elle me faisait ressentir. Je doutais qu'une fille comme elle puisse un jour connaître ce genre de gêne, de honte ou toute autre émotion qu'elle m'avait fait subir. Je n'avais aucune idée de comment l'arrêter. Elle était populaire, son père était important, et elle était magnifique.

J'étais simple, pauvre, et je n'avais aucune sorte d'influence. Sur qui que ce soit.

Enfin, peut-être sur ma meilleure amie, pensai-je en terminant mon travail et en retournant au dortoir. Elle m'écoutait, elle avait essayé de m'aider avec Amanda et cet horrible blog qu'elle avait écrit, mais Brooklyn ne possédait pas plus de pouvoir que moi.

Pour l'instant, tout ce que je pouvais faire était de ne pas mordre à l'hameçon et d'espérer que je pourrais surmonter les quelques semaines restantes de mon dernier trimestre. C'est tout ce que j'avais à faire. Enfin, ça et perdre ma virginité.

Ça avait été une quête permanente depuis le jour où j'avais mis les pieds sur le campus. Je n'ai jamais eu de petit ami, ni de relation amoureuse d'aucune sorte. J'avais toujours été trop occupée. Maintenant, je voulais être sûre de me débarrasser de ce petit signe de soi-disant pureté. Je ne voulais plus être pure. Je voulais être adulte, expérimentée et compétente. C'étaient mes deux objectifs et une personne comme Amanda n'était pas vraiment importante à long terme. C'est ce que je me disais tous les jours maintenant, à condition que ma tête et mon cœur m'écoutent.

2

Je n'ai jamais compris pourquoi tu voulais qu'elle te fasse un relooking et te trouve un homme de toute façon, dit ma meilleure amie, Brooklyn, visiblement exaspérée par moi lorsque je lui racontai ce qui s'était passé à la bibliothèque. Cette fille n'est qu'une petite salope méchante qui vit les meilleures années de sa vie en ce moment. Dans quelques années, elle se mariera avec un connard, fera quelques bébés et aura un problème d'alcool alors que son mari rentrera à la maison de plus en plus tard.

Elle était assise avec moi sur les marches de notre immeuble, habillée d'un jean bleu foncé, d'un pull à col roulé blanc qui lui arrivait à mi-cuisses et de bottes noires. Ses cheveux couleur sable étaient coiffés en tresses soignées qui descendaient dans son dos et elle ne portait presque pas de maquillage, à part du rouge à lèvres marron qui rendait tout son visage plus beau d'une manière ou d'une autre. Je la regardai et souhaitai être aussi belle sans maquillage. Je ressemblais juste à ce sale filet d'eau qui reste dans l'évier après avoir fait la vaisselle quand j'essayais de sortir sans le strict minimum.

— Je voulais avoir une chance de perdre ma tu-sais-quoi, marmonnai-je entre mes dents alors que son petit ami, Stuart, arriva pour la saluer avec un câlin.

Je n'avais pas vraiment envie de parler de l'arrangement que j'avais conclu avec Amanda il y a plusieurs mois, lors du dernier semestre. Cela avait eu un effet boomerang et était revenu pour me mordre le cul de plus d'une façon.

— Eh bien, ta tu-sais-quoi ne va pas se décomposer, grogna Brooklyn en se pinçant les lèvres et en se levant pour serrer Stuart dans ses bras. Pas tout de suite, en tout cas. Donne-toi quelques années et ça pourrait arriver, mais pas maintenant.

Brooklyn était en passe de devenir infirmière diplômée et avait suivi toutes sortes de cours de médecine. Je voulais en savoir plus sur cette notion selon laquelle dans quelques années ma tu-sais-quoi pourrait se décomposer, mais je me ravisai.

Elle était l'une des rares personnes à avoir lu le blog d'Amanda et à être venue me demander si j'allais bien. Juste comme ça. Depuis, nous étions les meilleures amies du monde et elle avait été si gentille avec moi. Parfois, un peu trop gentille.

— D'un autre côté, la tu-sais-quoi de Mlle Baise-Tout pourrait se décomposer beaucoup plus vite que prévu. Toute cette baise dans les bibliothèques et les labos de sciences. Cette fille est dégoûtante.

Brooklyn leva ses yeux brun foncé au ciel et se rassit.

— Il y a plein de mecs sur ce campus et tu as encore le temps, Nic. Ne rentre pas dans son jeu comme ça.

— Des mecs comme qui ? demandai-je à savoir. Et si tu me dis encore une fois Trent Waters, je te renie en tant que meilleure amie.

Trent était... comment dire gentiment... un intello. Le genre d'intello qui a un protège-poche, une chemise blanche boutonnée, porte des mocassins et a les cheveux gominés. Il avait même les lunettes à verres épais avec des bords noirs pour le prouver. Un ringard pur et dur et fier de l'être. Il mesurait aussi 1,95 m et était super maigre. Il était donc grand et c'était à peu près tout.

Le pauvre gars n'était *pas* mon type, sérieusement. Bien qu'à ce stade, je n'avais pas de type. Pas vraiment. Peut-on avoir un type quand on est encore vierge ?

Mon assurance nouvellement trouvée s'envola avec le genre de vitesse que je n'avais vue que chez un élève sur le point de redoubler et en retard pour un test alors qu'il se précipite vers son bâtiment. Je la sentis me quitter alors que mon corps s'enfonça dans les escaliers, que mes épaules s'affaissèrent et que ma tête pencha sur le côté.

— Putain, je suis un cas pathétique.

— Tu ferais mieux d'arrêter ça tout de suite ! chuchota Brooklyn en contournant la tête de Stuart, qui était maintenant blotti dans son cou alors qu'il essayait de la peloter sur les marches.

Brooklyn était ma colocataire, pas seulement ma meilleure amie. Nous nous étions rencontrées en deuxième année de fac et nous étions rapidement devenues amies. Elle avait été mon roc pendant tout cela et était probablement la raison pour laquelle j'avais développé un besoin de vengeance qui n'était pas tout à fait du niveau de *Carrie*, mais qui atteignait quelque part le point de l'humiliation totale sans le feu, la mort et le chaos.

— Je ne peux pas m'en empêcher ! me plaignis-je en mettant mes mains sur ma tête comme pour me cacher du monde. Elle me manipule et elle le sait !

— C'est parce que tu la laisses faire ! répliqua Brooklyn. Ignore cette salope, Nic, et va te trouver un foutu mec !

— Où, Brooklyn ? Ce n'est pas comme si on avait toutes un homme qui nous tombe dessus au premier semestre de cours !

Je dévisageai son petit ami, un gars plutôt mignon, quoique poétique, avec des cheveux blonds assez longs et toujours hirsutes devant ses yeux noisette. Il était... à faire pâlir d'envie, dans le genre romantique. Je pouvais tout à fait l'imaginer porter des vêtements de la fin du vingtième siècle avec une de ces cravates en dentelle à son cou.

Mais c'était le mec de Brooklyn, alors pour moi, il était plus comme un frère qu'autre chose. Un frère agaçant, qui plus est.

— Putain, Stuart, tu peux sortir ta tête de son cou pendant cinq minutes ? bafouillai-je en détournant le regard.

Je savais que je fronçais maintenant les sourcils, mais je me fichais que cela me donne des rides. Il ne me restait plus que quelques semaines avant les partiels, et ensuite nous étions débarrassés de cet endroit.

Je devais trouver un moyen de perdre ma virginité.

C'était mon plan lorsque j'étais arrivée à la fac. Je n'avais pas à être la fille ringarde qui adorait lire et fabriquer des maisons à l'allure réaliste avec des bouts de carton. Je pouvais être la fille qui avait les choses en main, qui savait ce qu'elle voulait et qui obtenait tous les hommes qu'elle désirait. Dans la limite du raisonnable, bien sûr. Je n'avais pas l'étoffe d'un super-modèle, après tout.

— Faisons une liste.

Brooklyn repoussa Stuart et fouilla dans son sac de livres. Elle sortit un bloc-notes vert et l'ouvrit pour révéler une page blanche avec des lignes bleues.

— Ok, qui est le premier ?

— Hein ? demanda Stuart, étourdi maintenant qu'il était déconnecté de son seul véritable amour.

J'aimerais que quelqu'un me regarde comme ça.

— On fait une liste d'hommes que Nic pourrait fréquenter. Qui tu connais qui est célibataire et partant pour ce travail ?

Elle lui sourit et son regard hébété fondit pour se transformer en quelque chose de séduisant que je n'avais pas envie de regarder.

J'espérais que par le commentaire « partant pour ce travail », elle voulait dire quelqu'un de pas trop moche et capable de me procurer ne serait-ce qu'un certain plaisir.

— Pourquoi pas Trent..., commença Stuart, mais je tournai rapidement la tête et le dévisageai. Ok, pas lui. Hum, Billy Taggart est libre. Il vient de rompre avec Crystal.

— Billy Taggart. Ok, il n'est pas trop mal, dit Brooklyn en écrivant son nom sur la page du cahier.

— Kurt Adams est célibataire. Mais je crois qu'il préfère les hommes.

Stuart dit cela sans jugement, avec juste de la résignation face à son incapacité à fournir une bonne réponse. Je fermai à moitié mes paupières et expirai par le nez en signe de frustration.

— Qui d'autre ? leur demandai-je.

— Andy Smith est probablement un bon candidat. Il a été célibataire tout le semestre.

— Non, je crois qu'il a une fille à la maison enceinte de son bébé, murmurai-je en détournant le regard.

C'était gentil de leur part, mais je ne pensais pas que ça marcherait.

— Pourquoi pas John Winslow ? dit Brooklyn timidement.

C'était un joueur de football de l'école et elle savait ce que je pensais des joueurs de foot. Il avait montré un bref intérêt pour moi à un moment donné, mais je l'avais rembarré.

J'étais une universitaire, pas une athlète, et cela me dérangeait un peu que ces mecs aient des bourses d'études qui paient tout.

— Peut-être, dis-je avec maintenant un soupir de résignation.

Je n'avais pas vraiment l'embarras du choix, n'est-ce pas ? Au moins, il avait de beaux yeux bleus.

— Et, oh, j'avais oublié ! Kenny Colman m'a posé des questions sur toi l'autre jour. J'étais en retard pour mon cours et je n'avais pas vraiment le temps d'y prêter attention, mais il l'a fait.

— Oh ?

Kenny dirigeait un groupe de journalisme sur le campus et il écrivait pour le journal de l'école. C'était un universitaire, avec des cheveux noirs qui descendaient en jolies boucles autour de ses oreilles, avec des yeux gris qui pouvaient pénétrer l'âme de quelqu'un et voir tous ses secrets.

— Oui, s'il te plaît.

Je grimaçai à Brooklyn et elle sourit, ses sourcils noir corbeau contrastant fortement avec sa peau super pâle. La mère de Brook était blanche, tandis que son père était métissé avec des origines latinos et africaines. D'une manière ou d'une autre, elle était née avec une peau blanche presque translucide qu'elle protégeait constamment du soleil. Elle jurait que c'était pire que d'être rousse parce qu'elle aurait des taches de rousseur bizarres partout si elle exposait sa peau au soleil.

— Est-ce qu'on a un gagnant ? demanda-t-elle, à bout de souffle.

— Un gagnant pour quoi exactement ? demandai-je.

— Avec qui sortir. Quoi d'autre ?

Elle me regarda comme si j'avais perdu la tête et nota le nom de Kenny.

— Est-ce que tu peux vraiment t'imaginer en train de haleter le nom de Kenny ? demanda Stuart, ses yeux quelque part fixés sur les cieux sombres au-dessus. Oh, Kenny, oh Kennnny !

Il prononça le dernier mot en gémissant puis éclata d'un rire que je ne pus m'empêcher de rejoindre.

— Je ne suis pas sûre de pouvoir, souris-je.

Mais je ne dis pas à Brooklyn de retirer son nom de la liste.

S'il prenait ma virginité, alors je m'abstiendrais de gémir son nom.

— Qui d'autre ? demanda Brooklyn en regardant Stuart et moi alternativement d'un visage maintenant incertain.

— Jake ? proposa Stuart.

— Jake de Sub-stop ? demandai-je en fronçant les sourcils en direction de Stuart.

— Oui, qu'est-ce qui ne va pas chez lui ? demanda-t-il d'un air plutôt offensé que je ne le soutienne pas. Il doit seulement rester dans le coin le temps de coucher avec toi, ensuite il peut dégager, pas vrai ?

— Eh bien, oui. Une relation serait sympa, mais on a un objectif en tête. Je suppose. Argh, j'imagine que je pourrais perdre ma virginité avec le gars qui travaille à la sandwicherie qu'on fréquente depuis quatre ans. Si nécessaire.

Je ne voulais pas juger les choix de vie de ce mec, mais il ne m'emballait pas vraiment.

— Tu as juste besoin d'un pénis attaché à un homme, pas vrai, Nic ? demanda Stuart. Il y a toujours Cal Shawver.

— Il a refilé la chlamydia à Amanda, Stuart ! Ainsi qu'à quelques autres femmes, protesta Brooklyn en dévisageant son petit ami. Non !

— Eh bien, il baise tout ce qui a une..., dit Stuart, un peu vexé, mais elle l'interrompit.

— Ne finis pas ta phrase. C'est juste... vulgaire.

Brooklyn ne supportait pas que Stuart dise quelque chose de peu poétique et elle le lui faisait souvent savoir.

Stuart se contenta de hausser les épaules et essaya de penser à quelqu'un d'autre.

— J'apprécie vraiment que vous essayiez de m'aider tous les deux. Je sais que c'est stupide, mais je veux juste... rentrer chez moi en tant que vraie femme, vous comprenez ?

Non pas que j'étais sûre de retourner dans ma ville natale à Hickory, à deux heures de route. J'avais postulé pour un emploi dans une entreprise de relations publiques à Atlanta, en Géorgie, et j'avais été sidérée de recevoir une offre d'emploi. L'entretien avait été fait sur Skype et je pensais avoir assuré, mais je n'en étais pas sûre jusqu'à ce que je reçoive la lettre par la poste. Je ne l'avais pas encore dit à ma mère. J'avais accepté le travail, mais je n'étais pas sûre de m'y pointer. Je voulais voir ce qui se présentait d'autre avant de prendre une décision définitive. Je n'étais pas censée commencer avant septembre, j'avais donc le temps.

— Je saisis, dit Stuart avec une compréhension totale. Tu crois que le sexe va te changer et dans un sens, c'est le cas. Partager ton corps avec une autre personne est magique. Ça devrait être transcendantal, comme rien de ce que tu as vécu auparavant. Je doute que tu obtiennes ça avec un mec choisi au hasard, mais c'est possible.

Stuart ne me jugeait pas. Il faisait juste une observation. Ça piquait quand même un peu.

— Merci, je crois, répondis-je avec une pointe de doute.

— De rien, dit Stuart indifférent, Brooklyn étant tout ce sur quoi il pouvait se concentrer.

Sa tête se rapprocha à nouveau de son cou, mais elle le repoussa.

— Pas maintenant, Stuart, dit-elle son index levé en guise d'avertissement. Je vais te priver de sexe.

— Non ! répondit-il, sa voix pleine de crainte. Je vais bien me comporter. Je le jure.

Voilà, c'était ça le pouvoir, décidai-je, en les observant. Ils formaient un drôle de couple, mais ils étaient magnifiques ensemble. Brooklyn était pleine de bon sens et de logique, tandis que Stuart était romantique et rêveur. Ils déteignaient l'un sur l'autre, dans le bon sens, ce qui faisait que leur relation fonctionnait.

— Bon, on dirait que Kenny est le principal prétendant ? demandai-je en regardant la toute petite liste.

— On dirait bien, râla Brooklyn.

— Putain, c'est pathétique.

Je passai mes mains sur mon visage, frottai mes yeux fatigués et pensai à autre chose.

— Qui demande le rendez-vous ? demandai-je.

— Bah, toi ! me répondit Brooklyn en fronçant ses sourcils maintenant expressifs. On ne peut pas lui demander pour toi. Ça aurait juste l'air bizarre.

— Peut-être bien.

Je n'étais pas sûre d'être d'accord, mais je ne pouvais pas vraiment protester. Elle avait raison, c'était à moi de demander.

— Bon, tu as le numéro de Kenny ?

On avait tous tendance à échanger nos numéros quand on avait cours ensemble, la plupart d'entre nous en tout cas, et je savais que Brooklyn devait avoir le sien.

— Ouais, tiens.

Elle sortit son téléphone et m'envoya par message le numéro de téléphone de Kenny.

— Tiens-moi au courant.

— Je le ferai plus tard. Je ne peux pas m'y résoudre tout de suite.

Rien que l'idée de lui demander de sortir avec moi, sans parler de coucher avec moi, me tordait le ventre d'effroi.

— Il dira oui, j'en suis sûre.

Brooklyn me fit ce sourire qui illuminerait les endroits les plus sombres et pendant un instant, je me sentis mieux.

Amanda avait vraiment fait de son mieux pour s'assurer que je sache que je ne valais rien, et parfois, j'oubliais qu'elle avait tort. Mais quand Brooklyn me souriait, je savais que quelqu'un tenait à moi. Il y avait ma mère, bien sûr, mais elle était obligée de m'accepter et de m'aimer. Brook m'aimait et me respectait parce qu'elle le voulait.

— Merci, murmurai-je en passant mon bras dans le sien et en posant ma tête sur son épaule. Tu rends tout mieux, tu sais ?

— C'est mon boulot, Nic, de m'assurer que tu sais que tu es aimée.

Elle reposa sa tête sur la mienne et prit une profonde inspiration.

— Au fait, on a trouvé un appartement à Charlotte.

— C'est vrai ?

Je me redressai avant que Stuart ne puisse commencer à critiquer ma proximité avec sa copine et la regardai avec un bonheur surpris.

— C'est génial.

— Oui, mais si tu acceptes ce boulot à Atlanta...

Sa voix s'arrêta dans son élan et son regard se posa sur la rue sombre devant notre dortoir.

— On devrait peut-être chercher quelque chose par là-bas. Je peux travailler dans n'importe quel hôpital, tu sais ?

— Peut-être bien, mais Charlotte a l'un des meilleurs hôpitaux pédiatriques du pays. C'est le travail de tes rêves. Prends-le, ma belle, et ne t'inquiète pas pour moi. Je peux toujours prendre le bus pour venir à Charlotte les week-ends.

— Je sais, mais j'aimerais vraiment que...

Une fois de plus, elle ne termina pas sa phrase. Elle connaissait les avantages et inconvénients de nos vies séparées après nos études.

— J'ai reçu une offre d'une entreprise à Mooresville. Ce n'est pas aussi bien payé, mais c'est une nouvelle entreprise et j'aurai l'opportunité de grandir avec eux. Je pense accepter ça à la place.

— C'est génial !

La tristesse de Brooklyn disparut et son sourire s'agrandit à nouveau.

— On pourrait dîner ensemble, aller boire un verre, et oh, ce serait parfait, Nic !

Ses bras s'enroulèrent autour de mon cou et je ris avec elle. Cela me décida, en quelque sorte. La façon dont son sourire revint me dit ce que j'avais à faire. Je comptais pour elle et elle comptait pour moi, alors j'accepterais moins d'argent pour la voir sourire comme ça à tout moment.

— Ça veut dire que je devrais vivre avec ma mère pendant un certain temps, mais je peux le supporter.

Je voulais mon propre appartement, mais les loyers dans la région étaient élevés, que ce soit à Hickory ou à Mooresville. Ou même à Charlotte.

— Tu peux arrêter d'accaparer ma copine maintenant ? demanda Stuart d'une voix rocailleuse mais amusée. C'est à mon tour de l'accaparer.

Je ris alors qu'ils se rapprochèrent à nouveau, une chose qu'ils faisaient automatiquement. Je doutais qu'ils ne s'en rendent comptent maintenant. Ma meilleure amie et l'amour de sa vie partirent après cela, de retour dans le petit appartement que Stuart louait à quelques pâtés de maisons. Elle serait de retour dans la matinée, j'aurais donc la chambre pour moi toute seule. Je passai la nuit à me retourner en essayant de trouver le courage d'envoyer un message à Kenny. Seule dans l'obscurité, je ne pouvais plus faire semblant. Kenny ne serait pas intéressé par moi, pensai-je. Je suis trop ennuyeuse, dans tous les sens du terme.

3

Tu lui as déjà parlé ? me demanda Brooklyn deux jours plus tard, son sourcil gauche levé pour souligner son impatience.

— Oui, soupirai-je.

Mes pensées dévièrent immédiatement de mon travail en repensant aux messages incroyablement tendus que j'avais échangés avec Kenny.

Je n'étais pas tendue par ce qu'il avait dit. C'était moi. J'avais été tellement terrifiée qu'il me rejette que j'avais à peine été capable de regarder mon téléphone quand il avait répondu. Je lui avais envoyé un message pour lui dire bonjour le matin après avoir parlé avec Brooklyn au sujet de la recherche d'un homme.

— Et ? me poussa-t-elle à répondre, son corps étant maintenant plus près du mien. Allez, dis-moi, Nic.

— On sort ce soir.

Je me détournai d'elle pour me concentrer sur l'étagère de la bibliothèque, où j'étais occupée à ranger des livres avant qu'elle ne fasse irruption pour me soutirer des informations.

Je ne voulais pas qu'elle voie le sourire satisfait sur mon

visage ou la façon dont mes joues commençaient à rougir. Je pouvais sentir la chaleur et je savais que j'étais en train de faire quelque chose que je détestais. Pourquoi fallait-il que je rougisse tout le temps ? Ça me rendait folle, mais je ne pouvais pas m'en empêcher.

— Merde ! Tu ne pouvais pas m'envoyer un message pour me le dire ? J'ai été occupée, je sais, mais allez ! Je suis ta meilleure amie. Où est-ce que vous avez prévu d'aller ?

Ses mots passèrent de l'affront à la curiosité si rapidement que cela me donna le tournis.

— Je voulais être sûre qu'il n'avait pas annulé, et on va dans ce club, le Bar 21.

Je jetai un coup d'œil derrière moi pour m'assurer que personne au comptoir n'avait besoin de moi et je me retournai vers elle.

— Je prévois de boire quelques verres et ensuite, je lui demanderai de me ramener chez lui.

— Au premier rendez-vous ?

Brooklyn, loin d'être une jeune femme ingénue, me regarda avec surprise.

— Tu es sûre que c'est une bonne idée ?

— Eh bien, tout ce que je veux, c'est en finir avec ça, tu sais ? Je vais partir d'ici bien assez tôt et laisser tout ça derrière moi. Je ne veux pas commencer une relation, je veux juste me débarrasser de ça.

J'accentuai le dernier mot, même si elle savait de quoi je voulais me débarrasser.

— Je ne suis quand même pas sûre que ce soit une bonne idée, Nic. Je veux dire, je connais un peu ce mec, mais pas vraiment.

Elle me regarda et je remarquai qu'elle était inquiète, mais elle pouvait aussi voir que je ne l'étais pas. Elle céda avec un soupir exagéré.

— Bien, mais assure-toi au moins d'avoir des capotes sur

toi. Ne le laisse pas faire quoi que ce soit avec toi tant qu'il n'en a pas mis une. Voire deux.

— Est-ce que deux n'étrangleraient pas juste son... hum... tu-sais-quoi ?

Je chuchotai la question sans pouvoir la regarder.

— Ma belle, si tu ne peux même pas dire les mots pour désigner les organes génitaux, comment est-ce que tu vas pouvoir coucher avec lui ?

Elle avait l'air assez perplexe et je devais admettre qu'elle n'avait pas tort.

— Je peux le faire si besoin, mais c'est cet endroit, tu sais ? lui chuchotai-je, mon visage près du sien. C'est comme être dans une église.

— Je vois ce que tu veux dire.

Elle sourit, ses yeux pâles pétillant.

— Ce n'est pas une église, mais c'est l'école, alors tu as l'impression que c'est sacré ou quelque chose comme ça.

— Oui, exactement.

Je me retournai vers le chariot toujours rempli de livres et pris une profonde inspiration.

— Je me suis acheté une robe chez Second Time Around.

— Cette nouvelle friperie sur la rue principale ? J'ai entendu dire qu'ils avaient des trucs sympas.

Elle prit un livre dans le chariot et en lut la tranche avant de le remettre en place.

— Eh bien, laisse ton téléphone allumé et envoie-moi un message si tu as besoin de quelque chose. Quoi que ce soit.

Elle leva les yeux vers moi, ses lèvres faisant une moue pour montrer qu'elle était contente pour moi. Puis cela se transforma en un large sourire et elle se précipita pour me serrer dans ses bras.

— Amuse-toi bien, d'accord ? Je serai chez Stuart. Il fait une nouvelle peinture de moi, mais je peux partir à tout moment.

— Merci.

Je jetai à nouveau un coup d'œil vers le comptoir puis me retournai vers elle.

— Je t'appellerai quand je serai de retour dans la chambre.

— Tu ne vas pas passer la nuit avec lui ?

La surprise de Brooklyn était flagrante quand elle s'arrêta au moment de se tourner pour partir.

— Je ne sais pas. Peut-être. Dans tous les cas, je t'enverrai un message, lui assurai-je, et elle hocha la tête.

— Cool. Amuse-toi bien, ma belle.

Elle me fit un signe de la main, ses ongles recouverts d'un vernis bleu saphir avec des paillettes argentées aux extrémités.

Je me retournai, en me demandant si je ne devrais pas faire un saut par le salon de manucure en rentrant chez moi pour me changer. J'étais censée retrouver Kenny à 20 heures, alors je n'aurais probablement pas le temps. Nous n'avions pas prévu de sortir manger ou voir un film. Je crois que je lui avais clairement fait comprendre que je voulais juste passer un bon moment.

Je repensai aux textos qu'on s'était échangés jusqu'à présent. Je lui avais dit bonjour, qui j'étais, et après environ une demi-heure, il m'avait répondu avec un émoji souriant et un émoji saluant de la main.

Il savait qui j'étais, ce qui était un soulagement, et oui, il adorerait sortir avec moi un de ces jours. Il m'avait demandé ce que j'avais en tête et j'avais clairement pu sentir la curiosité contenue dans le message.

J'avais envoyé un émoji faisant un clin d'œil, un émoji faisant un bisou, et j'avais ensuite dit que je voulais juste m'amuser un peu avant la fin de la fac. Je lui avais demandé s'il était partant, en essayant d'être provocante, ce qui m'avait fait rougir furieusement, mais au moins, je l'avais dit.

Depuis, nous avions échangé plusieurs messages enflammés, mais nous ne nous étions pas vus. Avant de le voir, j'avais voulu avoir un jour de repos le lendemain, pour pouvoir m'en remettre en paix si besoin. Il avait accepté et ce soir, c'était le grand soir.

Je finis à la bibliothèque à 18 heures et courus à la maison pour me doucher, sécher mes cheveux, et me maquiller un peu. Je ne mis pas grand-chose, principalement du eye-liner et un peu de rouge à lèvres. Je savais que danser me ferait juste transpirer alors je ne pris pas la peine d'en faire trop. Je relevai mes cheveux en queue de cheval avec quelques tresses fines pour rendre le tout intéressant, puis j'enfilai ma robe. C'était une toute petite chose noire qui moulait chacune de mes courbes.

J'avais été surprise après l'avoir essayée et m'être vue dedans. Elle descendait à mi-cuisses, avec de fines bretelles noires sur mes épaules pour maintenir le haut. J'avais l'air d'une adulte dedans, comme une femme bien gaulée qui pouvait retenir l'attention de quelqu'un. L'attention d'un homme. Celle de Kenny, j'espérais. Je me regardai dans le miroir au dos de la porte de la petite pièce.

Je vis une femme sur le point de faire quelque chose qui changerait sa vie. Il y avait de l'excitation dans ses yeux, de la nervosité dans le plissement de ses lèvres, de l'espoir dans sa façon de respirer. J'avais l'air prête à tout et parfaitement capable de gérer la situation.

Heureusement, le mot « vierge » n'était pas écrit en gras et en rouge sur mon front. Rien dans mon apparence ne l'indiquait et je décidai que j'avais l'air... bien. Avec un sourire, je pris mon sac et y mis mon téléphone, un peu d'argent, mon portefeuille et la boîte de capotes que j'avais achetée à la pharmacie. Une dernière profonde inspiration et j'enfilai mes longues bottes noires en cuir. Je mis mon manteau noir en laine qui arrivait aux genoux, pris mes clés et quittai la chambre.

J'étais nerveuse, très nerveuse, mais je marchai d'un pas ferme et la tête haute vers le parking. Je montai dans ma petite voiture cinq portes noire et conduisis en direction du club. Je prévoyais de ne pas trop boire et j'avais assez d'argent pour un taxi au cas où je changerais d'avis.

J'arrivai au club, me garai dans une zone bien éclairée et marchai vers la porte. Un videur m'arrêta, vérifia ma carte d'identité, mit un tampon sur ma main, me fit payer l'entrée et ouvrit le cordon en velours qui faisait office de barrière.

J'entrai dans une grande pièce éclairée par des projecteurs roses, violets et bleus. Une musique tonitruante sortait des haut-parleurs disséminés dans l'espace, assez forte pour que je puisse sentir les basses dans mon corps. Ça me plaisait plutôt bien. Je tournai sur moi-même, à la recherche de Kenny, mais je ne le vis pas. Il était 20 heures passées d'à peine quelques minutes alors je me dis qu'il était juste en retard.

— Salut, je pourrais avoir un rhum-coca, s'il vous plaît ?

Je tendis la main au barman qui me regarda avec un sourire satisfait après avoir vu le tampon certifiant que j'étais assez âgée pour boire de l'alcool. Le bar était encore loin d'être plein donc il revint rapidement avec mon verre. Je le payai et partis, un sourire aux lèvres, pour me diriger vers l'une des banquettes à droite du grand espace ouvert.

C'était en gros un énorme entrepôt avec une piste de danse à gauche et des tables de billard et des banquettes à droite. Je m'assis sur la banquette vide, le cuir bleu foncé me paraissant froid quand je me glissai le long du siège. Je commençai à taper du pied tout en sirotant lentement ma boisson.

Les minutes passèrent, mais la porte ne s'ouvrit pas. L'inspiration me frappa et je me dis que je m'étais peut-être trompée de bar. Je fouillai dans mon sac et trouvai mon téléphone pour vérifier. Je fis défiler les messages jusqu'à ce que je trouve la bonne section.

Non, c'était le bon bar et je savais aussi que Kenny ne m'avait pas envoyé de message. Il était 20 h 30 maintenant, et toujours aucun signe de Kenny. Je songeai à envoyer un texto à Brooklyn pour lui demander ce que j'étais censée faire, mais décidai d'attendre. Je repoussai une mèche de mes longs cheveux noirs de mon épaule alors que la gêne faisait bouillir mon sang et je regardai autour de moi les yeux grands ouverts. Je ne le vis nulle part.

La porte s'ouvrit et un groupe de gens entra, mais aucun d'entre eux n'était Kenny. Le groupe était joyeux et rejoignit un couple qui jouait tranquillement au billard dans un autre coin du bar. Je baissai les yeux vers mon verre qui ne contenait plus que de la glace fondue et je poussai un gros soupir.

Je crois qu'il m'a posé un lapin.

J'attendis une demi-heure supplémentaire et quand Kenny ne se pointa pas ou ne me contacta pas, je décidai de partir. Je ne pensais plus qu'il m'avait posé un lapin à présent, je le savais. Je ne savais pas ce qui s'était passé, mais j'avais une petite idée de qui en était responsable.

Je ne savais pas comment elle l'avait découvert, mais j'avais le sentiment qu'Amanda était derrière tout ça. C'était peut-être stupide de ma part, mais je ne pouvais pas m'empêcher d'arriver directement à cette conclusion. D'une manière ou d'une autre, Amanda avait su pour mon rendez-vous et l'avait gâché.

Avec toute la dignité que je pus rassembler, je me levai de la banquette, pris mon sac et sortis vers ma voiture. À ce stade, j'étais trop en colère pour pleurer. Kenny m'avait plantée là, sans explication. Je jetai un coup d'œil à mon sac noir sur le siège passager et me demandai si je devrais prendre la peine de lui envoyer un message. Il était peut-être à l'hôpital ou malade au lit ?

Je relevai la tête, essayai de prendre une décision et attrapai finalement mon téléphone. Je tapai un message rapidement et posai le téléphone sur mes genoux. Je décidai d'attendre, juste au cas où il dirait qu'il était en route, mais au bout de cinq minutes, je n'avais toujours pas de réponse. Je me fis un signe de tête à moi-même, démarrai la voiture et partis.

La soirée était foutue. J'aurais pu traîner au bar, attendre qu'un mec vienne vers moi et peut-être sauve la soirée, mais je n'étais pas aussi courageuse que ça. Ou aussi stupide, selon la façon dont on voyait les choses. Tout cela se résumait au fait que je n'étais pas assez désespérée pour faire un truc pareil.

Je me garai devant les dortoirs et sortis de la voiture. Je pouvais voir depuis la voiture que les lumières de notre chambre étaient éteintes. Elle donnait sur le parking à l'avant du bâtiment et je pouvais voir que Brooklyn n'était pas là.

J'allais devoir lui parler à un moment donné, lui dire qu'il m'avait posé un lapin, mais la honte me submergea dès que je garai la voiture. Il n'avait même pas pris la peine de passer un coup de fil pour annuler le rendez-vous. Je ne voulais rien de plus que perdre ma virginité, mais je ne pouvais pas le faire, car apparemment je n'étais absolument pas baisable.

Je sortis de la voiture les épaules affaissées et me dirigeai vers la chambre que je partageais avec ma meilleure amie. Je ne voulais pas l'admettre, mais c'était vraiment blessant. Ça ne devrait pas l'être, mais c'était le cas. Je fixai les portes du bâtiment avant de tourner des talons et de me rendre à un petit magasin au coin de l'immeuble des dortoirs. J'achetai un litre de glace au brownie au chocolat, un paquet de pop-corn à mettre au micro-ondes et un grand sachet de nachos.

Me goinfrer de malbouffe n'était pas quelque chose que j'avais pour habitude de faire, mais je voulais noyer mon chagrin dans de la mauvaise nourriture et un film qui me distrairait pour ne pas me mettre à chialer comme un bébé. J'entrai dans la chambre, laissai tomber mon sac près de mon lit et m'écroulai sur le matelas recouvert de draps bleus et verts et d'une couette assortie. Je les avais achetés parce qu'ils avaient l'air gais et joyeux, ce dont je pensais avoir besoin pour étudier pour ma dernière année d'études.

Ils ne me remontaient pas franchement le moral à l'instant présent, mais j'espérais que la malbouffe et le film y parviendraient. J'ouvris l'application de films que j'utilisais sur mon ordinateur portable et cherchai une comédie. J'appuyai sur lecture, mis mon pyjama, me nettoyai le visage avec une lingette et mis mon ordinateur sur la table de chevet qui séparait nos deux lits.

Je savais que j'étais en train d'essayer d'ignorer l'humiliation que je ressentais et demain, je parlerais à Brooklyn. Mais pour l'instant, j'avais juste besoin de ne penser à rien. Je savais qu'elle me réconforterait, mais je savais aussi que cela briserait le barrage que j'avais construit autour de mes sentiments. J'avais appris à cloisonner mes émotions, à me cacher derrière une façade au fil des années de campagne d'intimidation d'Amanda.

Je savais que je ne devrais pas gérer les choses comme ça, mais je ne pouvais pas m'en empêcher. C'était soit ça, soit passer toutes mes journées à pleurer et ce n'était pas du tout mon genre. Je repoussai mes pensées, mis mes écouteurs et laissai une vieille comédie me plonger dans un monde complètement différent. Je m'endormis avec un pot de glace et un paquet de chips vides sur la table à côté de moi. Je m'en foutais. Le sommeil me procurait la paix dont j'avais besoin. Je jetterai tout ça demain. Et je m'occuperai de ce que cette soirée de merde impliquait.

4

—Qu'il aille se faire foutre, ma puce, me dit Brooklyn le lendemain matin alors que nous étions assises à un petit café où nous avions décidé de prendre le petit-déjeuner. Les étudiants payaient 3 $ pour un petit-déjeuner complet, une tasse de café et un verre de jus de fruits, alors nous venions souvent ici lorsque nous voulions des pancakes ou des biscuits nappés de sauce.

— C'est juste un mec stupide qui ne sait pas ce qu'il a laissé passer.

Elle versa du sirop aux myrtilles sur ces pancakes et chassa Kenny de son esprit.

Elle était entrée dans notre chambre vers 9 heures du matin, dix minutes après que je me sois réveillée, et m'avait prise dans ses bras. Elle avait vu la vague d'émotions que je ne pouvais plus retenir dès l'instant où elle avait franchi la porte et elle m'avait réconfortée. Elle m'avait laissée chialer pendant que je racontais l'histoire et s'était ensuite redressée pour me repousser.

Elle m'avait fait enfiler un jean, un de mes sweats à capuche de la fac et une paire de bottines qui avaient connu des jours meilleurs, mais que j'adorais. Nous étions maintenant au soleil à la terrasse du café, en train de prendre notre petit-déjeuner. Je poussai mon œuf sur la pile de biscuits nappés de sauce sur mon assiette et commençai à manger.

Après avoir avalé environ la moitié de mon petit-déjeuner, je pris une gorgée de mon café et regardai la rue. Il y avait un bistrot à côté du café, un fleuriste et une librairie fréquentée par les étudiants. Il y avait d'autres magasins, mais mon petit-déjeuner me rappela à l'ordre.

Je n'étais pas encore tout à fait éveillée et la crise de larmes imminente me donnait envie de retourner me coucher, mais je ne pouvais pas. J'avalai la dernière bouchée de mon plat et regardai Brooklyn.

— Je suppose qu'on peut passer au prochain nom sur la liste, grommelai-je en m'essuyant la bouche avec une serviette.

— Et lui ?

Brooklyn sourit et désigna avec son couteau à beurre le serveur derrière moi.

Je me retournai pour suivre son regard et sentis mon sourcil gauche se lever de surprise.

— Oh, la vache...

— Ouais, il donne l'eau à la bouche, non ?

Les sourcils de Brooklyn se levèrent aussi et s'agitèrent au-dessus de ses yeux. Cela me fit ricaner alors que je me retournai vers notre table.

— Dommage qu'il ne s'occupe pas de notre table, murmurai-je avant d'étouffer un autre gloussement.

— Pardon, appela Brooklyn, pourriez-vous nous apporter plus de café ?

Je haletai et la dévisageai, mais elle se contenta de me sourire.

Notre propre serveur venait de quitter notre table, mais elle fit abstraction de ce détail alors que le jeune homme s'approcha de notre table.

— Bien sûr. Est-ce que vous avez besoin de plus de crème ?

Sa voix était grave et teintée d'un accent que je ne pouvais pas tout à fait placer.

Son badge me dit qu'il s'appelait Gerard, mais c'était tout. Il était très grand, avec un torse large et musclé, mais ce n'était pas sa silhouette ciselée qui attirait mon attention. C'était ses yeux bleus perçants relevés aux coins qui semblaient transpercer mon âme. Je crois que ma bouche a dû s'ouvrir en grand, mais je m'en fichais.

— Vous en voulez davantage ? C'est la maison qui offre.

Ses sourcils sombres se levèrent tandis qu'il continuait à me fixer comme s'il connaissait tous mes secrets.

— Hum, bien sûr. Ouais.

Je lui souris et lui tendis ma tasse.

— Vous êtes étudiantes ici, toutes les deux ? demanda-t-il après être revenu tout en versant du café.

— Ouais, en dernière année. Et toi ?

— Je suis un étudiant transféré, en première année, admit-il avec un clin d'œil dans ma direction.

Je pensais qu'il consacrerait son attention à Brooklyn, mais ce n'était pas le cas. Il semblait n'avoir d'yeux que pour moi.

— J'ai quitté LSU pour suivre un programme de biologie qui n'est pas disponible là-bas.

— Je vois, murmurai-je à voix haute, à nouveau perdue dans ses yeux. C'est dommage qu'on soit sur le point de partir.

— Pas vrai ? dit-il avec des yeux me scrutant lentement, comme si chaque battement de ces cils enlevait un article de mes vêtements. Tu sais quoi ? Je pourrais t'emmener dîner ce soir et on pourrait apprendre à mieux se connaître.

— J'aimerais bien mais...

J'étais sur le point de refuser, mais Brooklyn me donna un coup de pied sous la table.

— Avec plaisir.

Nous échangeâmes nos numéros et il retourna servir ses propres tables. Je lui fis un signe de la main avec un sourire lorsque nous quittâmes le café, mes déboires de la veille maintenant oubliés. J'avais rencontré un mec par moi-même et je n'avais pas eu à le supplier pour qu'il sorte avec moi.

Pendant un instant, mon cœur s'arrêta de battre. Amanda était en train de quitter le café, mais elle ne m'avait pas vue. Du moins, c'est ce que j'espérais. J'avais le sentiment qu'elle avait ruiné les festivités d'hier soir. Je ne voulais pas qu'elle foute aussi ça en l'air. Elle partit en direction de son appartement et ne me jeta même pas un coup d'œil en retour. Je sentis les muscles de ma poitrine se détendre et inspirai pour redonner vie à mes poumons.

Nous payâmes notre note et quittâmes le café, un sourire remplaçant la tête d'enterrement que j'affichais plus tôt.

— Tu vois ? Il sait que tu es totalement baisable, ma belle.

Brooklyn lia son bras droit à mon bras gauche et nous retournâmes à notre chambre d'un pas beaucoup plus léger.

— Tous les hommes ne sont pas des gamins. C'est juste dommage que Kenny en soit un.

— J'espère que tu as raison.

Je me demandai si je pourrais sortir avec la même robe. C'était la seule chose que j'avais qui valait vraiment la peine d'être portée.

Brooklyn me laisserait emprunter quelque chose à elle, mais elle avait des hanches vraiment larges. Elle devait acheter des vêtements qui étaient adaptés à cette partie de son corps et elle retouchait le reste pour que ça lui aille, que ce soit une robe ou une chemise longue. Aucune de ses affaires ne serait à ma taille.

Je n'avais pas beaucoup d'argent. Uniquement ce que je gagnais en travaillant à la bibliothèque, ce qui rendait l'achat de nouveaux vêtements impossible. Je trouvais parfois quelque chose en solde ou dans une friperie et je l'achetais, mais c'était principalement des jeans et des t-shirts pour la vie de tous les jours. Je décidai que j'avais besoin d'une garde-robe pour sortir en rendez-vous.

— Comment est-ce que je peux me faire un peu plus d'argent pour m'acheter des fringues ? me demandai-je à voix haute alors que nous étions de retour dans notre chambre.

— Tu n'as pas besoin de plus de vêtements, juste de les accessoiriser. Cette robe est assez basique alors tu peux mettre une chemise par-dessus et ajouter une ceinture. Tu peux changer ton look de toutes sortes de façons. Ça ira, ne t'inquiète pas.

Brooklyn avait appris à coudre avec sa mère et elle transformait souvent de vieilles choses en tout nouveaux vêtements.

— Je te ferai quelque chose si besoin.

— Bien. J'espère que oui. Qu'on en ait besoin, je veux dire.

Je rougis en bafouillant et sentis mon excitation monter. J'avais un rendez-vous ce soir. Avec un mec vraiment sexy.

Ai-je mentionné à quel point il était sexy ? Même avec la chemise blanche à boutons et le pantalon noir que les serveurs du café portaient, son corps bronzé et musclé ne pouvait pas être dissimulé. J'allais adorer lui grimper dessus.

Un nouveau type d'excitation se mit à me submerger à mesure que les heures passaient et que je commençais à me préparer. J'étais peut-être vierge, mais je savais ce qu'était le désir et à quel point il pouvait transformer notre corps en cette machine qu'on ne reconnaissait pas vraiment. J'avais déjà été excitée, surtout avant mes règles. J'avais fait ces rêves terriblement érotiques et disons juste que je n'étais pas étrangère au désir.

Je n'avais juste pas été aussi excitée lorsque la perspective de mon dépucelage impliquait Kenny. Mais Gerard ? Lui, il faisait s'emballer mon pouls et rendait certaines parties de mon corps chaudes et liquides. Le temps que Brooklyn finisse d'onduler mes cheveux et d'appliquer une couche de mascara sur mes cils, je pouvais à peine respirer. Seulement cette fois, ce n'était pas du tout de la nervosité. J'étais prête pour tout ce que Gerard pouvait avoir en tête.

— Je pense qu'il ne te manque plus qu'un peu de parfum et on a fini, ma petite bombe sexuelle.

Brooklyn plissa les yeux, déplaça une mèche de mes cheveux de l'autre côté de mon visage et hocha la tête en signe de satisfaction.

— Tu es prête.

— Cool. Il est censé venir me chercher à 19 h 30.

Je jetai un coup d'œil au réveil entre nos deux lits et pris une profonde inspiration.

— C'est presque l'heure.

— Bon, attends ici avec moi. Pas besoin d'avoir l'air complètement désespérée.

Elle m'examina d'un regard hyper sérieux avant d'afficher un sourire excité.

— Même si tu l'es !

— Il est tellement canon ! criai-je en me levant, seulement pour m'affaisser contre la porte. Ces yeux, ce corps...

Mes mains se refermèrent dans le vide alors que je l'imaginais en face de moi.

— Je n'en peux plus ! J'espère qu'il n'a pas trop faim.

— Et qu'il a une chambre disponible, au moins ?

Brooklyn s'assit sur son lit et me fit un clin d'œil de façon suggestive. Le sourire en coin qu'elle arborait me fit tout simplement rire de joie.

— Évidemment ! Comment est-ce que je vais pouvoir lui offrir mon... cadeau le plus précieux sinon ?

J'éclatai de rire tandis qu'elle tomba et rit avec moi. Ce n'était vraiment pas une grande affaire pour moi, à part que je voulais vraiment, vraiment m'en débarrasser.

— Tu lui confies ta fleur de pucelle, ton jardin des délices vertueux.

Brooklyn fit une pause, réfléchissant visiblement très fort alors qu'elle cherchait d'autres euphémismes.

— Ton secret de femme. Il devrait être honoré.

— Il y a cent ans, nos tantes matrones et nos mères protectrices mourraient de honte à cause de nous, exprimai-je à voix haute, en considérant l'absurdité de tout ça. Comme si les hommes ne ramenaient pas des MST à la maison et Dieu sait quoi d'autre à leurs épouses parfaitement morales.

— Je suis tellement contente qu'on ne soit pas de cette génération. J'ai le sentiment qu'on aurait été en marge, même à l'époque. Je ne veux pas me marier, jamais, me révéla Brooklyn comme si ce n'était rien.

Je la regardai, un peu choquée.

— Mais je croyais que tu voulais épouser Stuart ?

— C'est quelque chose qu'il veut.

Elle me fit signe de ne pas insister mais avait l'air contrariée.

— Je ne veux pas être la femme d'un homme. Sa partenaire, bien sûr, mais sa femme ? Je ne suis pas du tout faite pour être une épouse.

Je lui lançai un regard dubitatif, mais ne dis rien. Elle finirait par changer d'avis. Elle avait tellement le nez collé au cul de Stuart qu'elle pouvait à peine voir la lumière du jour. Elle ne le savait juste pas encore.

Je jetai un coup d'œil à l'horloge et m'assis sur le lit. Il était 19 h 35. Je regardai mon téléphone, semblable à une brique silencieuse sur mon lit. Hum.

— L'heure est passée, dis-je tout haut sans la regarder.

— Peut-être que sa montre tourne au ralenti, proposa-t-elle, mais je vis comment elle regardait l'horloge comme si elle avait intérêt à reculer sous peine de se retrouver fondue et transformée en un morceau de plastique.

— Je ne sais pas trop comment je le prendrais si celui-là me posait aussi un lapin, murmurai-je.

Mais mon téléphone vibra et je sautai dessus.

— Oh, il a dû s'arrêter prendre de l'essence et faire la queue. Il sera bientôt là.

Je poussai un soupir de soulagement et sentis mes lèvres se soulever de bonheur.

Trente minutes plus tard, j'étais toujours assise là. Je lui envoyai un message.

Pas de réponse.

Après vingt minutes supplémentaires, je me déshabillai, enfilai mon pyjama et attendis que Brooklyn revienne du magasin avec un autre litre de glace. Je ne savais pas ce qu'il s'était passé, mais de toute évidence, on m'avait encore posé un lapin.

Ma confiance en moi était maintenant complètement brisée et je me sentais vide de l'intérieur. Je n'arrivais pas à croire que cela s'était reproduit, mais c'était le cas. Ça me laissait... froide.

Je me blottis sous ma couette et attendis le retour de Brooklyn. Elle se mit derrière moi sur le lit, me passa la glace, et j'appuyai sur le bouton lecture pour démarrer le film que j'avais choisi. Je me mis à pleurer en plein milieu de la comédie et elle se rapprocha pour me prendre dans ses bras. C'était un câlin fraternel, quelque chose qu'elle seule m'avait jamais donné, et je me retournai pour sangloter dans mon oreiller, juste sous son menton.

— Ça va aller, Nic, me murmura-t-elle de façon apaisante.

Mais je ne savais pas si ce serait le cas. Un homme qui était en route pour venir me chercher avait tout simplement disparu. Il s'était volatilisé avant même d'arriver jusqu'à moi. Je savais qu'il y avait probablement une bonne explication, quelque chose de totalement logique, mais mon cerveau ne parvenait pas à trouver ce que cela pouvait être.

Je m'endormis mais me réveillai quand j'entendis Brooklyn

parler à quelqu'un. Je réalisai qu'elle était au téléphone avec Stuart et m'apprêtai à me rendormir.

— On doit faire quelque chose à ce sujet, Stu. Elle est tellement belle, putain, mais personne ne semble le voir. Je serais presque prête à lui proposer de sortir avec toi si je ne t'aimais pas autant.

Elle se tut et attendit, donc je supposai qu'il était en train de répondre. Elle rit doucement, puis lui souhaita bonne nuit.

Au moins elle m'aimait, pensai-je tout en dérivant vers cet endroit où je n'avais pas à penser. Elle avait même dit qu'elle serait prête à me proposer Stuart si elle ne l'aimait pas. C'était peut-être la chose la plus gentille qu'on avait jamais dite sur moi. Pour moi. Peu importe. Cela n'avait pas d'importance. Les mecs de la fac ne voulaient pas de moi, alors j'allais juste travailler, finir mes études et dormir. Là, c'était l'heure de dormir, alors c'est ce que je fis.

5

Lundi arriva et je dus enfin sortir du lit. J'avais passé le
week-end à regarder des films et à éviter les gens et
Internet. C'était trop « peuplé ». Tard dimanche soir,
j'avais pris une douche et avais laissé mes longs cheveux sécher
tout seuls tandis que je regardais une série policière sur Netflix.
Cela avait occupé mon esprit, ce dont j'avais besoin aujourd'-
hui, même si je n'étais pas d'humeur à me prélasser.

Mon souffle sortait en bouffées blanches alors que je me
rendais en classe. Tout au long de la journée, j'évitai tout
contact visuel, les bonjours de politesse et les brefs hochements
de tête avec quiconque et je réussis à me rendre au travail à la
bibliothèque avec exactement zéro interaction avec qui que ce
soit. Je ne détestais pas le monde. Je me détestais moi-même
pour avoir été aussi stupide.

Je savais que, depuis le temps, je devrais être capable de
faire face au monde et aux conneries qui se présentent dans la
vie. Je devrais être capable de garder la tête haute et de dévisager tout le monde d'un air je-m'en-foutiste, mais je n'y parvenais pas.

On m'avait posé un lapin deux fois. D'affilée. Je devais être une sorte de monstre.

Ça devait être ça, non ? Sinon, pourquoi cela se produirait-il ? Bien sûr, Amanda était probablement derrière tout ça d'une manière ou d'une autre – peut-être – mais... Et si j'étais juste devenue parano au fil des ans ? Et si elle n'avait rien à voir avec mes rendez-vous foirés et que j'étais juste... nulle ?

Je ne pouvais pas m'empêcher de penser à tout cela tandis que les heures défilaient et que je regardais les étudiants aller et venir. Les examens de fin d'année approchaient et la température montait. La bibliothèque ne tarderait pas à prendre vie alors que les étudiants remplissaient le bâtiment, impatient de finir de réviser et de rendre leurs projets finaux.

J'avais déjà terminé mes projets finaux, ce qui est facile quand on n'a pas de vie, et mes partiels étaient dans la poche. Je connaissais le sujet de mes examens et j'étudierais la veille de chaque test. Je ne suivais que deux cours ce semestre, donc ce ne serait pas trop dur.

En revanche, d'autres étudiants croulaient sous le travail. Ils révisaient et essayaient de ne pas se planter. Je les regardais entrer, le stress se lisant clairement sur leurs visages. Le savoir que chaque livre leur apportait ne faisait pas grand-chose pour atténuer leur inquiétude visible. Je n'avais jamais été du genre à vraiment paniquer avant un examen, mais je voyais bien que c'était le cas des autres élèves.

Alors que j'enlevais mon sweat à capuche et que je tirais sur mon t-shirt pour cacher mon ventre plat, je me demandai si c'était ce genre de stress qui avait poussé Kenny à se défiler de notre rendez-vous. J'avais encore trop chaud, mais je savais que la climatisation ne serait pas mise en route dans le bâtiment avant la semaine prochaine.

Il avait peut-être décidé d'étudier au lieu de sortir s'amuser. Mais qu'en était-il de Gerard ? Il n'y avait pas moyen que ces deux mecs aient pris la même décision. Ça devait être moi, avec qui ils ne voulaient pas sortir.

Je me déplaçai dans le bâtiment en me cachant des étudiants qui pourraient me demander de l'aide, tout en remettant en place des livres sur les étagères et en faisant quelques tâches.

La journée avait filé à toute allure jusqu'à ce que j'aille travailler. C'est alors que je fus certaine que l'horloge accrochée au mur près du comptoir avait cessé de fonctionner. Je fixai la trotteuse en espérant qu'elle bougerait, mais j'aurais pu jurer qu'elle était bloquée.

Je m'occupai d'un étudiant qui avait apporté six livres épais au comptoir. Je supposai qu'il devait avoir un partiel d'histoire à en juger par les titres. Une voix familière attira mon attention alors que je prenais la carte d'identité de l'élève pour la scanner, et je sentis un frisson parcourir ma colonne vertébrale. Un rapide coup d'œil me confirma que mon cauchemar n'était pas fini.

Amanda venait d'attirer un mec le long d'une rangée d'étagères, ses yeux rivés sur lui, son visage suintant de désir.

Pendant un moment, je vis rouge. Je voulais y aller et lui fracasser la tête contre le mur, mais je n'étais pas du genre violente. Le son d'un raclement de gorge me rappela que j'étais en train de m'occuper des livres d'un élève.

— Désolée, voilà.

Je poussai la pile de livres vers lui et le justificatif qui était imprimé chaque fois qu'une transaction était effectuée en m'excusant. L'étudiant ne dit rien et mit les livres dans un sac en toile avant de partir.

Je ne pus que soupirer quand un gloussement sonore me parvint des étagères où Amanda se cachait avec sa dernière conquête. On pourrait penser que, depuis le temps, les mecs savaient qu'elle ne faisait que jouer à un jeu. Peut-être qu'ils s'en fichaient, me dis-je.

Les hommes ne cherchent qu'une seule chose. N'était-ce pas ce que les femmes disaient toujours ? Ma mère le pensait et se plaignait souvent du monde des rencontres pour les femmes plus âgées. Elle voulait une relation, quelqu'un avec qui construire un avenir, mais tout ce qu'elle semblait trouver, c'était des hommes qui voulaient s'envoyer en l'air et rien de plus.

Je regardai l'étudiant quitter le bâtiment et réalisai que je n'étais pas très différente. Je voulais commencer ma vie avant de me mettre dans une relation sérieuse. Je prévoyais de travailler pendant quelques années, d'économiser de l'argent, d'acheter une maison et de voyager un peu avant de me poser. En attendant, je comptais tâter le terrain, m'amuser un peu et découvrir la vie.

Pas si différente du tout de mes homologues masculins, je suppose. Je m'éloignai des étagères qu'Amanda était en train de profaner et dépoussiérai les livres de l'autre côté de la bibliothèque avec un plumeau. C'était plutôt chiant à faire, mais il ne me restait plus que quelques semaines.

Après ça, je serais libérée d'Amanda et de ce travail. J'avais appris le semestre dernier qu'elle partait en Californie, désireuse de gravir les échelons pour obtenir un poste convoité de présentatrice pour une émission matinale ou un truc du genre. Je me foutais pas mal de ses projets quand elle m'en avait parlé, mais elle pensait que tout le monde voudrait savoir ce qu'elle allait faire de sa vie.

La bibliothèque se vida assez rapidement tandis que Mme Lawson sortit de son bureau pour me donner un coup de main. Je la laissai s'occuper du comptoir et me cachai dans les rayons. Je ne voulais parler à personne aujourd'hui, pas même à la gentille bibliothécaire. Je voulais juste passer les quelques semaines restantes aussi tranquillement que possible.

Je ferais une exception pour Brooklyn, décidai-je quand je sentis mon téléphone vibrer dans la poche arrière de mon jean.

Je sortis le téléphone et regardai le message. Brooklyn voulait savoir si je pourrais me débrouiller seule ce soir.

Je lui répondis par texto que ça irait bien et la remerciai pour le soutien qu'elle m'avait apporté sans se plaindre pendant le week-end. Normalement, Brooklyn passait chaque nuit chez Stuart, mais ce week-end, ils avaient tous les deux décidé que Brooklyn devrait me consacrer toute son attention.

J'avais apprécié, mais maintenant que j'étais quelque peu sortie de mon cafard, je voulais être seule.

Un frisson parcourut ma colonne vertébrale lorsqu'un courant d'air venant de la porte m'atteignit. Un autre étudiant était sorti du bâtiment. Je me dirigeai rapidement vers le comptoir et remis mon sweat à capuche. Heureusement, les nuits allaient commencer à se réchauffer après ce soir et il ferait beaucoup plus chaud en journée.

— Je vois que tu as toujours l'air de quelqu'un dont le chiot préféré a été battu, Nikki. Oups, je veux dire Nicolette, grogna Amanda en arrivant derrière moi.

— C'est si gentil à toi de remarquer ma présence, Amanda, ronronnai-je avec un sarcasme qui suintait de ma gorge. J'espère que ton entrejambe va te démanger ce soir, ma chérie. C'est l'heure de la fermeture de la bibliothèque maintenant, alors pars s'il te plaît.

— Oh, du sarcasme. Tu sembles tellement en colère et blessée, Nicolette !

Elle écarquilla les yeux en faisant semblant d'être insultée. Je sus que j'étais dans de sales draps quand elle sourit avec une jubilation extatique.

— Mais je suppose que c'est difficile d'être sympa quand on se fait poser un lapin par deux hommes, hein ?

Sa tentative de paraître préoccupée était annihilée par la joie dans ses yeux.

Elle venait de confirmer ce que j'avais soupçonné depuis le début. Elle avait quelque chose à voir avec le fait que mes rencards m'aient posé un lapin. Je sentis mes muscles trembler alors que de la colère déferla dans mes veines. Je la dévisageai, sans voix, tandis qu'elle me ricana au nez et se retourna vers le garçon avec lequel elle était venue, un sourire encore plus grand au visage.

— Nicolette ici présente, la pauvre petite Nikki qui n'arrive pas à trouver un mec qui accepte de coucher avec elle pour lui sauver la vie, a presque eu des rendez-vous ce week-end. Presque.

Elle insista sur le dernier mot en regardant alternativement le mec et moi. À sa décharge, le gars avait juste l'air confus et un peu dégoûté alors qu'Amanda révélait de plus en plus ce qu'elle avait fait.

— Pauvre petit Kenny, il avait tellement envie de sortir avec Nicolette qu'il est venu me demander conseil. C'est mon ami depuis des lustres, tu sais ?

Elle dit ça comme si nous allions tous les deux être impressionnés au sujet de son amitié avec un type quelconque. J'avais envie de lui arracher les yeux.

— Eh bien, Kenny avait besoin de conseils et j'avais le conseil *parfait* pour lui. Ne couche pas avec Nic, je veux dire Nicolette, elle a de l'herpès !

Elle rit fort, et tout ce que je pus faire, c'était de la regarder fixement, complètement à court de mots. Tant de culot, tant de haine. Comment pouvait-elle avoir autant de haine en elle et ne pas pourrir, me demandai-je.

— Bon, c'était une blague, mais il m'a crue ! La tête qu'il faisait quand il s'est retourné et est parti ! Tu aurais dû voir ça, c'était tellement hilarant !

Elle se plia en deux à force de rire. Le mec avec lequel elle était venue fit un son de dégoût et quitta la bibliothèque. Je m'en fichais, j'avais une réponse et elle était pire que ce que j'avais imaginé.

— Oh, et puis il y avait ce type.

Elle sortit son téléphone de la poche de sa veste et tapota ses doigts dessus jusqu'à ce qu'elle trouve ce qu'elle voulait.

— Il était tellement prêt à baiser ce soir-là, et heureusement, il m'a trouvée sur les marches menant à ton appartement. Je l'avais entendu t'inviter à sortir quand on était tous au café et j'ai décidé que je devrais lui donner une vraie chevauchée, pas un tripotage inexpérimenté comme tu aurais fait.

Je regardai son téléphone et vis une photo de Gerard, endormi dans un lit, manifestement celui d'Amanda, car elle était là avec un sourire en coin de maniaque.

— Tu es complètement folle, murmurai-je alors qu'elle riait à nouveau.

Son rire a dû attirer l'attention de Mme Lawson, car la femme plus âgée arriva pour dévisager Amanda en silence.

— Peut-être bien, ma chérie, mais toi, tu n'es pas baisable. Et ça, ma belle, c'est tellement pire.

Elle jeta un coup d'œil à Mme Lawson, rangea son téléphone et se retourna pour partir.

— Tu n'auras aucune chance, pas tant que je serai dans le coin, Nikki.

Elle ne prit pas la peine de se corriger cette fois-ci. Je la suivis du regard, complètement abasourdie. Je pouvais entendre mon sang palpiter dans mes veines et pendant un instant, je me demandai si je n'allais pas m'évanouir. Un vertige m'envahit alors que ma vision se rétrécit pour ne devenir qu'un point. Amanda se dirigea vers la porte de la bibliothèque, sa démarche indiquant assez clairement ce qu'elle ressentait.

— Tu sais, Amanda, je ne suis peut-être pas capable d'obtenir un rendez-vous, mais au moins, je ne risque pas de contracter une MST grave. Continue comme ça et non seulement tu seras seule, mais tu seras aussi malade. Il n'y aura personne pour t'aimer quand tu mourras.

Elle s'arrêta brusquement, une main sur la porte, et je crus qu'elle allait se retourner pour me confronter à nouveau, mais elle ne le fit pas. Elle continua sa route.

Je décidai d'en rester là. Au moins, j'avais réussi à répliquer et à avoir le dernier mot. Je ne dis rien d'autre et Mme Lawson quitta le comptoir. Je n'appelai pas non plus Amanda lorsque quelque chose tomba de la poche de sa veste pour atterrir par terre avec un léger bruit sourd. Je la laissai juste partir avec un sourire en coin. J'avais réussi à l'atteindre, en tout cas.

Je m'approchai de l'endroit où l'objet était tombé et vis que c'était son téléphone. Je le regardai puis levai les yeux pour observer le dos d'Amanda qui s'éloignait de l'autre côté des portes vitrées. Avec un sourire malicieux, je mis le téléphone dans la poche arrière de mon jean. Je le lui rendrai plus tard.

Peut-être.

Je me remis à ranger des livres, à présent plus détendue, en marchant à travers les rangées silencieuses. Je dois admettre que cela m'embêtait d'être encore vierge. Je n'avais pas eu une éducation religieuse. Ma mère était trop occupée à travailler pour nous nourrir pour se préoccuper de mon âme éternelle. Mon père était décédé d'une crise cardiaque quand j'avais trois ans. Il n'avait que 28 ans, mais le destin nous l'avait arraché. Mes grands-parents vivaient tous en Californie, d'où étaient originaires mes parents, et venaient rarement nous voir en Caroline du Nord. Ils ne faisaient pas vraiment partie de ma vie.

Ma mère avait fait de son mieux avec l'assurance-vie de mon père et son travail. Cela signifie que je m'étais souvent retrouvée seule avec mon ordinateur portable désuet et le signal Wi-Fi du voisin. J'avais grandi à l'ère de la technologie et le sexe était omniprésent. J'en voulais aussi, mais je n'arrivais pas à en avoir.

Cela avait été la rémunération d'Amanda pour mon aide. Elle était censée m'aider à trouver un mec avec qui coucher. Elle avait validé son cours et maintenant, il était temps qu'elle paie. Au lieu de cela, elle avait remis son blog en ligne et avait repris ses habitudes sournoises. J'avais consacré beaucoup de temps à l'aider pour ce cours et qu'est-ce que j'avais reçu en échange ? Des commentaires désobligeants sur le fait de la regarder faire l'amour et un rappel qu'elle avait publié un nouveau blog sur moi.

« Nikki ne peut pas se faire baiser, pas même avec mon aide ! »

C'était le titre de l'article de son blog. Je l'avais vu quand elle l'avait publié. J'avais souvent eu envie de commenter, de la traiter de salope, de dire aux gens qui elle était vraiment sous le maquillage et les cheveux décolorés. Au lieu de cela, j'avais tenu ma langue. Enfin, mes doigts. Je savais que le jour viendrait où la vengeance me tomberait dessus. Je ne savais pas comment cela se produirait, mais ça arriverait.

Je bougeai pour remettre un livre sur l'étagère et sentis le poids de son téléphone dans ma poche arrière. Je l'avais vue taper le code de déverrouillage plus d'une fois et le connaissais. Je regardai autour de moi, même si je savais que l'endroit était désert, et je sortis le téléphone pour regarder l'écran. C'était un nouveau téléphone, mais elle avait peut-être conservé le même code. Je tapai sur les chiffres et souris lorsque l'écran changea.

Je l'avais déverrouillé.

Je fis défiler ses messages, son WhatsApp et quelques autres applications avant de ranger le téléphone. J'avais vu qu'elle avait bien plus que la photo de Gerard sur son téléphone et avais roulé des yeux. Cette femme souffrait-elle d'une sorte de maladie mentale ou se sentait-elle juste super seule ? Comment pouvait-elle se taper autant de mecs comme ça ? Non pas que je la jugeais ou que je sois prude, mais même moi je savais qu'elle couchait parfois avec cinq à six mecs différents par jour.

Je me surpris à regarder sans cesse le sac. Que faire ? Lui rendre le téléphone et lui dire qu'elle l'avait fait tomber ou utiliser le cadeau qui m'avait été offert ?

Le destin avait enfin décidé de laisser tomber un outil sur

mes genoux. Ou par terre, en l'occurrence. J'avais maintenant un nombre incalculable de façons de faire payer Amanda. Je ne ferais rien d'illégal, comme envoyer par SMS les centaines de photos qu'elle avait prises d'elle à poil à tous ses contacts ou au monde entier, mais il y avait d'autres choses que je pourrais faire. Des choses que je pourrais utiliser pour faire pression sur elle.

Même si elle désactivait le service du téléphone, j'avais quand même la preuve de tellement de choses qu'elle avait faites. J'avais la preuve des professeurs avec lesquels elle avait couché, la preuve du fait qu'elle avait pris des photos de moi et les avait retouchées pour les utiliser sur son site Internet. J'avais tout maintenant et je pourrais enfin la faire tomber. Si je le souhaitais.

Était-ce mesquin ? Était-ce vraiment mal de vouloir me venger de quelqu'un qui m'avait terrorisée pendant quatre ans ? Bien sûr, je pourrais montrer la preuve de ce qu'elle avait fait, mais qu'est-ce que cela m'apporterait au final ? Est-ce que je me sentirais mieux ?

Mais je devais réfléchir vite si je voulais utiliser l'historique de ses conversations et les services qu'elle utilisait pour assouvir ma vengeance. Elle remarquerait rapidement que son téléphone a disparu et ferait probablement désactiver le service sans perdre de temps. Je finis rapidement mes tâches pour la journée et partis pour la soirée. Je devais décider quoi faire, alors je rentrai directement à ma chambre où j'aurais le temps de me creuser la tête. J'aurais le temps de trouver un plan toute seule, sans que personne ne soit là pour me faire changer d'avis ou m'inciter à faire quelque chose de vraiment mal.

J'adorais vraiment Brooklyn, mais je savais qu'elle n'avait aucun filtre lorsqu'il s'agissait d'Amanda et qu'elle voudrait faire quelque chose qui humilierait publiquement cette garce. Je ne voulais pas attirer d'ennuis à qui que ce soit, à part à

Amanda peut-être, alors quoi que je fasse, je devais agir avec prudence.

Je jetai mon sac en entrant dans la chambre et m'écroulai sur mon lit. J'avais vu quelque chose de très intéressant sur ce téléphone, quelque chose que Mlle Baise-Tout ne voudrait pas que quelqu'un apprenne. Si elle voulait se la jouer *Lolita malgré moi*, je pourrais être de la partie. Cela m'avait pris quatre longues années, mais j'avais enfin un moyen de rabaisser Amanda d'un cran ou deux. J'avais essayé d'être gentille. J'avais essayé d'ignorer ses humiliations et d'être l'adulte, mais elle refusait de laisser tomber. Et elle m'avait mis directement entre les mains sa propre perte. Ça allait être amusant.

Je n'avais pas encore tout à fait décidé ce que j'allais faire, mais je savais que j'avais l'opportunité de faire quelque chose maintenant. Je ne pouvais pas m'en empêcher. Amanda avait fait ce lit et maintenant elle avait mérité toutes les bosses qu'elle trouverait en s'allongeant dessus.

6

J e trouvai notre chambre vide et silencieuse lorsque j'ouvris la porte. Je la fermai à clé au cas où Brooklyn reviendrait. Je ne voulais pas qu'elle voie le téléphone. J'allai directement vers mon lit et sortis le téléphone d'Amanda de mon sac.

Je le fixai pendant un moment. Un iPhone tout neuf enveloppé dans un étui rose. J'ouvris le devant de l'étui et appuyai sur le bouton pour allumer le téléphone. J'entrai le code et regardai la liste des notifications. Pas étonnant qu'elle ait un égo aussi démesuré ! Elle avait 20 mecs différents qui essayaient de la brancher. Je supprimai toutes les notifications et allai sur son WhatsApp.

Il y avait là un groupe de discussion que je voulais examiner de plus près. Je l'avais vu plus tôt, mais je ne pouvais pas croire que c'était sérieux. *Quatre mecs et Amanda allaient coucher ensemble à Las Vegas après la remise des diplômes ? En même temps ?*

Je fis défiler les sextos et photos cochonnes qui avaient été échangés entre eux tous. Je n'arrivais pas à croire que des mecs puissent vouloir qu'il y ait trois autres gars avec eux au moment de passer à l'acte, mais ces types semblaient être l'exception à ce que je croyais être la règle.

Ils étaient à l'origine du pari qu'Amanda avait fait initialement. Et si elle gagnait le pari, elle aurait droit à une nuit avec eux quatre. Les frères Rome. Les frères sexy de l'équipe de baseball. Des quadruplets pour lesquels Amanda semblait avoir le béguin. Elle était prête à faire tout ce qu'ils lui demandaient, si elle pouvait obtenir cette seule nuit avec eux.

J'avais entendu parler d'eux, mais je ne les avais jamais vus en personne. D'après les rumeurs qui circulaient, c'était les mecs les plus sexy du campus, mais je n'avais jamais été assez intéressée pour faire des recherches sur eux. Maintenant, je savais grâce à leurs photos qu'ils n'étaient pas identiques. Oh, ils étaient similaires à bien des égards, mais je pouvais les distinguer. Michael, Adam, Tristan et Daniel.

Les quatre hommes qu'Amanda désirait le plus.

Leurs échanges de messages étaient très cochons et, malgré moi, je commençai à me sentir... excitée à mesure que je lisais la conversation. Au bout d'un moment, je croisai mes jambes pour essayer de soulager la tension qui montait entre elles, mais cela ne fit qu'aggraver la sensation. Je laissai le téléphone tomber sur le lit et fixai le plafond de ma chambre.

Qu'est-ce qui ne va pas chez moi, bordel ? me demandai-je. Je suis excitée en lisant des sextos. Suis-je vraiment désespérée à ce point-là ? Je pris une profonde inspiration, puis une autre, pour essayer de me calmer. La sensation de pression sous mon nombril s'apaisant un peu, je repris le téléphone.

Michael était le plus dominant, ce qui expliquait sans doute pourquoi il était le capitaine de l'équipe. Il dominait les conversations lorsqu'il y participait et disait aux autres quoi faire, ou plutôt quoi dire. Je remarquai que c'était toujours lui qui parlait de baiser Amanda en premier.

J'imaginai que c'était de moi qu'ils parlaient, juste un instant, et mon corps s'enflamma à nouveau. Seulement cette fois, je n'arrêtai pas. Je lus les autres messages, ma lèvre entre mes dents et mes yeux écarquillés de plaisir, alors qu'Adam insistait pour qu'Amanda suce sa bite pendant que Michael la baisait.

Putain, c'était tellement cochon, mais je ne pouvais pas m'arrêter de lire ! Qui ferait une chose pareille ? Une femme qui soit était très sûre d'elle, soit voulait être utilisée comme jouet sexuel. Et à ce moment-là, la façon dont ces frères parlaient me donnait envie de me porter volontaire pour être ce jouet sexuel.

Une profonde palpitation commença à parcourir mon clitoris quand Daniel se joignit à la conversation pour dire à Amanda à quel point il aimerait s'agenouiller à côté d'elle pour sucer un de ses tétons pendant que Tristan sucerait l'autre. Ils se battraient pour savoir lequel d'entre eux taquinerait son clito, mais ils finiraient par s'occuper tous les deux de cet organe rempli de nerfs jusqu'à ce qu'elle explose.

C'était un fantasme qui dépassait de loin tout ce que j'avais déjà pu imaginer, mais maintenant qu'il était dans ma tête, je savais que je ne l'oublierais jamais. Un plan se forma dans mon esprit au fur et à mesure que les minutes passaient. Je savais qu'Amanda pouvait localiser son téléphone à tout moment jusqu'à moi et je voulais que cette conversation se poursuive, mais avec moi.

WhatsApp était une application que je n'avais pas sur mon téléphone. Je n'en avais jamais eu besoin, mais je créai un compte sur mon téléphone avec les informations d'Amanda. Je passai la procédure de vérification puis ajoutai les numéros de téléphone que les mecs utilisaient. Je leur envoyai rapidement un message pour leur dire que « mon » téléphone avait été volé et que j'avais un tout nouveau numéro correspondant à mon tout nouveau téléphone. Je leur dis aussi que si quelqu'un les contactait avec mon ancien numéro, ils devraient l'ignorer parce que ce ne serait pas vraiment moi. Je leur expliquai que je soupçonnais un complot de la part d'une fille qui ne m'aimait pas et que j'apprécierais qu'ils ne me répondent que sur ce nouveau numéro.

Juste au cas où ils auraient des soupçons, je m'envoyai une horde de photos d'Amanda et utilisai celle qu'elle ne leur avait pas encore envoyée où elle avait un visage triste mais un décolleté plongeant. Je venais de parcourir tout l'historique de leur conversation et je savais qu'elle n'avait pas partagé celle-là.

J'étais nerveuse en attendant une réponse, mais ils suivirent tous le mouvement. Michael envoya une photo de sa queue très impressionnante tandis qu'Adam envoya une vidéo de lui en train de « finir ». Cela attira mon attention et je dois admettre que je la regardai plus d'une fois avant de lire les réponses de Tristan en Daniel.

Tristan avait envoyé un émoji triste et Daniel le GIF d'un câlin. Je n'arrivais pas à y croire, mais ils avaient tout gobé jusqu'à présent. Après cela, je retirai la carte SIM du téléphone d'Amanda et l'éteignis. C'était suffisant pour l'instant. Je ne pensais pas qu'il pourrait être localisé s'il était éteint. Du moins, je l'espérais.

Mon téléphone bipa à nouveau et je le pris avec un sourire qui était peut-être juste un peu diabolique. Michael voulait savoir si j'avais besoin de me soulager du stress de la journée. Je restai assise là, sans voix pendant un instant.

Je savais que tout pourrait tomber à l'eau. Qu'il suffirait qu'ils tombent sur Amanda ou qu'ils la retrouvent pour qu'ils découvrent la vérité. Mais quelque chose me dit que cela n'arriverait pas. Les frères Rome n'étaient presque jamais sur le campus. C'était les milliards de dollars de leur père qui les empêchaient d'échouer à leurs cours. Ils vivaient dans les montagnes à Asheville, dans un manoir que d'autres étudiants avaient qualifié d'incroyable.

Je fis des recherches sur eux sur Internet et découvris plusieurs choses. Ils suivaient principalement des cours en ligne, ce qui était une autre raison pour laquelle ils n'avaient pas échoué, et ils avaient tous de bonnes notes. Ils avaient voyagé dans le monde entier, allant de l'Espagne à la Grèce, et en Russie plus d'une fois. Ils prévoyaient tous de jouer dans l'une des meilleures équipes de baseball. Ils ne pouvaient pas être tous les quatre dans la même équipe, mais deux d'entre eux l'étaient et les deux autres se dirigeaient vers le sud.

Leurs parents vivaient à Charlotte, dans une sorte de communauté fermée. Cela expliquait les fêtes.

Je regardai mon téléphone, les mots de Michael, et je décidai qu'il était temps de jouer le jeu.

— Un soulagement serait très apprécié, tapai-je dans la zone de texte.

La formulation de mon message correspondait à la façon dont Amanda construisait ses phrases sur l'application.

— Alors détends-toi, bébé, et laisse-nous t'aider, envoya Daniel au groupe.

Je ne pus empêcher le petit gémissement de plaisir qui sortit de ma gorge. Ils ne savaient pas que c'était moi, mais peu importe. Je crois. Je m'en foutais. Je voulais juste qu'ils continuent.

— Ça te dirait de t'asseoir sur le visage d'Adam pendant que je te baise, bébé ? envoya Tristan.

Je sentis mon corps tressaillir de quelque chose que je ne pouvais pas nommer. Ce n'était pas de la surprise ou de l'excitation. Je crois que c'était du besoin, mais je n'en étais pas sûre.

Je n'avais jamais expérimenté le sexe de quelque manière que ce soit, mais le sexe oral était censé être génial d'après ce que j'avais entendu.

— Ça me paraît intéressant. Quelle bite je dois sucer pour avoir droit à ce traitement ?

C'était audacieux, mais Amanda était audacieuse, du moins dans le chat.

— La mienne, répondit rapidement Michael, et je sentis ma bouche saliver.

Je voulais regarder à nouveau cette vidéo d'Adam, mais décidai d'attendre.

— Et quel plaisir ce serait de sucer cette bite, Adam ! répondis-je tout en agrippant la couette de ma main gauche libre.

C'était tellement mal, mais aussi tellement bon.

Je fus récompensée par une autre vidéo. Cette fois, c'est Daniel qui envoya la séquence. Il était en train de se branler, lentement et tranquillement, et je pouvais l'entendre gémir. Le court clip s'arrêta soudainement et j'appuyai sur « regarder à nouveau ».

— Et moi ? demanda-t-il en interrompant mon petit plaisir de visionnage.

— Je ne peux pas vous sucer tous les deux ?

Je ne savais pas si c'était effectivement possible, mais c'était un jeu, pas vrai ? Je ferais croire aux mecs que c'est à Amanda qu'ils parlent, et quand nous serons tous à Las Vegas pour l'ultime moment qu'ils avaient tous attendu depuis quatre ans, j'espérais qu'ils me pardonneraient. Et me baiseraient.

Quelle meilleure façon de perdre sa virginité qu'en baisant quatre mecs à la fois ?

Je n'avais pas encore vraiment tout mis au point, mais je le ferais. Pour l'instant, je voulais m'amuser avec ces mecs. Je ne savais pas s'ils allaient découvrir que je n'étais pas Amanda, mais j'espérais que non. Je voulais me pointer à cet hôtel qu'ils n'avaient pas encore réservé et leur faire la surprise. Peut-être les supplier de me pardonner et leur demander de me baiser malgré tout. Je savais que c'était de la folie, peut-être même un peu dément, mais qu'est-ce que ça pouvait faire ?

Ça foutrait Amanda dans tous ses états si elle était ignorée par ces mecs. Elle avait passé quatre ans à essayer d'avoir une chance avec eux et je prévoyais de lui voler ce moment. Cela la ferait descendre de son piédestal de savoir que c'était moi, la fille qu'elle avait si peu estimée pendant si longtemps, qui avait baisé les hommes qu'elle désirait plus que tout autre.

— Oh, ma belle, tu pourras sucer autant de bites que tu voudras dès que tu seras à Las Vegas, répondit Adam, et je gloussai.

— J'ai hâte d'être à la remise des diplômes, alors, lui répondis-je.

Je ne savais pas comment j'allais pouvoir me payer un voyage à Las Vegas, mais d'après le plan, tout ce que j'avais à faire était de monter dans un avion ; ils se chargeraient du reste.

— Tu as définitivement gagné le pari, à présent. Tu es passée par tous les bâtiments plus d'une fois, d'après notre dernier décompte, ajouta Michael après quelques instants. Tu as plus que mérité ce voyage.

Je suppose qu'elle l'avait fait. Ils ne voudraient peut-être pas d'une vierge dans ce cas-là, me dis-je. Ils voulaient peut-être une fille beaucoup plus expérimentée que moi. J'allais devoir regarder des vidéos ou autre et faire un peu de lecture pour apprendre des techniques pour baiser avec plus d'un mec. Enfin, même pour baiser avec un seul gars à ce stade.

Un autre message arriva sur le système de messagerie de mon téléphone et je vis qu'il venait de Brooklyn. Comme d'habitude, elle sera chez Stuart ce soir et voulait savoir si être seule ne me poserait pas de problème.

— Je vais bien, ma belle. Amuse-toi ! répondis-je avant de me remettre sur WhatsApp.

Michael était celui qui avait envoyé une vidéo cette fois. Une prise de vue de tout son corps, et le mien s'anima à nouveau. Il était musclé de la tête aux pieds, comme un athlète devait l'être pour garder la forme. C'était juste étrange de recevoir la photo du corps d'un homme, même si elle ne m'était pas destinée. Il avait un bronzage subtil qui faisait briller sa peau d'une teinte dorée. Je l'aimais tellement que j'avais envie de le toucher.

— J'ai hâte de ramper sur vous, les gars, leur fis-je savoir.

Ce n'était pas quelque chose que j'aurais dit dans la vraie vie, mais grâce à ce support, j'étais libre de dire ce que je voulais, quand je le voulais. Je pouvais être directe ou subtile. Quoi que je choisisse ou de la manière que je choisisse. Je pouvais aussi exiger mon propre plaisir, comme je l'avais appris en lisant leurs messages précédents. Il ne s'agissait pas seulement de les faire jouir. Ils voulaient que je... enfin, qu'Amanda... prenne aussi son pied.

— Tes mains sont déjà dans ta culotte ? demanda Adam.

Je regardai le texto avec surprise.

Vraiment ? Après tout le sexe qu'elle se tapait tous les jours, Amanda rentrait chez elle et se masturbait sur ces messages ? Ce devait être le cas, sinon Adam n'aurait pas demandé ça.

Je me mordis la lèvre et grattouillai les ongles de mes pouces non vernis. Qu'est-ce que je dis ?

— Oui, et je suis tellement mouillée.

Je ne savais pas si je l'étais ou non, mais je décidai que j'allais bientôt le découvrir.

— Je sais que tu l'es. Tu es une petite chose en chaleur, tapa Michael rapidement. Désireuse d'être touchée, d'être baisée.

Je l'étais, je dois l'admettre.

Ma main descendit vers le haut de mon pantalon et s'enfouit dans la culotte unie en coton que je portais habituellement. J'allais devoir acheter quelque chose de sexy pour rencontrer ces mecs. Quelque chose de noir en dentelle, ou peut-être blanc, en dentelle et virginal ? Un symbole de ma pureté ? Peut-être que dans ce cas, cela ne les dérangerait pas tant que ça.

— C'est vrai, je le suis, Michael, lui dis-je en tapotant avec ma main droite.

Ma main gauche était occupée à faire descendre ma culotte.

— J'ai besoin de te sentir, tout entier, ou je pourrais bien mourir, ajoutai-je.

Amanda avait écrit cela à plusieurs reprises, alors je savais que cela aurait l'air normal.

Mes doigts se glissèrent enfin entre mes plis et je fus surprise de constater à quel point j'étais mouillée et soyeuse. Je fis descendre mon majeur jusqu'au point le plus humide, puis je remontai à l'endroit qui palpitait le plus. La douce sensation de mon doigt contre mon clito suffit à me faire gémir de nouveau.

— Vous n'imaginez pas à quel point je suis mouillée. Vous m'aidez ? À prendre mon pied ?

— On va le faire, répondit cette fois Tristan. On va te faire jouir si fort que tu auras l'impression que tes yeux vont exploser.

J'adorais le fait que ces quatre hommes soient si désireux de m'aider et qu'ils soient éloquents en le faisant. Ils pourraient se comporter comme des hommes des cavernes, me dire de leur envoyer des photos de mes seins ou de ma chatte, ou me dire comment ils allaient me baiser sans se soucier de ce que je ressentais ou expérimentais. Mais ils semblaient vraiment se préoccuper du plaisir mutuel et c'était énorme pour moi.

Mon doigt frotta à nouveau mon clito et je commençai à appuyer dessus, pour voir si cela apaisait la tension. C'était tellement bon. Je commençai à faire des cercles lents directement dessus, doux et délicats, mais suffisants pour faire jaillir des étincelles.

Le téléphone bipa et je jetai un coup d'œil.

— À propos de ce texto plus tôt. Tu veux toujours que je te baise pendant que tu te fais lécher la chatte ? demanda Michael, faisant naître des images dans ma tête.

Un lit avec une imposante tête de lit, assez grande pour que je puisse m'y accrocher pendant que j'enfonce mes hanches contre un visage ou que je les pousse en arrière pour prendre la queue de Michael en moi. Quelque chose se développa tout au fond de moi, puis se transforma en une explosion qui me secoua. Tout devint silencieux alors que la libération faisait écho à travers moi sur des vagues de plaisir qui déferlaient dans mon cerveau. C'était tellement bon, trop bon pour être vrai, mais ça l'était.

Mon doigt dansait, jouant avec chaque secousse de plaisir tandis que mes jambes se levaient, serrées l'une contre l'autre sur une autre vague d'extase. C'était ce que je prenais à Amanda. C'était la raison pour laquelle je ne rendrais pas son téléphone à cette salope. J'avais besoin de cela. Et de la vengeance que j'aurais sur elle.

7

J e fis les meilleurs rêves de ma vie après m'être endormie cette nuit-là. Lorsque je me réveillai avec un sourire au visage le lendemain matin, je ne ressentis pas non plus la moindre culpabilité. Que cela fonctionne pour moi ou non, j'étais sur le point de ruiner les projets d'Amanda. Cela me semblait mesquin de ma part, mais cela me faisait aussi me sentir très, très bien.

Brooklyn entra, se changea et me dit à peine un mot. Elle n'était pas contrariée, elle était juste perdue dans un nuage de pensées.

— Qu'est-ce qui t'arrive, Brook ? demandai-je alors que je mettais ma veste et que j'attrapais mon sac.

J'étais peut-être une garce mesquine maintenant, du moins quand il s'agissait d'Amanda, mais j'aimais ma meilleure amie.

— Rien. Juste... Eh bien, je t'en parlerai plus tard.

Elle me fit un de ces sourires qui n'était pas du tout rassurant, mais qui était censé l'être.

Je fronçai les sourcils, mes lèvres retroussées vers la droite, mais je lui laissai avoir son intimité pour le moment. En quelque sorte.

— Mais tu vas bien ? insistai-je une dernière fois.

— Oui, je vais bien. Vraiment. J'ai juste beaucoup de choses en tête. On parlera plus tard.

Elle posa sa main sur mon bras puis se dirigea vers la porte.

Nous partîmes chacune de notre côté, elle en route pour une garde à l'hôpital pour sa formation clinique et moi à la recherche de ma propre classe. Je souris alors que la lumière éclatante du soleil se reflétait sur les fenêtres et les pare-brise. La journée était juste un peu plus radieuse après la soirée que j'avais passée seule. Sauf que je n'étais pas vraiment seule. J'étais avec quatre hommes profondément sensuels.

Je pouvais à peine me concentrer sur mon cours, surtout lorsque je sentis mon téléphone vibrer entre mes jambes. Cette professeure détestait vraiment que les élèves utilisent leur téléphone pendant le cours, mais je m'en fichais. J'étais au fond, la prof faisait face au mur pendant qu'elle nous exposait une présentation PowerPoint, elle ne pourrait pas me voir.

— Ma bite est si dure pour toi en ce moment que je vais peut-être devoir rester au lit ce matin.

Le nom de Michael s'afficha à côté du texto.

J'aurais pu jurer que j'avais ronronné de plaisir, mais quand je vérifiai, personne ne me regardait comme si j'étais tarée. J'envoyai rapidement un émoji faisant un clin d'œil et je remis mon téléphone entre mes jambes. Impossible de me concentrer sur la présentation après cela, même si j'essayais. Tout ce à quoi je pouvais penser, c'était Michael, seul dans sa chambre, prenant les choses en main.

Un élève devant moi se retourna pour me regarder avec curiosité lorsque je ronronnai à nouveau. Cela aurait même pu être un gémissement étranglé. Je détournai le regard, mon visage étant maintenant en feu.

Les garçons avaient tous des cheveux foncés et des yeux gris clair. Alors qu'ils avaient tous un visage ovale et un nez proportionné, Michael avait les cheveux courts et des lèvres pleines.

Les cheveux d'Adam étaient plus longs, jusqu'à son cou. Ceux de Tristan étaient bouclés et un peu longs, mais pas trop. Juste assez pour y passer ses doigts, comme un poète irlandais. Ceux de Daniel étaient un peu longs sur le dessus mais plus courts sur les côtés et à l'arrière, un look débonnaire qui me rappelait certaines jeunes stars de rock.

Tous étaient plus que bien foutus.

La professeure essaya d'attirer notre attention sur un point particulier qu'elle voulait aborder, mais je ne pouvais rien faire d'autre que de fixer le vide. Qu'est-ce que ça ferait d'être vraiment avec tous ces hommes en même temps ?

Je sentis un frisson parcourir ma colonne vertébrale. Pendant un instant, je me demandai si c'était vraiment une bonne idée. Cela pourrait être très dangereux. Ils étaient riches, capables de se tirer de n'importe quelle situation. Mais c'était aussi le cas d'Amanda. C'était elle qu'ils s'attendaient vraiment à voir, pas moi, et j'aurais aimé pouvoir changer cela. Non, je ne pensais pas réellement que ce serait dangereux, mais cela pourrait m'exploser à la gueule quand ils me verraient à sa place.

Ce qui me rappela que j'aurais besoin d'acheter un vol pour Las Vegas. Comment étais-je censée faire ça ? Je n'avais absolument aucun argent de côté.

Je pourrais en emprunter, peut-être à Brooklyn, mais est-ce que je voudrais faire ça ? Il faudrait que je lui explique quels étaient mes projets. Sinon, elle voudrait partir avec moi et je ne voulais pas ça. Je l'adorais, mais je n'avais vraiment pas besoin de son aide dans cette aventure.

Non, je ne pouvais pas lui demander de m'aider.

Je ferais une recherche plus tard pour trouver un vol à prix réduit. À défaut, je pourrais peut-être conduire jusque là-bas. Ma voiture n'était pas la plus jolie qui soit, mais elle était bien entretenue et fiable. Cela pourrait être la solution. Sinon, je devrais de toute façon louer une voiture à Las Vegas rien que pour aller à l'hôtel. Hum. Je me demandai ce que cela me coûterait de conduire jusque là-bas.

Le cours se termina enfin et je partis. C'était mon seul cours de la journée, donc je retournai directement à ma chambre. Je vérifiai le coût des vols en ligne et utilisai un site étudiant pour le faire. Il y avait de très bons packages en cours, des offres que je pouvais en fait me permettre maintenant. Je connaissais la date à laquelle nous étions censés tous nous retrouver à Las Vegas et, sur un coup de tête, je payai le vol à partir de mon compte bancaire. C'était hyper avantageux, surtout après avoir ajouté la réduction étudiante, et cela me permit aussi de louer une voiture. Je pris un vol retour deux jours après l'aller, pour que mon séjour ne soit pas trop long, mais d'une durée suffisante.

Juste assez de temps pour perdre ma virginité avec quatre hommes. En une seule fois.

Je gloussai de plaisir et envoyai le fichier qui accompagnait mon achat à l'imprimante sur une étagère à l'autre bout de la chambre. La pièce avait un long placard que nous partagions, deux longues commodes et les deux étagères contre le mur du fond pour le rangement. Je me précipitai vers l'imprimante, sortis les feuilles de papier dont j'aurais besoin et les mis dans mon sac. Je ne voulais pas que Brooklyn sache quoi que ce soit de tout cela.

Elle pourrait essayer de m'en dissuader si elle l'apprenait.

J'allai au travail à l'heure du déjeuner, mon cerveau n'étant disposé pour rien du tout. Je remis plus d'un livre au mauvais endroit et remarquai à peine quand des élèves voulaient emprunter des livres. Mme Lawson me dévisagea plus d'une fois. J'essayai de réveiller mon cerveau, mais tout ce à quoi je parvenais à penser, c'était ce que je pourrais porter.

J'avais pu me payer le vol, mais tout autre achat devrait attendre. Je pourrais aller à la friperie pour acheter une robe. Je n'allais sans doute pas garder mes vêtements sur le dos pendant longtemps de toute façon, donc je pourrais juste emmener une robe, des chaussures, et je pourrais porter un jean et un pull sur le chemin du retour.

À supposer qu'ils veuillent que je reste une fois qu'ils auront compris que je ne suis pas Amanda.

Amanda arriva quelques heures plus tard, parcourant les rayons de son propre chef. Elle s'approcha du comptoir, les yeux plissés de façon suspecte.

— As-tu vu un téléphone ?

— J'ai vu mon téléphone, répondis-je en lui montrant le téléphone pour qu'elle le voie. C'est tout.

— Tu es sûre ? demanda-t-elle en se rapprochant du bureau.

Ses yeux avaient maintenant une note menaçante.

— Parce que si tu as mon téléphone et que tu penses pouvoir l'utiliser contre moi, je te le dis tout de suite, je vais te ruiner.

— Comment ? Je pense que tu as fait tout ce que tu pouvais pour t'assurer que je sois aussi en bas de l'échelle qu'on puisse l'être.

Je la dévisageai avec un sourire en coin.

— Je n'ai pas vu ton téléphone, Amanda et si je l'avais trouvé, je l'aurais remis au centre de contrôle des maladies pour voir quel genre de saletés il a attrapé pendant tes... activités.

Je la regardai d'un air supérieur pour la première fois en quatre ans, la tête haute. Je savais que cela indiquait probablement que quelque chose avait changé, mais je m'en foutais. Laissons-la se poser des questions.

Elle me fixa avec un visage tordu de colère. Sa bouche se fronça en une ligne sinistre. Je pensai qu'elle pourrait me frapper, mais son visage changea soudainement et elle devint tout sucre tout miel. La façon dont elle se penchait maintenant sur le bureau était implorante. Mes yeux se rétrécirent et j'attendis ce qui allait suivre.

— Écoute, Nicolette, j'ai besoin de ton aide. J'avais ce téléphone quand je suis arrivée ici hier soir, mais je l'ai perdu entre ici et mon dortoir.

Elle fit une pause et je pouvais voir que cela lui prenait tous les efforts possibles pour être gentille avec moi.

— C'est juste que si mon père apprend que j'ai encore perdu un téléphone, il va péter les plombs. Il faut vraiment que je le retrouve et j'aurais besoin de ton aide.

Elle s'arrêta pour prendre une profonde inspiration avant de me lancer la plus grande paire d'yeux de chien battu que j'avais jamais vue. Ils ne me firent pas vaciller d'un poil. Je me fichais que son père soit riche ou non, je n'allais pas lui révéler que j'avais son téléphone. Elle pouvait faire face à toutes les retombées qui lui pendaient au nez.

Cette conne aurait vraiment dû être un peu plus prudente si c'était si important que ça.

— Je vais demander à Mme Lawson si quelqu'un a rapporté un téléphone, Amanda. Juste un instant.

J'allai dans le bureau de Mme Lawson, demandai pour le téléphone même si je savais qu'elle n'en avait pas trouvé aucun, et je retournai voir Amanda avec la mauvaise nouvelle.

Je ne fis même pas semblant d'être triste en lui annonçant la nouvelle. En fait, je lui souris.

— Non, j'ai bien peur qu'elle n'ait pas vu de téléphone non plus. Tu l'as peut-être perdu entre ici et ton dortoir ? Il aurait pu tomber par terre et tu ne l'aurais pas entendu.

— Oh, ça m'aide beaucoup, Nicolette. C'est vraiment utile, répondit-elle avec amertume avant de se retourner pour s'éloigner d'un mouvement brusque, ses cheveux blonds s'envolant derrière elle.

Elle était la personnification de la rage, son visage affichant un rouge peu flatteur.

Mon sourire ne diminua absolument pas non plus après

qu'elle soit partie. Je pris mon téléphone et envoyai un nouveau message aux garçons.

— Michael, tu as réussi à t'occuper de ton problème ?

Quelques instants plus tard, mon téléphone bipa.

— Oui, mais il semblerait que j'aie développé un nouveau cas du problème.

Cette fois, je reçus une photo avec le texto. Michael était sur son lit, sa main autour du problème en question et un sourire aux lèvres.

Je soufflai de plaisir et regardai autour de moi. Il y avait plus d'élèves que jamais, mais le bâtiment se viderait bientôt. Mme Lawson mettrait dehors tous ceux qui ne seraient pas partis cinq minutes avant la fermeture.

Je tapai du pied alors que les minutes défilaient lentement. Brooklyn m'envoya un message pour s'excuser et me dire qu'elle ne serait pas à la maison ce soir.

Ce n'était pas un problème pour moi. Je voulais savoir ce qui lui arrivait, mais c'était aussi un soulagement parce que cela signifiait que je pourrais être seule. Une autre nuit de textos coquins et de rires que je ne pouvais pas étouffer. Si elle était là, je mourrais d'embarras. Alors le fait qu'elle sera sortie rendait ma vie beaucoup plus facile.

— Est-ce que cette fille a retrouvé son téléphone ?

Mme Lawson me fit sursauter lorsqu'elle arriva derrière moi pour me poser cette question.

— Non, je ne crois pas.

Je rangeai le bureau qui était déjà bien ordonné et j'essayai de ne pas avoir l'air coupable.

— Et tu ne sais rien à ce sujet, n'est-ce pas, Mlle Howell ?

Mme Lawson me regarda d'un air que je trouvais à la limite de la suffisance.

— Non, Mme Lawson.

Je levai les yeux vers elle puis les baissai vers le bureau.

— Je ne sais rien de ce téléphone, rien du tout. Elle ne fait pas très attention à ses affaires, alors ce n'est pas une grande surprise qu'elle ait perdu son téléphone.

— Je suis d'accord, Mlle Howell. Elle ne prend pas du tout soin de ce qui lui appartient.

Mme Lawson inclina la tête vers moi et retourna dans son bureau avec un sourire satisfait.

J'eus l'impression qu'elle n'aimait pas plus Amanda que moi. Après tout, cette fille utilisait la bibliothèque comme si c'était son bordel privé depuis quatre ans et même si Mme Lawson était souvent dans son bureau, peu de choses lui échappaient. Je doutais même qu'elle n'ait pas vu que j'avais ramassé ce téléphone.

Un clin d'œil espiègle juste avant qu'elle ne disparaisse me fit comprendre qu'elle savait que j'avais ce téléphone, mais qu'elle ne le dirait à personne. Je restai là, choquée, mais heureuse d'avoir une co-conspiratrice. Je savais que nous n'en parlerions jamais ensemble, mais elle était consciente que j'avais un plan.

Mme Lawson avait toujours été gentille avec moi, surtout lorsque la nouvelle de ce blog avait circulé. Elle ne dit jamais un mot sur ce blog, mais elle avait été encore plus aimable que d'habitude avec moi. J'avais apprécié cela.

Je ne voulais pas qu'elle ait des ennuis à cause de ce téléphone et si nous étions toutes les deux d'accord pour dire que nous ne l'avions pas vu, alors elle n'en aurait pas. Je terminai mes tâches et je rentrai chez moi dans la pénombre. La soirée était plus chaude qu'elle ne l'avait été depuis très longtemps et j'enlevai mon sweat à capuche en marchant vers le dortoir.

Je m'arrêtai au magasin du coin et achetai un hot dog pour le dîner et un paquet de chips nature. Le printemps était dans l'air, décidai-je en sortant du magasin. Au lieu d'être froid au point de voir ma respiration, l'air était pur et je pouvais sentir un léger soupçon de quelque chose de floral dans l'air.

Je voulais rentrer rapidement, mon téléphone ayant bipé

plusieurs fois pendant que j'étais dans le magasin. Je savais que c'était les frères Rome. Le téléphone émettait un son différent lorsqu'il s'agissait d'un message de quelqu'un d'autre. Je voulais lire ces textos, manger mon dîner et me mettre directement à travailler. Enfin, à jouer, dans le cas présent, pensai-je en ricanant et en franchissant la porte. Jouer longtemps.

8

Pour certain, aller à l'université signifie accéder à une véritable indépendance pour la première fois, ou peut-être ces personnes veulent-elles simplement retarder encore un peu l'entrée à l'âge adulte. Pour d'autres, partir à la fac signifie simplement de nouvelles opportunités de torturer et d'intimider les autres. J'étais arrivée ici avec des espoirs et des rêves, le désir d'être quelqu'un que je ne m'étais jamais autorisée à être. J'avais travaillé dur pendant tout le lycée pour gagner l'opportunité qui était donnée à tant d'autres et qu'ils considéraient comme acquise. J'avais prévu d'être plus détendue à cette étape de ma vie ; un peu plus extravertie même. Je voulais passer du temps à des fêtes et traîner avec des gens cool qui me feraient réfléchir.

Au lieu de cela, j'avais eu Amanda et ses tentatives de rendre ma vie misérable dès le début. Des tentatives qui avaient fonctionné pendant très longtemps. Je savais que les frères Rome pensaient que c'était Amanda à l'autre bout de la messagerie, mais malgré cela, je sentais ma confiance en moi grandir chaque jour qui passait. J'avais rendu mes projets finaux et aujourd'hui, je devais passer mes derniers examens. Après cela, ma vie dans cet endroit qui était un havre de paix pour tant de gens, mais un enfer pour moi, serait terminée.

Rien ne pourrait me démolir.

Pas même la bombe que Brooklyn lâcha sur moi tôt ce matin-là. Elle s'était précipitée dans la salle de bain avant même que je ne sorte du lit. D'après la façon dont elle gémissait, je me dis qu'elle en avait vraiment besoin. J'étais en train de m'habiller quand elle revint, avec l'air d'être sur le point de mourir de la peste.

— Qu'est-ce qui ne va pas, Brook ? Tu as une mine affreuse.

Je me précipitai vers elle et mis mon bras autour de son épaule. Elle était recroquevillée, ses bras enroulés autour de son ventre. Elle avait l'air encore plus pâle que d'habitude et la peau autour de ses yeux et de son nez était rouge.

— Je voulais t'en parler, mais je n'en ai pas eu le courage.

Elle se dirigea vers son lit et s'assit. Je m'installai à côté d'elle et tins sa main droite dans la mienne. Elle avait les larmes aux yeux et l'air si triste que cela me brisa presque le cœur en deux.

— Je suis enceinte.

— Quoi ?

Ma question explosive et mon regard choqué la firent reculer un peu.

— Je sais, je sais. J'aurais dû m'y attendre. On aurait dû être plus prudents. Mais c'est arrivé et maintenant... eh bien, je suis enceinte.

— Brooklyn !

Je la pris dans mes bras et la serrai très fort.

— Ces choses arrivent, sinon je suis sûre qu'il y aurait beaucoup moins de gens dans ce monde.

— Je sais. C'est l'une des raisons pour lesquelles on a décidé de rester à Charlotte. C'est un endroit qu'on connaît, avec des médecins qu'on connaît.

Elle s'éloigna de moi et s'essuya les yeux.

69

— Je suis enceinte d'environ quatre mois, donc j'aurai juste le temps de commencer à travailler, de m'y habituer, puis de devoir partir en congé maternité.

— Ça ne te laisse pas beaucoup de temps, convins-je, mon inquiétude étant maintenant que l'hôpital annule son offre d'emploi. Ils ne peuvent pas te retirer le poste, n'est-ce pas ?

— Non, il y a une clause, ou une loi, quelque chose qui me protège. Je me suis déjà renseignée à ce sujet.

Elle prit une profonde inspiration et se redressa.

— Tant que je passe tous les examens et que j'obtiens ma licence, ils ne peuvent pas annuler l'offre d'emploi.

— Bien. Ça te protégera de toute façon.

Je ne savais pas quoi dire d'autre. Je savais qu'elle n'avait pas prévu cela, mais elle semblait avoir décidé de garder le bébé, alors il ne restait plus qu'à lui apporter mon soutien.

— Tu connais déjà le sexe ?

— Ouais, c'est une fille. On l'a appris hier.

Elle se dirigea vers la table de chevet que nous partagions et sortit une photo d'un de ses livres. Elle me montra l'échographie imprimée sur la feuille.

— Ça, c'est son visage, de toute évidence. Et ça, ce sont ses lèvres intimes et son vagin. Pas de pénis en vue.

— Je voudrais une fille, déclarai-je, même si je n'y avais jamais vraiment réfléchi.

Les enfants étaient quelque chose pour l'avenir après que j'aie perdu ma virginité. Maintenant, avec la grossesse de Brooklyn confirmée et rendue réelle par des photos, je savais que c'était ce que je voudrais.

— Je veux juste un bébé en bonne santé, dit-elle d'une voix fatiguée.

Elle avait un programme chargé pour les prochaines semaines, ses études étant loin d'être terminées. Elle avait un autre examen d'État à passer pour obtenir sa licence d'infirmière certifiée et des choses pour y arriver auxquelles je ne voulais même pas penser.

Maintenant, elle devait se soucier d'un bébé en plus de tout cela. La vie serait difficile, mais je savais que je serais là pour l'aider à la traverser. Nous ne serions pas très éloignées l'une de l'autre. Après mon retour de Las Vegas, du moins.

La remise des diplômes était dans deux jours, puis je prendrais l'avion au départ de Charlotte pour deux jours, puis je reviendrais. Je la verrais à mon retour.

— Tu sais que je serai là pour t'aider du mieux que je pourrai, Brook. Tu n'es pas seule.

— Oh, je sais.

Elle renifla en baissant les yeux sur la photo.

— Stuart est tellement excité qu'il peut à peine tenir en place. Il a un travail là-bas, maintenant.

— Pour faire quoi ?

Je m'étais toujours demandé quel genre de travail on pouvait faire avec un diplôme d'art. Je n'arrivais pas à penser à autre chose qu'à l'enseignement.

— Il va travailler avec une nouvelle société d'édition. Ils conçoivent des bandes dessinées, des choses comme ça.

— Ça a l'air lucratif, clignai-je des yeux en attendant qu'elle m'en dise plus.

— Ça l'est, plus que je ne le pensais.

Elle avait l'air soulagée.

— J'aime ce garçon et son âme de poète, mais je me demandais ce qu'il pourrait faire.

— Tout va s'arranger alors, Brooklyn. Ne t'inquiète pas, d'accord ?

Je la serrai de nouveau dans mes bras et elle hocha la tête en fixant le mur d'un regard vide.

— Je l'espère, Nic. Je l'espère vraiment.

Elle laissa son torse retomber sur son lit et fixa le plafond.

— La remise des diplômes est presque là et on va rentrer à

la maison. Je suppose qu'on va bientôt devoir faire nos valises, n'est-ce pas ?

— Ça me rend un peu triste, en fait.

Je regardai autour de moi la chambre que nous avions faite nôtre. Bientôt, quelqu'un d'autre l'occuperait et nous serions dans nos nouvelles maisons d'adultes. Enfin, elle le serait. Je serais chez ma mère pendant un moment. J'avais décidé de rester dans la région et de ne pas aller à Atlanta parce que ma mère et Brooklyn comptaient toutes deux énormément pour moi.

Ma mère travaillait toujours beaucoup, alors j'avais rarement le temps de lui parler, mais je l'aimais. Maintenant que j'étais au courant pour le bébé, je voulais être là pour ça aussi, alors peut-être que lorsque j'aurais économisé assez d'argent, je déménagerais avec ma mère plus près de Charlotte.

Si elle voulait venir avec moi, bien sûr.

Elle n'en aurait peut-être pas envie, pensai-je en me rendant à mon dernier examen de la journée. Mon dernier cours pour toujours, pour ce qui était de ce diplôme. Cela me rendait un peu mélancolique, mais en même temps, j'étais vraiment contente que ce soit terminé. J'avais eu une note tellement bonne au dernier cours que je n'avais pas vraiment besoin de réussir le partiel. Je passerais de toute façon, mais je voulais m'assurer de garder ma moyenne générale élevée. J'étais un peu tatillon à ce sujet. Une vieille habitude du lycée dont je n'arrivais pas à me défaire.

Je passai l'examen sans problème, je connaissais toutes les réponses et je sortis de la classe pour me rendre à la bibliothèque. Ce soir, c'était ma dernière soirée de travail là-bas et je voulais dire au revoir à Mme Lawson.

— Tu n'étais pas obligée de venir, Mlle Howell, dit-elle avec un sourire triste. Mais je suis contente que tu l'aies fait. Viens dans mon bureau, veux-tu ?

— Bien sûr, acceptai-je sans hésiter, toujours heureuse de l'aider.

— Surprise ! dit-elle doucement en ouvrant la porte. J'ai la possibilité de faire ça certaines années, mais pas très souvent. Félicitations pour ton diplôme, Nicolette. Je suis très fière de toi.

Je fixai un gâteau sur son bureau, un grand cupcake red velvet avec une bougie étincelle au milieu et une bannière qu'elle avait accrochée au-dessus de son bureau. Il y avait un petit cadeau à côté du cupcake sur une assiette en plastique et je savais que c'était pour moi.

— Oh, Mme Lawson.

Je sentis les larmes me monter aux yeux alors qu'elle me serrait la main et se penchait un peu.

— Merci.

— Tu as été d'une aide merveilleuse, Mlle Howell, et tu as travaillé dur pour obtenir ce diplôme. Je suis vraiment très, très fière de toi.

Elle s'éloigna avant que cela ne se transforme en un câlin, toujours aussi formelle mais se laissant un peu aller, avant de me tapoter l'épaule. Avec un large sourire, la femme plus âgée me tendit le cadeau et j'arrachai le papier rose pour découvrir un livre. Ce n'était pas une surprise, mais ce qui l'était, c'était le titre.

« *Hyperbole* » d'Allie Brosh. Je le feuilletai et vis qu'il était rempli d'illustrations qui avaient l'air très humoristiques. J'aurai plaisir à le lire, pensai-je en fermant le livre et en regardant la bibliothécaire en chef.

— Merci, Mme Lawson, c'est vraiment très gentil de votre part. J'apprécie tout ce que vous avez fait pour moi.

Je le pensais. Mme Lawson ne débordait pas exactement de chaleur. Beaucoup la considéraient même comme froide, mais derrière cet extérieur glacial se cachait une femme qui avait décidé il y a de nombreuses années de ne plus laisser la douleur entrer dans son monde.

Cela ne voulait pas dire qu'elle était cruelle, loin de là. Elle avait souvent fait de petites choses pour faciliter ma journée. Elle avait parfois acheté un cupcake supplémentaire ou avait partagé un gâteau qui était bien trop gros pour une seule personne. Il lui était arrivé de garder pour moi des livres dont elle savait que j'aurais besoin pour mes cours et une foule d'autres petits gestes attentionnés dont je ne me souvenais pas sur le moment.

Je partageai le cupcake géant avec elle et lui parlai de mes projets d'avenir. Que je serais proche de Brooklyn, qu'elle avait rencontrée plus d'une fois, et qu'elle attendait un enfant donc que nous allions toutes les deux commencer plus qu'une nouvelle vie.

— Je suis sûre que vous aurez toutes les deux une très bonne vie, Mlle Howell. L'université n'est pas la partie la plus importante de la vie. Elle nous aide simplement à franchir la prochaine étape.

Elle fit une pause et sembla prendre une décision. Elle me regarda dans les yeux, révélant les lignes et les rides qui ornaient sa peau nette et la douleur dans ses yeux bruns profonds.

— Je me suis cachée dans cette bibliothèque toute ma vie, Mlle Howell. Elle m'a réconfortée tout au long de cette existence. Tu mérites de sortir et de vivre la vie que j'aurais dû vivre.

— Oh, Mme Lawson.

Des larmes piquèrent mes yeux et je baissai le regard vers mes mains.

— Merci.

— Il n'y a pas de quoi, Mlle Howell. Maintenant, mettons-nous au travail, d'accord ?

Je souris et hochai la tête en signe d'acceptation. Tout était

~ redevenu normal maintenant. Mais j'en savais beaucoup plus sur elle que je ne le pensais. Je ne connaissais pas son histoire exacte, mais je n'en avais pas besoin. Quelque chose s'était produit il y a longtemps, quelque chose qui l'avait profondément blessée. Je pouvais comprendre cette douleur et je savais qu'elle avait raison. Je ne devrais pas me cacher.

Je n'en avais pas vraiment l'intention. J'allais partir pour Las Vegas dans quelques jours et j'en profiterais au maximum. Je ne savais pas ce que je ferais si les frères me mettaient à la porte de la chambre d'hôtel, mais cela signifiait simplement que j'allais devoir faire très attention. Il faudrait que je trouve un moyen de les convaincre de me laisser entrer d'une manière ou d'une autre. Dans leur vie, au moins pour les deux jours qui avaient été prévus.

Mon service se termina sans aucun problème. Les heures furent remplies par des étudiants rapportant des livres et payant les frais de retard dus. Cela me tint occupée et lorsque nous fermâmes pour la nuit, je regardai le bâtiment pendant un moment. La bibliothèque avait été mon premier vrai travail et il avait été accompagné d'une dame qui m'avait appris plus qu'elle ne le savait au cours des dernières années.

— Au revoir, Mme Lawson, lui dis-je une dernière fois alors qu'elle se dirigeait vers sa voiture.

— Au revoir, Mlle Howell. J'espère te revoir un jour.

Elle me fit un signe de la main et je la regardai s'éloigner. Elle portait un tailleur-jupe bleu foncé, probablement des années 80 d'après la coupe, mais toujours parfaitement ajusté à sa mince silhouette. Ses talons noirs étaient épais comme ceux que j'avais vus dans des films des années 50 et ses cheveux étaient relevés en un chignon serré. La bibliothécaire stéréotype, mais aussi une source cachée de connaissances. Elle va me manquer, pensai-je en retournant au dortoir.

Brooklyn était avec Stuart, alors je passai la soirée à emballer mes affaires. Ma mère allait venir pour la remise des diplômes et resterait dans un hôtel à proximité. Ma voiture serait chargée et prête à partir dès que la cérémonie serait terminée. Nous rentrerions ensemble et ce serait la fin de mon séjour ici.

Je me sentis un peu submergée par cette perspective. Mon temps ne serait plus dicté par les cours et les devoirs. Il serait dicté par mon employeur et mes propres décisions. Je mis de la musique et m'assis près de la fenêtre qui donnait sur le parking. Des étudiants passaient, détendus et souriants. Quelques-uns avaient encore l'air stressés et pleins d'anxiété, mais la plupart des élèves faisaient la même chose que moi.

Ils faisaient leurs bagages pour rentrer chez eux. Certains rentreraient pour l'été et reviendraient à l'automne, mais d'autres étaient comme moi. Prêts à se lancer dans le monde maintenant.

Mon téléphone bipa et j'y jetai un coup d'œil.

Ces dernières années, j'avais voulu perdre ma virginité et cela n'était pas arrivé. J'en fus presque heureuse lorsque je lus le texto de Daniel. Il était seul chez lui et avait besoin d'un coup de main pour un certain problème qu'il avait. Je lui répondis que je serais plus qu'heureuse de l'aider à se débarrasser de ce désagrément.

C'était pour cette raison que cela ne me dérangeait pas d'être sur le point d'obtenir mon diplôme et d'être encore vierge. J'avais quatre hommes plus que prêts et désireux de s'occuper de ce problème pour moi. Enfin, pour Amanda, mais je parviendrais à entrer dans cette chambre d'hôtel d'une manière ou d'une autre. Je savais que je pouvais le faire.

Je devais juste avoir foi en moi.

Au final, je ruinerais le plan d'Amanda, quelque chose qu'elle s'était efforcée de préparer pendant quatre ans, pendant que je récupérerais mon amour-propre. C'était de la folie, mais c'était mon plan. Et si cela échouait, je rentrerais chez moi et je tenterais autre chose. Ce ne serait pas la fin du monde.

Mais j'essaierais quand même à fond de convaincre ces mecs de me laisser entrer dans leur chambre. Je le voulais plus que tout ce que j'avais voulu dans ma vie. Je sentis mon téléphone vibrer et je jetai un coup d'œil dessus. Je voulais tout ce qu'ils m'avaient proposé, que ce soit fou ou pas.

9

L e jour de la remise des diplômes. Je regardai la foule en défilant au rythme des autres diplômés. Il était enfin arrivé, ce jour que j'avais attendu si longtemps. Plus de devoirs, plus d'examens, plus de cours. Je pris une profonde inspiration et écoutai les discours, mais je n'entendis pas un mot de ce que les gens disaient.

Je regardai autour de moi, me demandant ce que chaque étudiant deviendrait. Nous avions tous des espoirs et des rêves, les mêmes qu'au début, mais maintenant nous avions tous de nouvelles directions à prendre. J'avais juste un petit détour à faire en chemin.

Il était encore suffisamment tôt pour que ma mère et moi soyons de retour à Hickory à temps pour fêter ça dans mon restaurant mexicain préféré. Je lui annoncerais pendant le dîner que je prévoyais une petite escapade à Las Vegas. Ce n'était pas quelque chose que je voulais lui révéler tout de suite.

J'entendis que mon nom fut appelé, ainsi que la spécialisation de mon diplôme, et je me levai pour traverser l'auditorium. C'est alors que j'entendis ma mère enfreindre les règles et crier mon nom avec tant de fierté que j'en rougis.

— C'est *ma* petite fille ! cria ma mère avant de s'asseoir.

Je gloussai un peu et pris le papier enroulé que le doyen me tendait. Je lui serrai la main et descendis de l'estrade. Je voulais juste quitter le bâtiment à ce stade, mais nous n'en étions qu'à la moitié de l'alphabet. Je me sentais mal pour les personnes qui étaient au début de l'alphabet.

Je m'assis et laissai mon cerveau divaguer en attendant la fin de la cérémonie. J'applaudis quand il le fallait et avant de m'en rendre compte, j'étais dehors à la recherche de ma mère. Brooklyn était de l'autre côté du campus, où se tenait la remise des diplômes de sa spécialisation. Nous nous étions dit au revoir tôt ce matin et avions prévu de nous voir le week-end prochain.

— Mon bébé d'amour ! entendis-je ma mère m'appeler, et je me retournai vers elle, toujours vêtue de ma robe et de mon chapeau.

Je la serrai dans mes bras lorsqu'elle se précipita vers moi, ses cheveux châtain clair détachés tombant jusqu'à sa taille. J'avais toujours adoré ses cheveux.

— Salut, maman. Je suis tellement contente de te voir !

— Félicitations, Nicolette ! Oh, mon Dieu, je suis si fière de toi, ma puce !

Elle se retira et l'odeur de son parfum aux agrumes diminua.

— Tu l'as fait !

— Oui !

Je souris joyeusement, mais mon sourire s'atténua lorsque je vis Amanda passer. Nous avions suivi le même programme, c'était donc aussi le jour de sa remise de diplôme. Elle se tenait debout avec un couple plus âgé que je supposais être ses parents. Ils avaient l'air heureux mais bien trop formels pour être aussi effusifs que l'était ma mère. Amanda avait l'air grognon et cela me fit rayonner de bonheur. Je suppose qu'elle n'avait toujours pas réussi à contacter les frères Rome.

J'étais surprise qu'elle ne l'ait pas fait, me dis-je alors que ma mère et moi marchions vers le parking où j'avais laissé ma voiture. Je m'étais dit qu'elle les rappellerait avec un nouveau téléphone et qu'ils comprendraient que je n'étais pas elle, mais cela ne s'était pas produit. Il était toujours prévu qu'on se retrouve dimanche dans l'un des hôtels les plus chics de Las Vegas.

— Oh, avant que j'oublie, tu as reçu ça au courrier à la maison. Je te l'ai apporté.

Ma mère me tendit une enveloppe jaune vif qui était manifestement une carte. Elle venait des parents de mon père en Californie.

J'ouvris la grosse enveloppe, m'attendant à une carte épaisse et coûteuse, mais je tombai sur une liasse d'argent à l'intérieur. Dans l'enveloppe se trouvaient dix billets de 100 dollars tout neufs et des billets d'avion pour un voyage en Californie en août. Il y avait aussi une lettre.

Je levai les yeux vers ma mère, complètement choquée. J'avais à peine eu de leurs nouvelles pendant la majeure partie de ma vie et maintenant ils semblaient vouloir me voir. Je fixai l'argent et perdis la capacité de parler. Je pouvais me permettre un voyage à Las Vegas en fin de compte. Un très court voyage, mais si cela devait arriver, j'aurais assez d'argent pour me payer une chambre d'hôtel.

— Maman, regarde !

Je lui montrai le contenu de l'enveloppe et elle eut l'air aussi surprise que moi.

— Ils ont été très généreux.

Elle ne m'avait jamais beaucoup parlé des parents de mon père, que ce soit en bien ou en mal, donc je ne savais pas grand-chose sur eux.

— Très, chuchotai-je en mettant l'argent dans mon portefeuille avant de le perdre.

J'y glissai aussi la lettre. Elle n'était pas longue ; c'était plus une note écrite à la main qu'une lettre, mais c'était les premiers mots que j'avais eus d'eux depuis des années.

— Je suppose que lorsque ton père est décédé, cela a été très dur pour eux, Nicolette.

Elle s'appuya contre ma voiture, ce qui fit que la robe bleu vif qu'elle portait se resserra un peu autour de sa taille fine. Mais c'était son visage que je regardais, pas son corps. Elle semblait vouloir dire les choses très prudemment.

— Je n'ai jamais perdu un enfant, alors je ne peux pas les blâmer pour leurs actions. Mais je suis heureuse qu'ils t'aient contactée. Tu mérites d'avoir plus de personnes qui t'aiment dans ta vie.

— Oh, merci, maman.

Je la serrai dans mes bras et la regardai.

— Tu as besoin d'argent pour l'essence ?

— Non, chérie. Le Dr Lerner m'a donné quelques heures supplémentaires cette semaine pour m'aider.

Ma mère mentionna le dentiste pour lequel elle avait travaillé ces dernières années avec des étoiles dans les yeux.

— Il t'a déjà invitée à sortir ?

J'étais allée à son travail avec elle un jour pendant les vacances d'hiver et j'avais remarqué les étincelles qui volaient entre eux.

Cela faisait des années que mon père était décédé et elle méritait une vie heureuse. Je ne reprochais absolument rien au charmant dentiste. Je voulais qu'elle ait un homme gentil avec qui passer sa vie et il avait l'air d'être un type formidable. En plus, il était beau, pour un homme plus âgé.

— Oui !

Ma mère me dit cela en chuchotant et regarda autour d'elle pour s'assurer que nous étions seules.

— C'est juste dommage qu'il m'ait demandé de sortir avec lui demain soir. Il n'est libre que le dimanche et le lundi, alors je lui ai dit que je pourrais peut-être lundi. Je devrais passer la journée de demain avec toi.

— Non, maman. Rappelle-le et dis-lui que tu le verras demain. J'ai des projets. Je... euh... vais faire un petit voyage à Las Vegas. Mon propre cadeau de célébration pour moi-même.

— Ouah, c'est super ! Tu le mérites, ma puce. Très bien, je l'appellerai avant qu'on ne parte alors.

— Va l'appeler alors, je vais garer ma voiture à côté de la tienne. Je t'aime, maman.

Je la serrai dans mes bras, mis la carte dans mon sac et montai dans la voiture.

Le trajet jusqu'à la maison prit une heure, puis nous étions de retour à Hickory. Je souris lorsque je vis les routes défoncées ainsi que l'immense drapeau américain oh combien familier qui flottait devant la concession automobile. J'étais à la maison. Ma mère prit une sortie et nous nous arrêtâmes ensemble au restaurant.

C'était une soirée amusante, remplie de rires et d'amour. Pendant un petit moment, j'oubliai les frères Rome et Amanda tandis que ma mère et moi discutions. Je lui parlai de la grossesse de Brooklyn et du fait qu'elle serait à Charlotte d'ici la fin de la semaine. Ma mère avait rencontré Brook plus d'une fois au fil des ans et l'aimait comme si elle était sa fille. Elle avait même un cadeau de fin d'études à offrir à Brooklyn.

Elle fut aussi surprise que moi que Brooklyn, normalement très prudente, ait dérapé et soit tombée enceinte, mais elle dit qu'elle serait là pour l'aider aussi. Cela me fit aimer ma mère encore plus. Nous étions en train de commander un dessert quand nous eûmes toutes les deux une surprise.

Le Dr Lerner entra dans le restaurant et salua ma mère.

— Je suis désolé, je savais que vous alliez venir ici et je dois admettre que je n'ai pas pu m'empêcher de m'incruster à la fête. Je voulais féliciter Nicolette et te voir, Milly.

Ma mère rougit et désigna la place à côté d'elle sur la

banquette. J'étais assise de l'autre côté de la table et je souris comme une gamine qui vient de découvrir un vilain secret. J'étais pratiquement certaine que le Dr Lerner était amoureux de ma mère et cela me convenait parfaitement.

— Salut, dis-je avec un sourire éclatant en place. C'est un plaisir de vous revoir.

— Pour moi aussi, Nicolette. Félicitations, au fait.

Il me tendit une carte et lorsque je regardai à l'intérieur, je vis des chèques-cadeaux pour des détartrages gratuits et d'autres traitements.

— Je me suis dit que, comme tu allais être sur le marché du travail, ou nouvellement embauchée, tu pourrais vouloir... hum... eh bien, je ne voulais rien présumer, tu as de très belles dents, c'est juste que...

— C'est super, en fait. Merci.

C'était un cadeau attentionné, même si le pauvre homme avait réussi à se couvrir d'embarras. Je ne voulais pas qu'il se sente comme ça alors je pris le cadeau gracieusement.

— C'est vraiment très gentil de votre part.

— Tout le plaisir est pour moi, répondit-il tout en regardant autour de lui. Alors, vous allez commander un dessert ?

— Oui, un brownie fondant pour nous deux. Tu veux quelque chose ?

Ma mère leva les yeux vers l'homme qui paraissait très grand, même assis. Il se pencha vers elle et je trouvai ça mignon. Il avait des cheveux blonds virant au gris sur les tempes, des yeux noisette et un visage bien rasé. Il portait une belle montre et une seule bague à sa main droite, un bijou en œil de tigre dans un anneau en or.

Il n'était pas tape-à-l'œil pour autant. Il était bien habillé avec une chemise en soie bleu foncé et un pantalon gris foncé. Juste le genre d'homme qui serait capable de fournir un bon foyer stable à ma mère. En supposant qu'on en arrive là, mais j'avais le sentiment que ce serait le cas vu la façon dont ils se regardaient tous les deux.

Je mangeai mon dessert, puis les laissai prendre quelques verres ensemble. J'étais assez âgée pour me joindre à eux, mais la célébration informelle semblait s'être transformée en rendez-vous galant. Je ne voulais pas m'imposer et je retournai donc en voiture jusqu'à notre maison à la campagne.

Je sentis l'odeur familière de la maison en entrant et je me sentis me détendre. J'avais apporté ma valise avec moi et la vidais dans la commode qui se trouvait dans ma chambre depuis que j'avais 16 ans. Je trouvai un sac plus petit et le remplis avec les nouveaux sous-vêtements que j'avais achetés, ainsi que la robe, un jean, un autre t-shirt, des chaussettes et les chaussures à talons qui allaient avec la robe. J'y ajoutai une nuisette, juste au cas où, puis j'y mis quelques produits de toilette format voyage.

J'avais prévu de relever mes cheveux en un chignon épais, avec des mèches tombant autour de mon visage. Je n'aurais pas besoin de fer à friser ni de lisseur. Mon avion atterrissait tôt le lendemain et si je partais de bonne heure le mardi matin, j'arriverais pas trop tard à la maison. Ma mère serait au travail, donc cela ne devrait pas poser de problème.

Je regardai autour de moi et vis mon sac à main. Je me souvins de la lettre et des billets d'avion qui se trouvaient dans la carte. Je sortis la lettre et la lus.

Chère Nicolette,

Félicitations pour ton diplôme ! Ton grand-père et moi sommes très fiers de toi. Nous avons été absents pendant la plus grande partie de ta vie, mais la perte de ton père nous a beaucoup affectés et nous commençons seulement à nous en remettre. Nous voulons nous excuser de t'avoir négligée pendant si longtemps et espérons que tu accepteras ces billets pour venir nous rendre visite. L'argent est destiné à tout voyage que tu aimerais faire ou à tout ce dont tu pourrais avoir besoin avant de commencer à travailler.

J'espère que tu pourras pardonner notre absence dans ta vie, Nicolette, et j'espère que tu viendras nous voir. Ton grand-père est devenu fragile ces dernières années et prendre l'avion est éprouvant pour lui. Tu trouveras ci-dessous notre numéro de téléphone alors, si cela ne te dérange pas, appelle-moi de temps en temps. Je suis très fière de toi et j'espère te voir dans quelques mois.

Tout cela était très gentil et je lus deux fois la lettre avant de la reposer. Ma mère avait eu raison. La mort de mon père les avait frappés très fort. Je ne pouvais pas et ne voulais pas imaginer ce qu'ils avaient traversé. Bien sûr, ils auraient peut-être pu faire un peu plus partie de ma vie, décidai-je, mais qui peut juger ce qu'il ne peut pas comprendre ?

Je rangeai les billets et la carte avec la lettre dans mon tiroir à sous-vêtements et décidai d'appeler la femme qui était ma grand-mère une fois de retour à la maison. Pour l'instant, j'avais une aventure pour laquelle je devais me préparer.

J'avais acheté un kit d'épilation maison bon marché et je l'utilisai maintenant pour m'assurer que chaque partie de mon corps était lisse. J'avais lu qu'il était préférable de le faire la veille d'un grand rendez-vous pour être sûre de pouvoir régler tout imprévu de dernière minute. C'était douloureux, mais le résultat en valait la peine. J'avais l'air plus soignée, en tout cas, pensai-je en rangeant la boîte et son contenu dans le meuble sous le lavabo.

Je m'entraînai à me maquiller et réussis à prendre le coup de main, juste pour tout enlever à nouveau en riant. J'étais quand même prête pour demain. Je mis mon maquillage dans mon sac, puis réglai mon réveil et l'alarme de mon téléphone.

Ma mère rentra et nous nous souhaitâmes bonne nuit. Elle avait l'air d'être sur un petit nuage, ce que j'approuvais grandement, alors qu'elle traversait le couloir vers sa propre chambre. C'était une petite maison avec trois chambres à coucher, une seule salle de bain, la cuisine et le salon. Assez grande pour nous, en tout cas.

Je reçus un texto alors que je me glissais dans mon lit. Brooklyn me disait bonne nuit. Nous avions passé tellement de temps ensemble dans notre chambre, en dehors de notre chambre, que cela me faisait bizarre de savoir que je ne partagerais plus jamais une chambre avec elle. Bien sûr, elle avait passé la plupart de son temps libre avec Stuart après l'avoir rencontré, mais c'était différent maintenant. Tout avait changé. Nous étions tellement habituées à être proches l'une de l'autre et maintenant nous étions séparées par des kilomètres. Elle était allée avec Stuart à l'appartement qu'ils avaient loué tous les deux et ils étaient en train de s'installer.

J'attendis un message des frères Rome, mais je ne reçus rien. Je supposai qu'ils étaient occupés par leurs propres célébrations de remise de diplômes. C'était révélateur. La façon dont nous célébrions tous différemment. Des gens comme Amanda et les frères Rome étaient probablement à des fêtes sauvages, pleines de musique et d'alcool, mais moi j'étais là, déjà au lit. Brooklyn serait bientôt au lit aussi, plutôt qu'à une fête.

Maintenant, nous devions chacun nous débrouiller dans la vie. Enfin, c'était le cas pour Brooklyn et moi. Amanda et les frères allaient probablement pouvoir compter sur l'argent de leurs familles pendant longtemps. Ils avaient aussi des relations que Brook et moi n'avions pas. Pourtant, le travail acharné paie vraiment parfois. De plus, je ne voulais pas être riche. Juste vivre confortablement et être en mesure de prendre soin de la famille que je créerais, si j'en créais une. Et peut-être prendre des vacances de temps en temps. Ce n'était pas trop demander.

Mes pensées dérivèrent et je m'endormis rapidement. Demain, ma vie prendrait une nouvelle direction et j'avais besoin de repos.

10

J'avais un vol de correspondance à Houston, au Texas, un endroit où je n'étais jamais allée de ma vie. Je pris un peu de temps et regardai autour de moi. La zone dans laquelle je me trouvais était entourée de restaurants, de cafés et de bars. Les gens achetaient de la bière à neuf heures du matin comme si de rien n'était. Peut-être que c'était normal à leurs yeux, mais cela me surprit.

Je me dirigeai vers les toilettes et me demandai si je devais me maquiller maintenant et mettre ma « tenue d'hôtel » ici, ou si je ferais mieux d'attendre d'atterrir à Las Vegas. J'avais une heure à poireauter ici à l'aéroport avant mon prochain vol. Et puis encore environ une heure de vol. Je décidai qu'il était préférable d'attendre. J'étais sûre que les employés de l'aéroport avaient vu ça d'innombrables fois, alors cela ne me dérangeait pas.

J'allai dans l'un des restaurants et commandai le petit-déjeuner que j'avais sauté plus tôt. Je pris juste un biscuit à la saucisse et du café et je les apportai dans la salle d'attente de mon vol. Après avoir mangé, je commençai à me lasser d'être assise à ne rien faire, alors je me mis à regarder une vidéo sur YouTube sur les endroits à visiter à Las Vegas.

Les frères Rome m'avaient dit de les retrouver dans l'un des hôtels les plus chers de Las Vegas après avoir atterri. Ils avaient tous les détails de mon vol et savaient donc quand je devrais arriver. J'étais trop nerveuse pour rester assise à regarder la vidéo en entier, alors je rassemblai mes deux petits sacs et je commençai à arpenter les magasins à proximité. Je trouvai du parfum en promotion et l'achetai. C'était quelque chose que je n'avais jamais possédé auparavant.

Je n'y avais simplement jamais pensé, mais maintenant que j'en avais un qui me plaisait, je me demandai pourquoi je n'avais jamais songé à en acquérir un avant. J'achetai une bouteille d'eau et je regardai ensuite autour de moi jusqu'à ce que ce soit l'heure d'embarquer pour le vol. J'essayai de ne pas penser à ce qui se passerait à la fin de tout ce trajet.

Pas parce que j'avais peur des frères Rome, mais parce que je ne savais pas comment ils réagiraient à *mon* égard. Je n'étais pas tout à fait celle qu'ils attendaient. Alors que je m'assis dans mon siège près du hublot, je me demandai s'ils avaient lu le blog à mon sujet. S'ils avaient su que j'étais cette Nikki. La fille qui ne pouvait pas se faire baiser.

Je savais que je devais mettre cette partie de ma vie derrière moi, et Amanda avec, mais c'était trop récent pour que je m'en détache. Pendant un moment ce matin, j'avais presque pensé à rester à la maison. Tout cela était insensé et si les frères me mettaient à la porte, ce serait une humiliation supplémentaire. Mais je serais à Las Vegas. Personne n'avait besoin d'être au courant et peut-être que je trouverais un mec dans un bar quelque part. Quelqu'un avec qui avoir un coup d'un soir.

Au moins, quoi qu'il arrive, je savais que j'aurais de quoi payer un endroit où dormir maintenant. Ce ne serait peut-être pas la Villa in the Sky du Las Palmas Resort, mais je trouverais quelque chose. Je m'étais renseignée sur l'endroit et quand j'avais vu le prix du séjour d'une semaine que les frères allaient débourser, ma mâchoire en était tombée. Leurs parents n'étaient pas seulement riches... ils étaient blindés.

C'était un sacré cadeau de fin d'études qu'ils avaient reçu. Une semaine dans l'un des resorts les plus chers de Las Vegas. Je ne pouvais pas m'imaginer être aussi riche. Je n'étais pas sûre de le vouloir non plus.

L'avion poursuivit sa route et la femme à côté de moi décida que je devais apprendre tout ce qu'il y avait à savoir sur son petit-fils. Je regardai poliment les photos et posai les questions appropriées, mais je ne pouvais penser qu'aux frères. Est-ce qu'ils me rejetteraient ? Ou est-ce que je me retrouverais à passer l'une des nuits les plus sauvages de ma vie ?

L'avion atterrit bientôt et je traversai l'aéroport à la recherche des guichets de location de voitures. J'avais déjà payé pour une petite voiture, alors il ne me restait plus qu'à la récupérer. J'allai me changer et me maquiller d'abord, ce qui me semblait être une bonne idée. Cela permettrait à l'aéroport de se vider un peu et je serais prête à partir. Je n'avais que les deux sacs que je transportais avec moi, mon sac à main et un sac cabine avec mes vêtements dedans, donc je n'avais pas à perdre de temps à aller récupérer une valise.

J'enfilai la robe noire en tricot avec une fermeture éclair dorée dans le dos et je lissai le tissu côtelé par-dessus les sous-vêtements blancs que j'avais mis. Je mis ma paire de talons à lanières et me levai avec précaution. Je m'étais entraînée à marcher avec, mais je ne les avais pas depuis longtemps, alors je n'étais pas encore très sereine.

Je quittai la cabine des toilettes et sortis vers le miroir où j'appliquai du maquillage pour les yeux et mon rouge à lèvres. Je relevai ensuite mes cheveux en un chignon épais, tirai quelques mèches et je me regardai. Je n'avais plus l'air d'une jeune fille mais d'une femme. Je savais que c'était seulement dû au maquillage et aux artifices, mais c'était bien moi sous tout ça. Après avoir essuyé le rouge qui avait bavé sous ma lèvre inférieure, je quittai les toilettes.

Je me dirigeai avec précaution vers le guichet de location de voitures. Je pouvais me lever, marcher et me déplacer dans ces chaussures, mais elles n'étaient pas franchement confortables. Je sortis mes papiers lorsque le client devant moi eut terminé et je souris à la jeune femme derrière le bureau.

— Bonjour, je m'appelle Nicolette Howell, je devrais avoir une voiture prête ?

Je ne savais pas quoi dire d'autre, alors je tendis les documents à la femme.

Elle sourit, tapa quelque chose sur son ordinateur et fronça les sourcils.

— Hum.

— Quoi ? demandai-je les nerfs déjà à vif.

J'étais si proche du moment de vérité que j'avais l'impression que j'allais m'effondrer à tout moment.

— Je ne trouve pas cette réservation. Laissez-moi vérifier...

Elle ne dit rien d'autre et continua juste à taper sur son clavier. Après quelques minutes et beaucoup de clics, elle leva les yeux vers moi.

— Je suis vraiment désolée...

— Quoi ? Qu'est-ce qui ne va pas ?

Je la regardai fixement, mon cœur battant la chamade dans ma poitrine.

— Il semblerait que votre réservation ait été déplacée d'une manière ou d'une autre.

Elle avait l'air dubitative, mais ce devait être ce que l'écran affichait.

— J'ai trouvé votre réservation, mais nous avons eu un pépin la semaine dernière et nous ne cessons de trouver ces réservations qui ont été changées pour l'année prochaine.

— Et ?

Je me fichais de savoir quel était le problème, je voulais savoir quelle était la solution.

— Eh bien, puisque vous avez la réservation et que vous en avez la preuve, nous devons l'honorer. Le problème est que toutes les petites voitures sont parties. Il ne nous reste que des voitures de luxe.

Elle jeta un coup d'œil derrière elle, puis observa mon visage ébahi avant de regarder à nouveau derrière elle.

— Laissez-moi aller parler à mon patron et je reviens tout de suite. Nous allons régler ça pour vous, je vous le promets.

— Je l'espère. J'ai une réunion très importante à laquelle je dois me rendre.

Je voulais taper du pied pendant que j'attendais, mais j'avais peur de me vautrer. Mes chaussures étaient des petites choses de rien du tout à mes pieds et le talon lui-même était une fine bande. Je ne voulais pas mettre trop de pression dessus.

— J'ai une voiture pour vous, Mlle Howell.

— Ok.

Je me redressai un peu.

— Avez-vous déjà conduit une voiture électrique ? demanda-t-elle en recommençant à taper frénétiquement sur son clavier.

— Non, mais est-ce si différent ?

Je me demandai si cela allait être une toute petite Prius ou quelque chose comme ça. Je m'en fichais à ce stade, du moment qu'elle roulait.

— Pas vraiment.

Elle se tourna vers une imprimante en train de recracher des papiers et se retourna vers moi.

— Bon, cette voiture est un peu plus chère, mais comme il s'agit d'une erreur de notre part, nous vous surclassons gratuitement. J'ai juste besoin que vous signiez un peu plus de papiers que d'habitude et nous vous laisserons partir.

Je pouvais sentir mon anxiété augmenter alors que je signais papier après papier. Je crois que j'ai confié ma vie et mon premier enfant à ces gens, mais finalement, la femme sourit, me tendit un trousseau de clés et me dit où trouver la voiture.

— Merci, dis-je, et je sortis par les portes devant le comptoir.

Je regardai autour de moi, complètement perdue, mais remarquai que toutes les rangées avaient des couleurs et des numéros.

Je cherchai la rangée orange et l'allée 15 et je la trouvai après avoir erré pendant quelques minutes. La voiture que je trouvai à cet endroit n'était pas du tout celle à laquelle je m'attendais. C'était une luxueuse Tesla rouge ! Je cliquai sur le bouton qu'elle m'avait donné avec les clés et le véhicule se déverrouilla.

Je pris quelques minutes pour admirer la voiture avant de mettre le contact. Un écran s'alluma sur la console et me demanda si je voulais suivre un tutoriel. Je décidai que c'était probablement plus sage. J'appris comment charger la voiture, comment faire fonctionner les différents systèmes, puis je lui demandai de me conduire à l'hôtel.

Je suivis les indications et me retrouvai bientôt sur le parking de l'hôtel. Là-haut, tout en haut, quatre garçons, des hommes, me rappelai-je, pas des garçons, m'attendaient. Attendaient Amanda. J'éteignis le contact, vérifiai mon maquillage, remis du rouge à lèvres, puis saisis mon sac à main. Je prendrais l'autre sac plus tard, s'ils ne me claquaient pas la porte au nez.

J'avais passé en revue plusieurs scénarios dans ma tête. C'était Michael que je devrais convaincre, puisqu'il était le plus dominant des frères. Un vrai leader naturel. Si j'obtenais son approbation, je pense que ça pourrait aller. Je veux dire, je n'étais pas moche, j'étais plutôt attirante avec mes cheveux coiffés et un peu de maquillage.

Je ne voulais pas que ce soit trop dur, mais je savais que cela n'allait pas être facile. Ils s'attendaient à une bombasse blonde. Au lieu de cela, ils obtenaient une... euh... chaudasse aux cheveux bruns. Je pourrais être une chaudasse, non ? J'allai vers la réception dans le hall de l'hôtel et je leur dis que j'étais attendue par les clients de la suite villa. Je ne donnai pas mon nom ou quoi que ce soit, je leur dis juste ce que Michael m'avait dit de dire.

— Ah, oui, nous avons une clé prête pour vous, mademoiselle, me dit l'homme mince avec beaucoup trop de gel dans ses cheveux et ses sourcils.

Il fit quelque chose sur un ordinateur, mit une carte dans une machine et, en quelques instants, me remit la carte clé.

— J'espère que vous apprécierez votre séjour, mademoiselle. Si vous suivez les lignes bleues sur la moquette, vous trouverez l'ascenseur. Vous aurez besoin de la carte clé pour appeler l'ascenseur.

La suite se trouvait au dernier étage, soit soixante-quinze étages plus haut. Un long chemin à parcourir, mais ce n'était pas comme si je devais monter à pied, pas vrai ? J'allai à l'ascenseur, insérai ma carte clé et entrai. Je n'appuyai pas tout de suite sur un bouton. Je me regardai dans les miroirs recouvrant les murs, mes nerfs étant sur le point de prendre le dessus.

Je m'étais contrôlée toute la journée. J'avais eu quelques moments où je pensais que j'allais perdre le contrôle et rentrer chez moi en courant, mais je ne l'avais pas fait. J'étais là maintenant. Le moment de vérité me regardait en face. Enfin, je me regardais en face.

J'observai les boutons et je tendis la main. J'étais sur le point d'ouvrir les portes et de quitter l'hôtel quand je me souvins de ce que m'avait dit Mme Lawson. Vis ta vie. Elle ne m'avait pas exactement dit de prendre des risques et de faire des choses folles, mais elle m'avait dit de vivre. Je levai mon regard vers mon reflet dans le miroir et je regardai la femme qui s'y trouvait. Elle était digne, elle était intelligente, compétente et plus que capable d'accomplir de grands objectifs. Mais cet objectif était l'un de ceux pour lesquels je risquais de me ridiculiser.

Avec une profonde inspiration, j'appuyai sur le bouton pour monter. Il n'y avait que trois boutons et je savais à quel étage se trouvait la suite, alors j'enfonçai celui-là. L'ascenseur commença à se mettre en mouvement, en douceur mais avec rapidité, jusqu'au sommet de l'hôtel. Je n'étais jamais montée aussi haut dans un immeuble, mais je le serais dans quelques secondes. Je m'accrochai à la barre derrière moi, je tapai doucement des pieds et j'attendis le ding.

Je regardai fixement les portes lorsqu'elles s'ouvrirent tranquillement. Je regardai dehors, mais tout ce que je vis, c'était un couloir. Dieu merci. J'avais un moment pour me ressaisir. Je jetai de nouveau un coup d'œil au boîtier, me demandant si je ne ferais pas mieux d'appuyer sur le bouton pour descendre et me barrer directement de cet hôtel.

C'était insensé. J'étais sur le point d'être le jouet sexuel de quatre hommes que je n'avais jamais vraiment rencontrés. À supposer qu'ils me laissent entrer dans leur suite. Étais-je vraiment aussi stupide ? Les films d'horreur devraient commencer par des scénarios comme celui-ci, mais personne n'y croirait, pensai-je. Qui serait aussi stupide ?

Moi, voilà qui, de toute évidence.

Je voulais appeler Brooklyn, ou ma mère, peut-être même Mme Lawson. Était-ce ce qu'elles voulaient dire ? Que je devrais sortir et faire des choses qui me terrifiaient mais qui pourraient s'avérer être la meilleure décision de tous les temps ?

Mon père était mort très tôt dans sa vie alors que j'étais encore un bébé. Non pas que je devrais vraiment penser à lui en ce moment, mais je me demandai s'il aurait fait des choses folles s'il avait vécu ? Sa mort précoce n'était-elle pas un rappel pour moi ? Que la vie n'est pas garantie et que nous devrions saisir la joie là où nous pouvons en trouver ?

Prendre parfois des risques, même pour les choses les plus folles ? Je sortis de l'ascenseur et les portes se refermèrent immédiatement derrière moi. Je les regardai avec appréhension. Maintenant, tout ce que j'avais à faire était de frapper à cette porte et tout serait terminé.

Ils me rejetteraient ou me demanderaient de me joindre à eux. J'y étais. Le moment dont j'avais douté qu'il n'arrive jamais. Avec une profonde inspiration, je m'approchai de la porte, lissai ma robe une fois de plus en me redressant. J'appuyai sur le bouton à côté de la porte, même si j'avais une carte clé. Je ne voulais pas débarquer dans leur suite comme ça puisque ce n'était pas moi qu'ils attendaient vraiment.

Michael répondit à la porte, vêtu d'un pantalon noir, d'une chemise en soie noire et d'un sourire ravageur qui se transforma vite en confusion. Il regarda le minuscule couloir, puis se retourna pour me faire face.

— Je peux t'aider ?

— Salut, oui. Je m'appelle Nicolette. Tu ne me connais pas, mais... eh bien, nous nous sommes envoyé des messages depuis quelques semaines maintenant.

Son froncement de sourcils s'accentua alors qu'il continuait à me fixer.

— Je te demande pardon ?

Sa voix était aussi soyeuse et sensuelle que ce à quoi je m'attendais. Putain, il était tellement beau ! S'il te plaît, ne fous pas tout en l'air, Nicolette, me dis-je.

— Tu attendais Amanda, je crois. Je peux t'expliquer si tu me laisses une chance.

Je le regardai avec de l'espoir dans les yeux et une supplique aux lèvres. J'avais juste besoin de quelques minutes pour lui donner une explication.

— Je pense que tu t'es trompée d'étage, dit-il en commençant à fermer la porte.

Quoi ? C'était impossible ! C'était Michael, je le savais grâce aux nombreuses photos que j'avais vues de lui.

— S'il te plaît ! Donne-moi juste une minute !

Je fis un pas pour franchir l'embrasure de la porte et il s'arrêta.

— S'il te plaît ?

Il me regarda froidement, la colère donnant à ses yeux gris tumultueux une nouvelle note plus sombre.

S'il te plaît, laisse-moi entrer, suppliai-je dans ma tête.

11

— **E**xplique-toi.

Il me regarda de haut en bas pour ensuite soupirer d'agacement. Sa voix était teintée de ce même soupçon d'exaspération.

— Je peux entrer ?

Je regardai dans le couloir, même si je savais que nous étions les seules personnes qui pouvaient être là. La sécurité l'assurait.

— Pourquoi ? Je pense que tu as une histoire à raconter, mais il semblerait que... hum.

Il fit une pause pour tapoter le cadre de la porte avec un index épais.

— Il semblerait qu'il y ait eu un mensonge quelque part en cours de route et je déteste les menteuses.

— Je sais et ça ne devait pas se passer comme ça, mais je ne savais pas comment arranger ça une fois les choses enclenchées.

— Je vois.

Il caressa son menton lisse et dépourvu de poils avec ce

même index et laissa ses yeux errer de mes lèvres à mon décolleté. Je retins ma respiration et attendis.

— Entre, explique-nous exactement ce qu'est « ça » et comment c'est arrivé.

— Merci.

J'avais espéré avoir cette chance et maintenant que c'était le cas, le soulagement envahit tous les muscles de mon corps.

— J'apprécie vraiment.

— Mmmm, suis-moi.

Il me fit traverser un couloir blanc et entrer dans une pièce décorée de blancs et de gris. Je suis même certaine d'avoir vu ce qui ressemblait à deux requins dans un aquarium très étroit, mais rien de tout cela ne retint mon attention. La vue de la ville de l'autre côté de la fenêtre me coupa le souffle et je pus voir une petite piscine encastrée juste sur le balcon. Ça doit être génial de s'y détendre, pensai-je alors qu'il me conduisait dans le coin cuisine.

Elle était aménagée dans les mêmes blancs et gris, mais le bar qui la séparait du salon était en pin verni. Je regardai autour de moi et ne vis pas ses trois frères, mais ils étaient peut-être derrière les portes fermées que j'apercevais depuis le siège sur lequel je m'assis. Il y avait quatre portes fermées et une porte ouverte. La porte ouverte était une salle de bain donc les autres devaient être les chambres.

— Tu peux me redire ton nom ?

Il se tenait de l'autre côté du bar, appuyé contre un comptoir en marbre sur le côté où l'évier et la cuisinière avaient été installés.

Je pouvais voir dans le regard qu'il me lançait qu'il savait exactement comment je m'appelais, il voulait juste jouer les dominants un peu plus.

— Nicolette Howell, lui dis-je en le regardant droit dans les yeux. Tu as probablement entendu parler de moi par Amanda. Elle adore parler de moi.

Je ne sais pas trop ce qui me poussa à dire le reste, mais je le fixai avec défiance pendant que je parlais, mes lèvres pincées pour ne pas lui tirer la langue dans une démonstration de colère enfantine.

— Ah, Nikki ne peut pas se faire baiser. C'est toi, n'est-ce pas?

Il croisa ses bras sur une très large poitrine et un sourire s'étira sur son beau visage.

C'était un beau visage, empli d'un charme sauvage et de la promesse d'être joueur quand c'était approprié. Ses cheveux brun foncé étaient dignes d'un PDG et brillaient sous les éclairages lumineux encastrés du plafond. En résumé, il était plus beau en personne qu'en photo. Et puis il y avait le léger parfum de son eau de Cologne, quelque chose de cher et de captivant.

Et il venait de me demander si j'étais la fille qui ne pouvait pas se faire baiser. C'était de ma propre faute, mais je savais que c'était quelque chose que je ne pouvais cacher à aucun d'entre eux. L'idée générale ici était de me venger, et pour qu'ils me laissent rester, je savais que je devais leur donner tous les détails.

Alors que je hochais la tête en signe d'accord, ses trois frères entrèrent. Ils étaient tous bien foutus ; chacun avait le corps d'un nageur et de nombreux traits similaires. Malgré cela, je remarquai les quelques différences. Michael était le spécimen parfait, tout ce qu'un homme devrait être. Tous ses frères étaient également canon, mais chacun avait de légères différences. Adam avait une fine cicatrice au niveau de son sourcil droit qui remontait jusqu'à la racine de ses cheveux. Le nez de Tristan était plus petit que celui de ses frères, tandis que Daniel était un peu plus mince. Ils avaient l'air pratiquement identiques, mais en regardant de près, on pouvait voir les dissemblances.

— Salut, dis-je timidement lorsqu'ils entrèrent dans la pièce, et je baissai la tête.

— Ce n'est pas Amanda, remarqua immédiatement Adam.

— Non, ce n'est pas elle. Bien vu, rétorqua Michael en le dévisageant.

Adam haussa les épaules et se dirigea vers un frigo dissimulé dans le mur sous forme de meuble.

— Tu veux quelque chose à boire ? Je prends du jus d'orange.

— Oui, s'il te plaît, la même chose que toi.

J'étais collée à ma chaise tandis qu'il s'avança et me tendit une petite bouteille en plastique de jus d'orange. Il ne portait pas de chemise, juste un jean qui ne cachait pas vraiment son physique. Ou la bosse entre ses jambes. Oh la vache.

Je me sentis rougir et détournai le regard pour croiser celui de Daniel. Ses yeux gris étaient doux et tendres alors que ceux de Michael étaient durs et inflexibles.

— Salut.

Je souris face à la simple salutation et me détendis un peu. Jusqu'à ce que Michael s'éclaircisse la gorge. Les frères se placèrent de chaque côté de lui et s'appuyèrent contre le comptoir.

— Bon, je pense qu'il est temps que tu t'expliques, Mlle Howell, dit-il avec un grognement d'irritation dans la voix.

Les autres se crispèrent face à son ton et leurs regards changèrent. Ils finirent par me regarder comme Michael, même si les yeux de Daniel étaient teintés d'un besoin d'être doux.

— D'accord. Je ne suis pas Amanda, de toute évidence, commençai-je après avoir bu une gorgée de jus d'orange. Elle a fait tomber son téléphone dans la bibliothèque où je travaillais un soir. Oui, j'aurais dû le lui rendre, et non, je n'aurais pas dû vous contacter ou vous dire que son numéro avait changé, mais vous n'avez pas été harcelés par elle pendant les quatre dernières années.

— Mais tu l'as manifestement été, déclara Michael, ne remettant même pas en question mon affirmation sur Amanda.

Elle a passé les dernières années à essayer de ruiner ta vie et maintenant tu as la chance de ruiner la sienne. C'est ça, n'est-ce pas ?

— Eh bien, peut-être pas ruiner sa vie, mais définitivement la foutre en l'air pendant un jour ou deux. Jusqu'à ce qu'elle passe à sa prochaine victime.

— Bien sûr. Et une fois que tu as commencé ce petit...

Il fit une pause et fixa le plafond jusqu'à ce qu'il trouve le bon mot.

— ... jeu, tu ne pouvais plus t'arrêter.

— Non, vous étiez tellement... fascinants.

Je tentai de trouver le bon mot cette fois.

— Je ne savais pas que les gens pouvaient se parler comme ça entre eux. Que les textos pouvaient être si... hum... excitants.

— Et tu voulais avoir une chance de goûter à ce que nous avions promis, j'ai raison ?

Ses yeux gris perçants me clouèrent à ma chaise, me mirent au défi de nier ses propos.

— Oui, c'est vrai. Mais je voulais aussi avoir la chance de ruiner le plan d'Amanda. Je voulais que pour une fois, elle ressente ce que ça fait d'être moi. D'avoir sa vie chamboulée et ses rêves arrachés. Même si ce sont des rêves un peu minables.

Je tripotais la bouteille pendant que je parlais, gardant les yeux fixés sur elle, puis je levai les yeux. Je vis un homme en jean noir et chemise noire, un autre en jean bleu sans chemise, un autre en pantalon de pyjama vert foncé avec un t-shirt blanc, et un autre encore en short gris soyeux et débardeur noir.

Ils étaient tous concentrés sur moi, attendant que je continue, mais je ne savais pas quoi dire d'autre.

Daniel prit la parole.

— Alors, c'est avec toi qu'on discute depuis un moment maintenant ? Depuis que tu nous as dit que son téléphone avait été volé ?

— Oui. Je ne faisais que fouiller au début, en essayant de

trouver comment je pourrais utiliser ce téléphone, mais je me suis rendu compte qu'il n'y avait pas grand-chose. Jusqu'à ce que je voie tous les messages de votre discussion. Je savais à quel point elle voulait vous voir et je me suis dit que si je lui enlevais ça, je pourrais avoir une sorte de vengeance.

— Les gars, vous connaissez le blog d'Amanda ? Celui sur la fille qui a du mal à trouver un mec ?

Michael fit une pause jusqu'à ce que les trois frères hochent la tête en signe d'accord.

— Eh bien, ce beau spécimen est la personne qu'Amanda a torturée ces dernières années.

Une série de bruits de compréhension remplit l'air. Je les regardai, mon cœur s'emballant à nouveau dans ma poitrine lorsque je réalisai où j'étais. Avec qui j'étais. Ce que je voulais d'eux.

Leurs yeux revinrent vers moi et je gigotai sur le siège. La chaleur dans leurs yeux fit soudainement picoter ma peau et un sourire se dessina sur mes lèvres.

— Je vois.

Il se frotta de nouveau le menton et regarda ses frères à tour de rôle.

— Je pense qu'il est temps de lui dire quelques vérités aussi, n'est-ce pas les gars ?

— Je pense que oui, convinrent Tristan, Daniel et Adam.

Tristan attira mon regard avec un clin d'œil et je le fixai, surprise.

Pourquoi a-t-il fait un clin d'œil ? Est-ce que ça allait bien se passer après tout ? Je me retournai vers Michael.

— Quelles vérités ?

— Eh bien, on a commencé toute cette histoire de pari avec Amanda au moment où on a tous débuté la fac, de toute évidence. On ne savait pas ce qu'elle ferait, à quel point elle serait méchante. Tu vois, hum...

Michael se gratta l'arrière de la tête et regarda ses frères.

Tristan s'avança, ses yeux semblant avides de m'observer, à supposer que sa façon de me regarder était une indication.

— Nous sommes allés au lycée avec Amanda. Elle veut coucher avec nous depuis longtemps. Depuis très longtemps.

Adam s'éloigna alors du comptoir. Ses longs cheveux noirs et cette cicatrice au-dessus de son œil lui donnèrent un air menaçant quand il me dévisagea, mais il sourit ensuite et la menace disparut.

— Cette salope ne voulait pas nous laisser tranquilles, sauf qu'au lieu de nous torturer comme elle l'a fait avec toi, elle a tout fait pour qu'on la désire. C'était non-stop jusqu'à ce qu'on quitte le lycée et qu'on commence l'université. Puis, un jour, Tristan a dit quelque chose.

Les joues bronzées de Tristan prirent une légère teinte rosée lorsque tout le monde porta son attention sur lui.

— J'ai juste dit que si elle était occupée à baiser d'autres personnes, elle nous laisserait peut-être tranquilles. Tu sais, genre, elle n'aurait pas le temps de nous harceler.

— Il plaisantait peut-être, mais on s'est dit que c'était le moyen idéal de la garder loin de nous, dit cette fois Daniel, sa voix plus suave que les autres, un peu plus douce, mais quand même sexy. On l'a appelée et on lui a dit que si elle pouvait baiser un mec dans chaque bâtiment du campus, alors on saurait qu'elle est assez bien pour nous.

— C'est un peu... diabolique, dis-je lorsque la pièce devint silencieuse.

Je les regardai, les inspectant tous un par un. Ils étaient tous beaux, sûrs d'eux et confiants. Ils transpiraient le sex-appeal sans même essayer, alors j'avais un peu de mal à me concentrer lorsque chacun me souriait pendant que je les observais.

— C'est vrai, mais on espérait que ça mettrait fin à tout ça. On avait prévu de lui dire qu'on s'était foutu d'elle, tout comme elle s'était foutue de toi pendant toutes ces années, et on la renverrait sur son chemin de dévergondée. Seulement, tu t'es pointée à sa place.

Les yeux de Michael se fermèrent pendant un moment, mais il les rouvrit avec un sourire sur le visage cette fois.

— On allait l'humilier, dans l'espoir qu'elle comprenne qu'elle doit nous laisser tranquilles. Mais ceci pourrait être encore mieux. Tu es vierge, n'est-ce pas ?

— Je... euh... ouais, je le suis.

Ce sont mes joues qui devinrent rouges cette fois.

— C'est pour ça qu'elle a fait ce blog. Ensuite, elle m'a complètement baisée le semestre dernier. J'étais censée lui donner des cours particuliers et elle devait ensuite m'aider à trouver un mec pour... vous savez...

Je laissai les mots en suspens et levai les sourcils d'un air entendu.

— Mais elle a juste posté sur son blog, qu'elle était d'ailleurs censée retirer, à quel point j'étais stupide et désespérée. C'est étrange de savoir que pendant tout ce temps, elle était encore plus désespérée que moi.

Je ne le fis pas exprès, mais les derniers mots sortirent doucement, de manière séductrice, alors que les yeux de Michael passèrent de l'amusement à l'intérêt. À la convoitise, même.

— On lui a dit qu'on voulait une femme expérimentée qui saurait comment nous donner du plaisir à tous.

La petite pomme d'Adam de Tristan rebondit quand il déglutit avant de reprendre la parole.

— Mais ce qu'on voulait vraiment, c'était quelqu'un comme toi. Quelqu'un qui pourrait être dévoué, si on était tous d'accord. Quelqu'un qui n'est pas aussi avide de fréquenter d'autres personnes ou de coucher avec d'autres hommes. On voulait quelqu'un qui comprendrait ce qu'on veut et nous le donnerait. En retour, on lui offrirait le monde. Amanda n'a jamais compris ça. Elle nous a montré à maintes reprises qu'elle était du genre à ne pas être sincère avec nous, qu'elle voulait juste pouvoir avoir le prestige de dire qu'elle avait couché avec nous. On veut une partenaire, pas un jouet sexuel.

— Oh.

Mes sourcils se levèrent après son long discours et je serrai mes lèvres en les regardant.

— Alors vous ne voulez pas de moi non plus. Je veux juste perdre ma virginité, passer un bon moment et vous laisser à vos vies.

— C'est peut-être ce que ton esprit te dit que tu veux, Nicolette, affirma doucement Michael en s'approchant de moi, ses yeux maintenant sombres, pleins d'une tempête que je ne pouvais pas définir.

C'était peut-être de la passion ou du désir, je ne sais pas. Je n'avais jamais vu ça auparavant, mais ça m'attirait.

— Mais je ne pense pas que ce soit ce dont tu as réellement besoin. Je pense que tu as besoin de nous.

Il vint jusqu'à moi et se pencha pour me regarder dans les yeux. Était-il en train de jouer avec moi ? Était-ce une autre torture, un autre jeu qu'Amanda avait élaboré d'une manière ou d'une autre ? L'inquiétude devait se lire sur mon visage, car Michael se rapprocha encore plus jusqu'à ce que ses lèvres effleurent les miennes à chaque respiration que nous prenions.

J'avais envie de combler cet infime écart, sentir ses lèvres contre les miennes. Michael choisit de continuer à parler à la place.

— On n'est pas ici pour continuer à jouer à des jeux, Nicolette. C'est terminé maintenant. Amanda sera informée qu'on s'est foutu d'elle et peut-être qu'on lui enverra une photo de ton visage pendant que tu jouis sur ma queue plus tard, mais pour l'instant, oublions-la et....

Cette fois, ses lèvres descendirent dans mon cou, une pression bien marquée qui me fit frissonner d'anticipation.

— ... apprenons à mieux nous connaître.

— Oh, ronronnai-je alors que ses lèvres descendirent dans mon cou, le long de ma clavicule, puis remontèrent pour qu'il puisse me regarder droit dans les yeux.

— Qu'est-ce que tu en dis, Nicolette ? Tu veux jouer pour de vrai ?

Son sourire sexy et sûr de lui me fit presque perdre la tête.

12

—**O**ui, s'il te plaît.
Ce fut la seule réponse que je donnai. Les
lèvres de Michael trouvèrent alors les
miennes. Ce n'était plus une taquinerie mais une demande
insistante d'entrer. Mes lèvres s'entrouvrirent et je suivis son
exemple. Sa main monta pour saisir le côté droit de mon
visage, alors je fis de même et je mêlai ma langue à la sienne.
Avec une succion rapide qui fit trembler mes genoux, Michael
se retira finalement et s'essuya la bouche avec un sourire.

— Bien.

Je levai les yeux vers eux tous. Ces hommes qui me regardaient maintenant comme s'ils m'avaient déshabillée des
milliers de fois mais ne m'avaient jamais vue auparavant. Ils
connaissaient tous mes fantasmes à cause de ces messages et
savaient que j'étais réceptive à ce qu'ils voulaient.

— Tu es sûre ? Parce que tu ne nous prendras pas un par
un, Nicolette. Tu nous auras tous les quatre, en toi, sur toi,
autour de toi.

Michael se pencha à nouveau vers moi pour me murmurer :

— Putain, tu pourrais même avoir plusieurs d'entre nous en toi en même temps.

— Oh, répétai-je, mon cerveau figé par cette pensée, par l'obscénité de la chose.

Était-ce même possible ? Je voulais le découvrir, c'est tout ce dont j'étais sûre.

— Je veux savoir, Michael. Je veux essayer. Je ne sais pas pour ce qui est du long terme, vraiment pas, mais pour les deux prochains jours, j'aimerais savoir ce que ça fait de bénéficier de votre attention à tous les quatre.

— C'est suffisant pour l'instant. Et honnête, aussi. C'est tout ce qu'on demande.

Michael s'éloigna, la convoitise disparut en un instant.

— Tu as besoin de manger, de prendre un bain ou de te détendre un peu ? On a tous voyagé aujourd'hui, alors on devrait peut-être se relaxer un peu. Apprendre à mieux se connaître.

— Comme vous voulez.

Je n'avais pas apporté de maillot de bain, mais je doutais que cela ait de l'importance. Je pourrais m'envelopper dans une serviette et me glisser dans la piscine jusqu'à ce que je sois cachée. Si ma confiance en moi montait d'un cran ou deux.

— On va aller se changer.

Michael dirigea les gars et ils le suivirent. Je me dis qu'ils allaient avoir une petite discussion sur ce qui allait se passer.

Pour la première fois, je me demandai s'ils avaient vraiment voulu avoir une femme pour eux quatre ou si cela avait commencé comme un jeu, que ça leur avait plu et qu'ils avaient donc joué le jeu. Étais-je la première femme qu'ils allaient partager, ou n'étais-je qu'un nom sur une liste ? Cela n'avait pas vraiment d'importance, mais j'étais curieuse. J'allai dans la salle de bain et me déshabillai rapidement, enlevai un peu de mon maquillage et détachai mes cheveux pour qu'ils tombent jusqu'à ma taille. Si j'allais être dans une piscine, ils seraient de toute façon mouillés.

Je retournai dans la cuisine, couverte maintenant d'une simple serviette. Il m'avait fallu une minute pour me convaincre de sortir comme ça, mais depuis le peu de temps que je connaissais les frères, ils m'avaient déjà donné toutes les raisons de leur faire confiance. Je n'avais pas l'impression d'être en mauvaise posture ou menacée, alors je sortis finalement la tête haute et la serviette rentrée au niveau de ma poitrine.

— C'est une vie que vous avez choisie ou c'est nouveau pour vous ? demandai-je à Daniel quand il sortit le premier.

Il s'approcha de moi et me sourit en me regardant dans les yeux. Je devais lever les yeux pour les regarder tous en face quand ils étaient si proches, mais cela ne me dérangeait pas.

— On y a pensé pendant un moment, on s'est entraînés quelques fois, mais jamais rien de sérieux, dit-il après une courte pause. Je dois dire que j'avais remarqué qu'il y avait une différence dans les messages il y a quelque temps, mais je n'arrivais pas à cerner ce que c'était.

— Vraiment ?

Je sentis mon cœur battre dans ma poitrine. Mes textos avaient-ils été mauvais ?

— Oui, il semblait y avoir plus de passion, plus de créativité. Je suppose que quand c'était Amanda, elle disait juste toujours oui, ou j'aimerais ça ou donnez-moi plus, elle n'a jamais vraiment rien fait d'autre que de réclamer et d'accepter. Toi, tu participais vraiment.

Il s'appuya contre le bar, juste à côté de moi.

— C'était tellement intéressant. Du sexe interdit, avec quatre frères magnifiques, qui voulaient tous baiser la même femme. Ça m'a époustouflée et je devais me forcer à ne pas y penser quand je n'étais pas dans ma chambre. Un jour, j'ai failli me faire renverser par une voiture lorsque l'un d'entre vous m'a envoyé une photo.

— Oh non ! Ce n'est pas bon, mais je suis content que ça t'ait plu.

Il sortit et ouvrit les portes du balcon. La piscine était là, dans le très grand espace ouvert. Il y avait la petite piscine et un jacuzzi d'un côté, un coin salon avec un grill, des chaises et une table de l'autre côté. Massif était le mot qui me vint à l'esprit.

Et la vue sur Las Vegas ? À la lumière du jour, elle me coupa le souffle. Je savais que ça devait être époustouflant une fois la nuit tombée. J'avais hâte de voir ça.

— Si tu veux entrer dans la piscine avant que les autres ne sortent, tu peux. Je vais rester ici et m'assurer que tu as un peu d'intimité.

— Tu ne regarderas pas ? demandai-je stupidement, comme une vierge qui essaie de s'accrocher à ce qui la rend pure.

Je mis donc ma pudeur de côté et laissai la sirène en moi prendre le dessus pour m'amuser à la place.

Je me dirigeai vers la piscine avec le regard de Daniel sur moi.

— Je veux peut-être que tu regardes.

Je pouvais sentir à quel point mes yeux étaient écarquillés et j'espérais que mon regard était un appel de sirène à l'innocence séduisante et non un regard stupide.

Daniel déglutit et je vis ses mains tressaillir pour se placer à l'avant de son corps. Il avait mis un short de bain noir qui ne descendait qu'à mi-cuisses.

— Je ne voudrais pas te décevoir, si c'est ce que tu veux, Nicolette.

Il s'appuya contre le cadre de la porte et me regarda retirer la serviette pour révéler un corps mince, pas très musclé, mais doux et féminin. Ses yeux s'attardèrent sur mes seins volumineux, puis descendirent vers ma taille fine et mes hanches évasées. Il ne fit pas vraiment attention à mes jambes, mais ramena son regard vers mon visage.

— Tu es magnifique, Nicolette.

— Merci.

J'entrai alors dans l'eau tiède, pas trop chaude mais plus que ce à quoi je m'attendais. Je m'immergeai davantage et me retournai pour le regarder.

— Je suis dedans maintenant.

— Assure-toi juste de ne pas aller trop profond.

Sa voix était maintenant sulfureuse, mais elle contenait un avertissement.

— On ne voudrait pas que tu aies la tête sous l'eau.

— Peut-être que c'est exactement ce dont j'ai besoin, déclarai-je en me repoussant vers la partie moins profonde où il pouvait voir mes seins à travers l'eau. Peut-être que j'ai besoin d'être plongée si profondément que je ne trouve pas le chemin de la sortie.

Il comprit ce dont j'avais besoin. Je crois qu'à ce moment-là, ils le comprenaient tous. Je ne voulais pas le genre de sexe sale, où ils me baiseraient comme des animaux et me laisseraient insatisfaite. Je ne voulais pas être utilisée et abusée, traitée comme de la merde, puis jetée. Je voulais aimer ça, me perdre dans une passion hédoniste, ressentir plus que ce que je n'avais jamais ressenti auparavant.

C'est ce que mes messages leur avaient dit, comment je voulais me perdre dans leur passion, dans leur toucher. C'est pour ça qu'il avait remarqué une différence. J'avais laissé mes propres désirs et envies entrer dans les textos que nous échangions. Maintenant, j'étais là et ça semblait réel. Trop réel peut-être, mais en même temps, comme si j'étais prise dans un rêve dont je ne voulais pas m'échapper. Pas quand j'avais quatre paires d'yeux affamés qui me fixaient alors que je me remettais à nager vers la partie la plus profonde de la piscine.

Tous les frères étaient à la porte maintenant, et même si j'avais fantasmé que tout cela se passe dans le noir, j'étais contente qu'il fasse jour. Je pouvais tous les voir et ils pouvaient me voir. Nous étions dénudés et pouvions nous voir les uns les autres.

Je regardai chaque frère s'avancer vers moi, l'un après l'autre. Michael vint en premier, me rejoignant dans la partie profonde, et posa ses mains sur mes hanches pour me guider afin que je lui fasse face.

— Tu es en sécurité avec nous, Nicolette. On veut seulement partager du plaisir avec toi, et si tu veux partir à un moment donné, tu peux le faire, souffla Michael contre mes lèvres avant de m'embrasser doucement. Si tu en as envie, bien sûr. Est-ce que c'est trop réel maintenant ?

— Non, je... je veux rester, dis-je d'une voix tremblante.

Je me retournai dans ses bras lorsque j'entendis un plouf et vis Adam entrer dans la piscine. Il s'approcha de moi, les bras de son frère autour de moi, tandis qu'il se pencha pour me regarder dans les yeux.

— Salut, dit-il avant de m'embrasser doucement.

Je levai la main pour l'inciter à continuer, mais il s'éloigna lorsqu'un autre plouf brisa le silence. Daniel vint nous rejoindre. Un autre baiser, incroyablement tendre, avant qu'il ne s'éloigne lui aussi. Tristan entra en dernier ; ses frères étaient alignés derrière moi.

— On va concrétiser tous tes rêves et même plus, Nicolette.

Ses doigts remontèrent pour explorer doucement mes lèvres, un geste qui me fit me pencher vers lui quand il baissa la tête pour prendre mes lèvres dans les siennes.

La passion explosa en moi, chaude et irrésistible, alors que je me pressai contre lui. J'entendis un gémissement collectif derrière moi et je sus que le moment était venu.

Tristan me tira tout près de lui, nos corps fusionnant presque, et je sentis sa queue dure contre mon abdomen. J'avais envie de le toucher, d'explorer cette longueur rigide, mais quelqu'un m'éloigna. Les lèvres de Daniel trouvèrent les miennes tandis que ses doigts s'enfoncèrent dans mes cheveux pour maintenir ma tête immobile. Il explora ma bouche entièrement et commença à bouger, à tirer mes jambes vers le haut pour qu'elles passent autour de ses hanches, mais Adam m'éloigna.

Je gémis de protestation, mais oubliai pourquoi quand Adam me souleva et enroula mes jambes autour de sa taille. Il bougea, me pressa contre le bord de la piscine pour prendre un téton dans sa bouche chaude alors qu'il se déplaçait sur le côté. Un son de surprise m'échappa lorsque je sentis le tiraillement de ses lèvres humides à cet endroit, une toute nouvelle sensation pour moi. Mes yeux s'ouvrirent d'un coup quand je sentis une autre bouche.

Tristan et sa langue percée. La boule métallique me taquina et me fit monter les hanches... directement contre Michael. Il s'était déplacé entre mes jambes, pour placer une main sur mon monticule nu.

— Je pense que tu vas être une délicieuse pêche, Nicolette.

Il se baissa pour tirer mes jambes sur ses hanches afin que ma chatte parfaitement inexpérimentée se retrouve juste là, devant son visage. Je voulais bouger, me cacher de lui, mais il se contenta de sourire, juste avant que ses lèvres ne me touchent. Je sursautai de surprise face à la sensation, mais le laissai faire.

Mon cerveau criait pour en demander plus, pour qu'ils arrêtent afin que je puisse tout assimiler, mais tout ce qui sortit de ma bouche fut un léger soupir et un gémissement à peine audible. Je plaquai ma chatte contre le visage de Michael lorsque sa langue glissa jusqu'à mon clito avant de l'aspirer dans sa bouche.

Je criai un juron quand il aspira à nouveau, plus fort, tandis que Tristan et Adam suçaient mes tétons. J'ouvris les yeux pour voir Daniel à côté de moi, regardant avec curiosité. Je vis que sa main était sous l'eau et mes yeux s'agrandirent. Je voulais le regarder, décidai-je. Je voulais le toucher.

— Laisse-moi, lui demandai-je, et tous les corps se déplacèrent pour que Daniel puisse me prendre dans ses bras.

Je flottais là, entre eux tous, la longueur épaisse de Daniel dans ma main. Leurs queues étaient toutes de la même taille, l'une étant un peu plus épaisse ou un peu plus longue qu'une autre. Toutes étaient calibrées pour donner du plaisir. Ça, c'était clair.

Je saisis la queue de Daniel tandis que Michael recommença à porter son attention sur mon clito. D'une certaine façon, tenir cette chair palpitante dans ma main pendant que Michael envahissait mes plis virginaux m'excitait encore plus. Je ne sais pas pourquoi. Je ne pouvais pas l'expliquer, mais c'était le cas.

J'avais voulu du sexe hédoniste, le genre où j'oublierais mon propre nom, et ils essayaient manifestement de me donner exactement ça. Je ne m'étais pas attendu à ce que ça arrive si vite, mais je n'allais pas me plaindre. Pas quand j'avais trois bouches qui alimentaient cette sensation de besoin qui me démangeait et gonflait à l'intérieur de moi.

Je tournai la tête pour atteindre la bouche de Daniel à côté de moi et je l'embrassai avec une innocence maladroite. Une innocence qui se transforma vite en savoir-faire lorsqu'il me montra la danse qu'il souhaitait exécuter. Ma langue glissa le long de la sienne et je sentis ce glissement quelque part en moi, à un endroit qui restait vierge. Je haletai dans sa bouche et il en profita pour aspirer doucement ma langue.

Ses frères remarquèrent ce halètement et sucèrent un peu plus fort, déterminés à me pousser à bout de ce qui grandissait en moi. J'avais déjà eu un orgasme auparavant, toute seule, mais là, c'était tellement plus. C'était la prise de conscience, la sensation, le toucher, le baiser, la langue, les mains, le vrai sexe qui firent finalement exploser mon esprit.

Mon corps devint rigide pendant un moment et je ne pouvais pas parler, je ne pouvais pas respirer, mais je n'en avais pas besoin, car le plaisir le plus délicieux et le plus bouleversant de la terre balaya complètement tout autre besoin. Il monta tout droit dans ma colonne vertébrale et dans mon cerveau, mais il palpita à l'intérieur de moi, m'envahissant et me secouant jusqu'au plus profond de moi-même. Aucun d'eux ne dit un mot et je ne pouvais pas parler non plus. Tout ce que je pouvais faire, c'était ressentir. C'était... glorieux !

13

C'est Daniel qui me sortit de la piscine, qui m'enveloppa dans une serviette avant de me soulever dans ses bras. Je laissai ma tête tomber contre son épaule, dans son cou. Je ne lui demandai pas où il m'emmenait, je m'en fichais. S'ils voulaient me faire d'autres choses, je m'en fichais, tout simplement.

Sans un bruit, Daniel me conduisit dans le salon et me plaça sur une longue table noire recouverte d'un tissu matelassé doux. Elle était plus grande que moi et j'aurais pu m'y étendre confortablement si j'avais voulu. Tristan se déplaça et prit une télécommande pour baisser les stores. Michael trouva un briquet et alluma des bougies qui étaient disposées un peu partout dans la pièce. La pièce sombre fut remplie de la lueur chaude des bougies en quelques instants et je les regardai attentivement. Lequel serait mon premier ?

J'observai Daniel, quelque chose dans ses yeux me disait qu'il me désirait désespérément. Tristan me regardait avec un besoin affamé qui brûlait ardemment. Adam était impatient, prêt à goûter la chair qu'il venait à peine de libérer. Et Michael.

Le leader parmi les frères. Le plus dominant. Celui qui passait toujours en premier.

Je tendis la main vers Daniel et il vint à moi. Il n'y eut aucune dispute, aucune réclamation ou déception. Ils étaient sérieux quand ils disaient qu'il s'agissait de moi, de partager le plaisir, pas seulement de le prendre. Bien.

— S'il te plaît, Daniel. Tu veux bien être mon premier ? lui demandai-je doucement, me sentant un peu ridicule, mais le moment semblait nécessiter ces mots.

Je ne savais pas exactement ce qui me poussait à choisir Daniel plutôt que les autres, si ce n'est qu'il y avait quelque chose en lui qui me donnait envie de lui faire plaisir. Comme s'il en avait plus besoin que les autres, ce petit quelque chose de spécial.

Ils s'agenouillèrent tous autour de moi, comme si j'étais une offrande à leur plaisir. Mais c'était mon plaisir qui venait en premier, même maintenant. Michael était au niveau de ma tête et il se pencha pour m'embrasser. Il me couvrit de baisers jusqu'à ce que la passion me démange à nouveau dans les veines et je levai les pieds. Je dévoilais mes parties intimes à Daniel, mais je m'en fichais. Il fallait que je bouge, que je me trémousse avec la force de tout ce que je ressentais et qui faisait rage en moi.

Trois des frères m'embrassèrent à tour de rôle, rien de plus, juste des baisers, tandis que Daniel attendait au bout de la table en forme de boîte. Je m'approchai de chacun d'eux, à tour de rôle, avant de passer au suivant. Je ne pouvais pas décider quel baiser je préférais. Ils embrassaient tous de la même façon, parfaitement. Je respirai chacun d'entre eux, ce qui ne fit qu'accentuer le picotement de besoin sous ma peau. C'était de l'euphorie à l'état pur.

Chaque frère avait une tâche, une tâche sur laquelle il se concentrait profondément, alors qu'ils partageaient tous la même chose, ils me voulaient tous... moi.

Je n'y réfléchis pas trop, étant trop fascinée par l'apprentissage de la sensation d'un homme, de chaque homme, trop ravie des choses qu'ils me faisaient ressentir pour cogiter en ce moment. Demain ou le jour suivant, peut-être que j'y songerais, mais pour l'instant, tout ce que je faisais était de vivre pendant que ces frères me partageaient.

Je sursautai quand je sentis la main de Daniel sur mon pied droit. Je baissai les yeux en repoussant le visage d'Adam pour pouvoir voir ce que Daniel faisait. Adam se recula sans protester et je regardai la main gauche de Daniel glisser le long de ma jambe droite. Le contact me fit séparer mes jambes, les écarter plus largement, alors que son corps suivait sa main.

Je crois que je retins ma respiration ou que j'oubliai que respirer était nécessaire pour vivre, car je sentis quelque chose gonfler dans ma poitrine et le monde devint presque noir. Je pris une inspiration soudaine quand sa main atteignit cet endroit entre mes jambes. Cet endroit glissant qui brûlait avec une chaleur interne que je ne savais pas que je pouvais créer. Pas avant qu'ils ne me touchent, en tout cas.

J'avais l'impression que ma chatte était trempée et il devait être d'accord parce que ses yeux devinrent incroyablement grands ouverts.

— Tu es très excitée, Nicolette. Je veux goûter à tout ce délicieux jus que tu as fait pour moi.

Son corps remonta sur moi et je laissai mes jambes tomber de chaque côté de la table. Sa tête descendit jusqu'à ce que son souffle soit chaud et vaporeux contre ma peau humide. Mes hanches se levèrent pour atteindre cette chaleur, pour atteindre sa bouche, et je le vis sourire devant mon empressement.

— Si impatiente d'être touchée.

Il tendit la main et fit glisser ses doigts sur mon ventre avant de les faire descendre. Il utilisa ses deux mains pour m'ouvrir. Sa langue sortit et il recueillit mon nectar d'un long coup de langue qui redonna à mon clitoris une vie étincelante.

— Juste un avant-goût, bébé.

J'entendis son murmure et gémis de déception. Leurs bouches étaient si agréables, comme le paradis sur terre, et je voulais ressentir tout cela à nouveau. Je rouvris les yeux, pour le supplier, mais quand je levai le regard, je vis le visage de Michael et je sentis quelque chose en moi se tordre. Il avait à nouveau le contrôle. Daniel serait peut-être le premier à me baiser, à prendre ma virginité, mais ce serait Michael qui lui dirait comment faire.

— Fais-la gémir comme ça encore une fois, Daniel. Lèche sa chatte juste une fois de plus, mon frère.

Il prit mes mains, tira mes bras au-dessus de ma tête, et je levai les yeux vers lui, l'élan du besoin créant une impulsion puissante en moi. J'adorais la façon dont il prenait le contrôle de nous tous, même si ce n'était pas exactement ce que j'avais prévu.

La langue de Daniel glissa alors sur mon entrée pour recueillir mes sucs juteux avant de se diriger vers le bouton caché dans mes plis, cet endroit plein d'étincelles et d'électricité. Il s'y attarda, léchant le bourgeon de chair palpitant jusqu'à ce que j'émette le son que Michael avait attendu, un signal qui signifiait quelque chose pour lui.

— Elle est prête, Daniel. Baise-la maintenant.

Daniel se déplaça pour tirer mes hanches vers le haut alors que mes jambes entourèrent sa taille et il me regarda dans les yeux. Je ne sais pas si c'était moi qui me sacrifiais pour eux dans un étalage païen de puissance sexuelle, ou si c'était juste une impression, mais ça me plaisait. Ce n'était pas une vraie cérémonie, mais pour nous, ça l'était. Je me donnais à eux et apparemment, cela signifiait beaucoup plus que je ne le pensais.

La bite de Daniel fit pression sur moi et je le sentis faire tourner le bout tout autour jusqu'à ce qu'il soit satisfait. Je sentis les doigts de Michael se crisper sur moi et Adam et

Tristan se positionnèrent à côté de moi. Ils se mirent à genoux alors que les premiers centimètres de la queue de Daniel se glissèrent en moi. Je gémis quand il m'ouvrit et leurs bouches descendirent sur mes tétons.

— Ouvre les yeux, Nic, laisse-moi voir ton plaisir, demanda Michael, et je fis ce qu'il m'ordonnait.

Je tombai sur des yeux gris qui flamboyaient de besoin, affamés de tellement plus.

— C'est ça, bébé, laisse-moi te regarder pendant que Daniel baise ta douce chatte inexpérimentée.

C'était obscène, certains pourraient même dire dégradant, mais pour moi, c'était hyper excitant. Je sentis mes parois se resserrer autour de Daniel alors que ma chatte prenait vie pour la première fois, essayant de l'aspirer plus profondément. Je l'entendis gémir en dessous de moi et jetai un coup d'œil vers le bas.

Il avait une expression de douleur au visage et je savais qu'il essayait de garder le contrôle, de se maîtriser. Il poussa un peu plus profondément et la douleur disparut lorsqu'il sentit mes parois commencer à se refermer autour de lui. Il poussa à nouveau, plus profondément, avec plus de puissance, et je sentis une légère douleur. J'étais vierge, mais active, donc cela ne me fit pas trop mal. Je le remarquai à peine après un moment, puis il s'enfonça plus loin. Il était à l'intérieur de moi et c'était tellement bon.

Daniel me pénétra jusqu'au bout, chaque centimètre qu'il pouvait mettre en moi était à l'intérieur.

— Putain, c'est, putain...

Je ne pouvais pas nommer cette sensation, je ne pouvais pas verbaliser ce que je ressentais, c'était juste incroyablement bon.

— S'il te plaît, ne t'arrête pas.

— C'est ça, Daniel, donne à cette femme ce qu'elle veut. Baise-la.

Les doigts de Michael se crispèrent sur mes biceps alors qu'il se pencha sur moi, pour me regarder droit dans les yeux.

— Quel effet ça te fait de te faire baiser, Nicolette ?

— Incroyable, murmurai-je au moment où Daniel commença à me pénétrer avec la force d'une perceuse à grande puissance.

Ses hanches bougeaient rapidement, durement, et profondément et j'ouvris mes jambes plus largement, pour prendre encore plus de lui pendant qu'il me rentrait dedans.

Je sentis tous mes soucis me quitter, mais c'est facile quand on a deux bouches sur ses tétons et une bite dans sa chatte. Et ses cuisses, sa peau contre la mienne alors qu'il poussait en moi à répétition. Je me cramponnai au dos d'Adam, effleurai la peau de Tristan avec les ongles de mon autre main et suçai fort la langue de Michael.

— Incline un peu ses hanches, Daniel, dit Michael quand il se retira. Elle est si proche, putain.

Je pensais qu'il essayait juste de réaffirmer sa domination, mais quand Daniel inclina mes hanches un peu plus haut, il toucha quelque chose, quelque chose dont j'ignorais l'existence, quelque chose au-delà de l'incroyable.

— Putain ! haletai-je, puis je le répétai encore et encore alors que les gars commençaient à me toucher, à caresser ma peau chaude et humide, et tout explosa soudainement.

Il n'y eut pas d'accumulation, pas de longue attente devenant plus intense à chaque seconde qui passait. C'était juste incroyable, puis le monde disparut et mes pieds se retrouvèrent sur la table, poussant mes hanches vers le haut tandis que ma tête se renversa en arrière dans un long gémissement de libération.

C'était un pur abandon, un pur plaisir, et plus que tout ce que je n'avais jamais ressenti auparavant. Daniel continua à me pénétrer, fort et profondément, chaque coup étant un ordre d'aller plus haut, plus loin dans le monde sombre et moucheté de couleurs où il m'avait envoyée. Et je lui obéis avec plaisir. Je m'accrochai à quelque chose, n'importe quoi, jusqu'à ce que ce soit fini et que le monde revienne à la normale. Je bougeai ma poitrine pour détacher les gars de mes seins, car la sensation était tout simplement trop intense et j'attirai Daniel vers moi.

— Je n'ai jamais baisé un homme avant et je ne suis peut-être pas le meilleur coup de ta vie, mais j'aimerais voir à quel point tu aimes me baiser. Regarde-moi Daniel, regarde-moi dans les yeux quand tu jouis. S'il te plaît.

Ça doit être le « s'il te plaît » qui lui permit finalement de se laisser aller.

Le gris qui était si clair avant était maintenant sombre, tacheté de noir, alors qu'il me fixait dans les yeux. Ses narines se dilatèrent lorsque mes ongles ratissèrent son dos et ses hanches se cambrèrent contre moi. Avec un long gémissement, il lâcha prise et je le sentis, je *sentis* la façon dont il gicla à l'intérieur de moi. Cela ne faisait pas vraiment partie de mon plan, mais c'était fait maintenant. Je m'assurerais que les autres utilisent un préservatif avec moi, mais dans un sens, j'étais contente que ma première fois ait été peau à peau.

Je n'avais jamais été sentimentale au sujet de ma virginité, mais maintenant j'étais contente d'avoir choisi Daniel et que nous l'ayons fait de cette façon. D'une certaine manière, je les avais tous eus pour cette première fois, parce qu'ils m'avaient tous fait chavirer.

Maintenant, je devais juste trouver comment m'occuper des trois autres frères. Je levai les yeux avec un sourire lorsque Daniel se dégagea de moi et s'écroula sur le sol.

— Je suppose que c'est votre tour à tous les trois maintenant, non ?

— Tu te sens capable de prendre une autre baise aussi vite ?

me demanda Michael avec un sourire, et je lus le défi dans ses yeux.

— Je pense que je peux arranger quelque chose. Allonge-toi ici. J'aimerais essayer quelque chose.

Il n'y avait aucun doute qu'il serait le suivant et j'avais une idée pour les deux autres aussi.

Michael fit ce que je lui suggérais et je demandai un préservatif. Tristan en prit un sur une étagère derrière lui et me le tendit.

— À partir de maintenant, on fait plus attention, d'accord ?

— Pourquoi ? On est clean. Tu ne prends pas la pilule ? demanda Michael, confus.

— Vierge, tu te souviens ?

Je me désignai du doigt en levant les sourcils.

— Ah, c'est vrai, pas besoin. Ok, ouais, on va utiliser des préservatifs.

Michael accepta et je lui mis le préservatif. On avait tous appris dans mon école comment en mettre un correctement quand on était adolescents.

— Bien. Maintenant, on va jouer, les gars.

Je m'abaissai sur la bite épaisse de Michael avec une chute langoureuse qui le fit me pénétrer centimètre par centimètre. Et il y avait beaucoup de centimètres sur lesquels m'enfoncer. Ses mains s'agrippèrent à mes hanches et me guidèrent jusqu'au bout tandis qu'Adam et Tristan vinrent se placer à côté de moi.

— Je sais que tu veux être celui qui commande, mais si tu me laisses faire un moment, j'aimerais te suggérer de prendre les rênes pendant que j'aide tes deux superbes frères à jouir, si c'est d'accord.

Je le sentis palpiter d'excitation à l'intérieur de moi et je vis la façon dont ses narines se dilatèrent.

Mes mots l'avaient excité. Bien.

Je pris la bite de Tristan dans une main et celle d'Adam

dans l'autre. Je rapprochai Adam, le goûtai, tandis que Michael commença à bouger en moi. Ses poussées rythmées en moi me firent sauter un peu, mais pas trop pour me distraire. Je léchai d'abord Adam, de la base à la pointe de sa longue queue avant de la prendre dans ma bouche pour l'explorer.

Je ne parvins pas à prendre beaucoup de lui, mais je savais que je m'améliorerais avec de la pratique. Je me tournai vers Tristan avec un sourire malicieux et y allai directement afin de pouvoir le prendre dans ma bouche. J'ouvris plus grand, pris un peu plus de lui que je ne l'avais fait avec Adam, et j'entendis la façon dont sa respiration se bloquait dans sa gorge. J'étais peut-être une suceuse de bite novice, mais il aimait ça.

Je me servis d'une main sur Adam, de ma bouche et de mon autre main sur Tristan, et je gémis de plaisir tandis que Michael continuait à me baiser. Un coup d'œil autour de moi me révéla que Daniel était dans un fauteuil, nous regardant tous les trois. Je lui fis un clin d'œil coquin et il me sourit en retour.

Il allait bien, donc.

J'essayai de me concentrer pour faire jouir les deux autres pendant qu'ils me montraient comment tenir leurs bites, comment les caresser sans provoquer de brûlure par friction. Pendant ce temps, Michael faisait de son mieux pour me distraire. Je l'ignorai volontairement pendant un moment. L'obéissance absolue n'était pas forcément dans mes habitudes. J'étais un peu rebelle, maintenant que j'avais libéré la sirène qui était en moi. Je voulais qu'il travaille pour ce que je lui donnais.

Je baissai les yeux vers lui, vis la détermination dans son regard et sentis mes lèvres se retrousser en un sourire en coin. Je voulus dire quelque chose, mais la bite de Tristan avait besoin d'être sucée, alors je me penchai à nouveau sur lui. Michael me baisa de plus en plus vite et je suivis son rythme sur les bites d'Adam et de Tristan. On était tous proches, et quand Michael poussa un gémissement profond et guttural, cela provoqua quelque chose en moi. Je gémis autour de la bite de Tristan juste au moment où il gicla dans ma bouche. Quelque chose stimula Adam, car je sentis une palpitation dans sa bite, puis une humidité chaude contre mon épaule, juste au moment où Michael se laissa aller en moi.

J'étais couverte d'eux et ils étaient couverts de moi. J'avais trouvé la félicité avec eux tous alors qu'ils me partageaient. Mais il en restait encore deux, pensai-je avec un sourire. Je regardai Adam et Tristan et je sus que j'allais bientôt me retrouver à nouveau sur le dos.

14

Je pense qu'on devrait la laisser faire une pause, les gars, dit Michael quelques minutes après que nous nous soyons tous effondrés en un tas.

Je descendis de Michael en rampant et je me levai, mais je m'aperçus que mes jambes ne voulaient pas me soutenir.

— C'est quoi ce bordel ? demandai-je alors que Tristan me plaqua contre sa poitrine d'un geste rapide.

— C'est juste un effet secondaire d'une bonne baise, me sourit-il en me regardant, tout en charme et en nonchalance. Tes jambes sont juste fatiguées, Nicolette. Pourquoi ne pas t'asseoir sur le canapé, je vais aller te chercher un autre verre et nous commander quelque chose à manger.

— Je vais d'abord aller à la salle de bain, je pense. Excusez-moi, les gars.

Je m'éloignai de la poitrine dure mais oh combien merveilleuse de Tristan et me dirigeai en vacillant vers la salle de bain. Je pouvais sentir la protestation de muscles que je ne soupçonnais même pas avoir, mais je me dis que quelques minutes de repos les feraient taire. Je l'espérais.

Je me nettoyai avec une douche rapide, m'enveloppai dans une autre serviette de la pile près de la douche à l'italienne, et ne pus m'empêcher de me regarder dans le miroir. J'y vis de l'autosatisfaction dans mes yeux, la façon dont mes lèvres n'arrêtaient pas de se relever et une inclinaison de ma tête que je ne me rappelais pas avoir vue avant. Mais à part ça, je n'avais pas l'air différente.

Je me sentais incroyablement bien ! Détendue, presque rassasiée, mais encore bien trop curieuse pour arrêter. Je brossai mes cheveux avec un peigne qui se trouvait sur le lavabo avec le logo de l'hôtel dessus, puis je reculai pour me regarder à nouveau.

J'étais une vraie femme adulte, titulaire d'un diplôme, maintenant. Je savais ce qu'était le sexe, je savais ce que cela faisait d'être désirée et de désirer quelqu'un d'autre. Encore mieux, je savais ce que cela faisait de trouver la libération avec un homme. C'était... à couper le souffle.

— Tout va bien là-dedans, Nic ?

J'entendis Tristan m'appeler en frappant à la porte.

— Je vais bien, Tristan, répondis-je en ouvrant la porte pour le laisser voir. J'ai juste pensé qu'une douche s'imposait.

— Ah, bien. On allait te le suggérer. Tu t'es retrouvée un peu enduite là-bas.

— Oui, dis-je en rougissant en me rappelant les preuves que quelqu'un avait laissées sur mon épaule. Mais je suis curieuse, comment était ma... hum... technique ?

— Avec ta bouche, tu veux dire ?

Son sourcil gauche se leva d'une manière intrigante et je sentis mon cœur s'emballer en réaction. Ce n'était pas à cause de ses mots, non non, du tout.

— Je veux dire, avec tout ?

C'était une question que je ne voulais pas poser, mais je devais savoir.

— Tu es vierge. Enfin, tu l'étais.

Il afficha un rictus narquois pendant une seconde puis ce dernier se transforma en un doux sourire.

— Tu as des choses à apprendre, mais ton enthousiasme a rendu tout cela incroyable. Te montrer comment me sucer a probablement été l'un des meilleurs moments de ma vie. Je n'oublierai jamais le regard dans tes yeux quand tu me regardais, si avide de ma queue.

Leur façon d'utiliser ouvertement des mots aussi interdits ne me dérangeait plus du tout maintenant, j'aimais plutôt ça, en fait. Je baissai les yeux sur mes pieds, contente qu'il ait pris du plaisir.

— Oh, et Nicolette ?

Il releva mon menton avec son index et me regarda droit dans les yeux.

— Jouir dans ta bouche pendant que tu avalais mon sperme ? Incroyable !

Je voulus détourner à nouveau le regard, mais il ne me laissa pas faire. Au lieu de cela, je souris, heureuse qu'il ait retiré quelque chose de mes efforts. Je veux dire, c'était de toute évidence le cas, mais c'était agréable de l'entendre.

— Allons manger quelque chose, dit-il, et je pris la main qu'il me tendait.

Je le suivis dans la salle à manger où les frères étaient tous assis autour d'une table. Il y avait une sélection de boissons sur la table, allant de bières que je ne reconnaissais pas à des bouteilles de jus de fruits et d'eau. Je pris une bouteille d'eau et m'assis à la longue table noire pouvant accueillir 12 personnes.

J'avais pensé que la chaise était en métal, mais je découvris vite qu'elle était en bois lorsque je la tirai.

— Comment tu te sens ? demanda Daniel en posant son regard sur le mien.

Mon premier partenaire sexuel, pensais-je en le regardant à nouveau, l'homme qui avait fait de moi une vraie femme.

— Mes muscles vont me détester demain, mais je ne me sens pas mal. Je me sens surtout heureuse, je crois.

— Je me souviens de ce blog d'Amanda, dit Michael avec prudence, et je sentis mon corps se crisper.

Amanda avait écrit des choses vraiment horribles sur moi dans ce blog et je la détesterais toujours pour ça.

— J'ai essayé de le faire retirer, mais je me suis heurtée à un mur. Je ne pouvais pas prouver qu'il s'agissait de moi, alors il a été laissé en place.

Je bus une gorgée d'eau et essayai de ne pas laisser la haine gouverner mon cœur.

— Elle avait, a, besoin d'un amour qu'elle ne trouvera jamais, j'en ai peur, ajoutai-je.

— C'est possible, mais ce blog est l'une des raisons pour lesquelles j'ai approuvé le plan qu'on avait tous concocté, répondit Michael, les yeux pleins de tendresse. Je voulais lui dire d'enlever cette merde, mais je savais que je me ferais griller si je le faisais. Elle est cruelle, sans cœur, et il fallait qu'elle pense que nous l'étions aussi. Dommage pour elle qu'elle n'ait pas compris que le fait d'être sans cœur ne nous excitait pas.

— Je vois, dis-je en hochant la tête et en prenant une autre gorgée.

Le service d'étage arriva à ce moment-là, et nous arrêtâmes de parler pour attaquer la nourriture.

Ils avaient commandé une énorme sélection, mais je jouai la sécurité avec un sandwich grillé au jambon et au fromage. Je ne voulais pas me donner mal au ventre ou avoir un repas trop lourd, pas quand j'étais ici pour avoir autant de sexe que possible.

— Vous avez tous obtenu votre diplôme maintenant ?

C'était juste pour lancer la conversation pendant que nous finissions notre repas.

Je souris à Daniel lorsqu'il alla dans sa chambre et revint avec un t-shirt bien trop grand pour moi mais qui couvrait plus que ma serviette. J'enfilai le t-shirt bleu foncé avec le logo d'une équipe de foot européenne imprimé sur le devant et m'assis de nouveau à la table.

— Ouais, me répondit finalement Tristan. On part travailler dans le cabinet de notre père dans quelques mois. On a prévu un voyage en Espagne en juillet et ensuite on est censés être propulsés dans le monde réel.

Il dit cela avec une pointe d'ironie dans la voix.

— Tu n'as pas l'air emballé.

— Ce n'est pas ça, c'est juste qu'on nous donne ces postes pépères que l'on n'a pas forcément mérités. J'aime bien un peu de défi quand il s'agit de travailler. L'illusion d'être utile ne me convient pas, ni à aucun d'entre nous, d'ailleurs.

— Il y a autre chose que vous voulez faire? me renseignai-je, curieuse d'en savoir un peu plus sur eux.

— Eh bien, on voulait ouvrir une organisation à but non lucratif pour les enfants handicapés de notre communauté. On souhaitait créer un endroit où ils pourraient tous se réunir et jouer, apprendre à connaître d'autres enfants qui ont leur propre handicap. Ce devait aussi être un endroit où les parents pourraient venir et côtoyer d'autres personnes qui comprennent leur vie.

— On dirait que vous aviez un plan ?

Je voulais juste qu'il continue à parler. Son projet avait l'air génial.

— Oui. On s'est tous concentrés sur différents domaines de la gestion des activités. Michael a suivi un cours sur les organisations à but non lucratif et les affaires. Tristan s'est concentré sur le développement de l'enfant. Adam a étudié la comptabilité et moi l'éducation spécialisée. On savait qu'il faudrait embaucher du personnel, mais pour l'essentiel, on s'est formés pour gérer ce projet nous-mêmes. Notre père a mis son veto à tout ça. On n'est même pas formés pour travailler dans les industries technologiques, mais il insiste. Tout ce qui nous intéresse, c'est de jouer au baseball. C'est la seule chose que l'on a toujours voulu faire.

Daniel avait l'air énervé à ce sujet et je pouvais le comprendre quand je considérais la quantité de travail qu'ils avaient accomplie.

— On a même tout le modèle d'organisation mis en place pour ça, un bâtiment sélectionné, le personnel choisi. On travaillait dans ce seul but, mais notre père ne veut rien entendre, soupira Adam à ma gauche ; et je me retournai pour le regarder.

— Vous savez que vous pourriez vous impliquer dans les deux domaines. Continuer à jouer au baseball, mais avoir votre propre entreprise et travailler sur votre projet de cette façon.

Je n'avais pas beaucoup parlé à Adam, mais il était tout aussi intrigant que ses frères. La cicatrice au-dessus de son œil lui donnait un air un peu... je ne sais pas, désinvolte était le seul mot qui me venait à l'esprit. Je lui souris malgré son agacement.

— Vous êtes sûrs de ne pas vouloir le défier ?

— Il nous tient par la gorge. On n'a pas l'argent pour faire ça sans nos fonds fiduciaires, et il les gèlera si on ne coopère pas.

— Vous pourriez peut-être essayer d'obtenir le soutien de la communauté ? Je suis sûre qu'une partie de vos cours portait sur les techniques de collecte de fonds, non ? demandai-je en regardant Michael de l'autre côté de la table.

— C'est quelque chose dont on prévoit de parler davantage pendant l'été. L'Espagne est une pause dont on a besoin, mais j'ai l'impression qu'on va travailler la majeure partie du temps. Putain ! Même nos contrats de départ seraient suffisants pour faire ce qu'on veut faire à temps, ajouta-t-il en finissant le steak qu'il mangeait avant de poser sa fourchette. Ce n'est pas encore complètement mort. Si on parvient à faire une collecte de fonds, alors on pourra peut-être se passer de l'argent de notre père.

— Mais est-ce que vous voudriez vraiment faire ça ? demandai-je en le regardant fixement, fascinée par l'idée. J'ai grandi avec une mère célibataire qui se démenait pour nous faire vivre toutes les deux. Elle se tuait à la tâche pour joindre les deux bouts et je ne pourrais pas m'imaginer abandonner la vie que vous menez pour ça.

Ils eurent tous l'air surpris par la question et quatre paires d'yeux gris très semblables se verrouillèrent sur moi.

— Continue, demanda Daniel avec douceur, et je clignai des yeux.

Que voulait-il dire par « continue » ?

— Eh bien, la vie était dure. Je comprenais qu'on puisse renoncer à son argent pour suivre ses rêves, mais maintenant que je vois cet endroit ? Je ne pourrais pas m'imaginer le faire réellement. Passer du fait de pouvoir satisfaire tous ses désirs et exigences à celui de travailler comme des fous pour joindre les deux bouts ? Ce serait dur pour vous tous.

— Tu marques un point, dit Tristan, son visage désormais sérieux. C'est l'une des raisons pour lesquelles on a décidé d'attendre d'aller en Espagne pour décider ce qu'on veut vraiment faire. On a tous besoin de réfléchir à ce que l'on s'apprête à abandonner exactement.

— Je ne sais pas si je peux aider, mais je suis diplômée en communication et je ferai ce que je peux.

— Tu ne vas pas t'enfuir à Hollywood pour suivre tes rêves ? demanda Adam avec un clin d'œil espiègle.

— Non, j'ai accepté un travail à Charlotte pour pouvoir être proche de ma meilleure amie.

Dès que je pensai à Brooklyn, elle me manqua. Mais je la verrais dans quelques jours.

— Vous devez être très proches, murmura Adam en attirant mon attention.

Ses lèvres avaient l'air si chaudes, humides et désirables que je me penchai vers lui.

— On l'est, murmurai-je, mais quelqu'un se racla la gorge, alors je m'éloignai en clignant des yeux.

— Tu as besoin de te reposer un peu, Nicolette, ordonna Michael avec douceur. Tu es impatiente et tu es incroyable, mais tu es seulement humaine. Regardons un film ou quelque chose à la télé pendant un moment sinon, on t'aura épuisée avant même d'avoir commencé.

Il adoucit ses instructions avec un sourire et un regard de fascination.

— Merci d'être aussi prévenant, répondis-je tout aussi doucement. Je suis impatiente d'apprendre, de tout expérimenter, mais tu as raison. J'ai besoin de me ménager, je suppose.

Nous débarrassâmes tous la table, puis nous nous rendîmes dans le coin salon. Il y avait un grand canapé sectionnel noir qui était assorti à la table bizarre qui m'avait servi de table sacrificielle. J'avais oublié cette idée saugrenue, mais j'y pensai maintenant.

Je m'installai sur le canapé, les pieds repliés sous moi, avec Adam à mes côtés. Je laissai ma tête tomber sur son épaule, un contact familier qui m'aurait paru étrange il y a quelques heures mais qui me semblait maintenant naturel.

Je m'étais offerte à ces mecs. Ils étaient bien plus que les quatre bites que je pensais avoir à disposition. Ils étaient bien plus que séduisants. Ils avaient de la passion, de l'énergie et des espoirs que je n'aurais jamais soupçonnés. J'avais supposé que ce seraient des hommes superficiels, dotés d'égos gonflés par la richesse de leur père.

Au lieu de cela, j'avais rencontré des hommes qui envisageaient sérieusement de quitter la vie de luxe qu'ils menaient pour se mettre au service des autres. J'avais rencontré des hommes qui me traitaient comme si j'étais un cadeau précieux qu'ils avaient reçu, délicat et fragile, quelque chose à adorer. Je regardai Tristan, l'autre frère avec qui je n'avais pas encore couché.

Il semblait plongé dans ses pensées, perdu dans le film que nous avions choisi de regarder. Cela me conduisit à regarder les autres. Ils ne regardaient pas le film, ils réfléchissaient. Je souris car je connaissais à peine ces mecs, mais il semblait que j'avais déjà eu un impact.

Je soupirai, aussi heureuse que possible alors que le soleil se couchait et que Las Vegas prenait vie de façon étincelante. Je dois admettre que j'oubliai de regarder le film alors que la ville s'illuminait à nouveau, comme elle devait le faire chaque soir. Mais ce soir, ce havre scintillant qui me faisait signe comme une maîtresse restée trop longtemps seule s'illumina juste pour moi. Du moins, dans mon esprit, c'était le cas.

Je me levai du canapé, captivée par les fontaines qui prenaient vie dans la lumière. Par la façon dont les lumières dansaient et sautaient pour former des mots et des images sous moi. C'était si moderne, plein de vie et de promesses que je ne pus m'empêcher d'essayer de m'en approcher. Je m'appuyai contre le verre frais qui soulagea un peu mes douleurs et regardai le désert sec et stérile devenir un monde imaginaire.

Je savais qu'en bas, dans les entrailles de ces lumières scintillantes, il se passait des choses terribles, des choses que certains appelleraient le mal. Mais là-haut, pour cette courte période, Las Vegas était un endroit magnifique qui offrait de l'espoir. C'était l'endroit où j'étais venue dans l'espoir de trouver bien plus que la vie solitaire qu'était la mienne avant d'arriver ici.

Je ne savais pas ce que l'avenir me réservait, mais j'avais le sentiment que ces hommes allaient faire partie de ma vie pendant très longtemps. Je me tournai soudain vers eux et donnai à Adam ce que j'espérais être un sourire très sexy.

— Vous êtes prêts, les garçons ?

15

— Oh, je suis plus que prêt, Nicolette. Je n'ai pensé qu'à ça ces deux dernières heures, déclara Adam alors que Michael éteignait la télévision. Je pense que ce dont tu as besoin, ma chère et tendre...

Il fit une pause et se leva pour se diriger vers moi, vêtu maintenant d'un bas de pyjama noir à taille basse. Il avait ce regard sur son visage, comme quelque chose que j'imagine les tigres sauvages arborent lorsqu'ils traquent leur proie. Je le regardai fixement, comme une biche prise dans les phares d'une voiture, sauf que les phares de ce tigre étaient des yeux gris foncé.

Il s'approcha de moi jusqu'à ce que je doive lever les yeux vers lui, mon regard plein de curiosité et de nostalgie. Qu'allait-il faire ? Et surtout, qu'allait-il dire ?

— Je pense que tu as besoin...

Ses mots restèrent en suspens, me tenant en haleine alors que son doigt descendait le long de mon visage et que son autre main tirait mes mains au-dessus de ma tête.

— ... d'une bonne baise bien musclée.

Ma tête commença à tourner alors que sa langue traçait un chemin humide le long de mon cou. Pourquoi c'était si bon ? Pourtant, comme un tigre, il me goûta, recueillit mon effluve dans son nez, comme s'il voulait s'assurer qu'il pourrait me retrouver plus tard rien que par mon odeur et mon goût. Cette langue remonta jusqu'au lobe de mon oreille où il me murmura :

— Tu as été baisée deux fois maintenant, mais c'est mon tour, Nicolette, et je ne suis pas toujours le plus doux des amants.

Ses dents mordirent mon oreille, pendant une seconde seulement, juste assez fort pour attirer mon attention. Cela fit se tendre mes tétons et toutes les autres parties de mon corps s'animèrent.

— J'aime m'assurer que mon amante sait que je suis passé par là.

Ses lèvres descendirent jusqu'à mon cou, pour sucer un endroit qui me donna envie de croiser mes jambes pour presser ma chatte en vue de la soumettre. Ou d'enrouler mes cuisses autour des siennes pour pouvoir le chevaucher comme une folle.

Ses propos provocateurs me poussaient à imaginer tellement de choses dingues et nouvelles que j'avais envie de faire. Je me tortillai là sous lui. Pas pour m'éloigner ou le faire arrêter, mais parce que je désirais davantage de toutes les choses coquines qu'il voulait me donner.

Ses dents effleurèrent la peau souple de mon cou lorsqu'il arrêta de me sucer à cet endroit et se retira. Il n'y avait que lui et moi, les autres étaient assis sur le canapé et regardaient. Cela me convenait, mais ils me manquaient un peu en même temps.

— Tu sais quoi, Nicolette ? Sortons sur le balcon.

Ses mains descendirent jusqu'à mes fesses nues pour glisser un doigt entre les formes arrondies à cet endroit.

— Je veux que tu regardes la ville qui t'a tant fascinée et que tu te penches par-dessus le mur le long du balcon.

Je levai le regard vers lui, les yeux écarquillés par le choc. Il devait plaisanter, me dis-je en le regardant et en déglutissant. Oh, il était sérieux. Ce regard profond déclarait qu'il l'était. Il voulait me baiser dehors.

Je peux le faire, pensai-je en faisant glisser la porte sur le côté et en sortant dans l'obscurité entourant l'hôtel. Il y avait une lueur rouge vers la droite que je savais provenir de l'enseigne sur le côté du bâtiment. Les lumières de la ville n'éclairaient pas le balcon, et nous n'avions allumé aucune lumière à l'intérieur, donc il faisait sombre. Personne ne pourrait nous voir. Je l'espérais.

Je me dirigeai vers le mur de granit gris foncé et regardai la ville en me penchant par-dessus, juste assez pour m'assurer que mon cul était en l'air pour le plaisir d'Adam. Il faisait environ 50 centimètres de large, était très solide et sans danger d'après ce que je pouvais voir. Je ne risquais pas de tomber ou que le mur s'effondre. Bien.

J'attendis, respirant silencieusement et écoutant le bruit de ses pas. Je commençai à m'agiter à mesure que les minutes passaient. J'étais sur le point de me redresser et de retourner à l'intérieur pour voir s'il avait changé d'avis quand il sortit pour me rejoindre. J'entendis les autres prendre des chaises derrière nous, donc même s'ils n'étaient pas impliqués, ils étaient là avec nous. Ils partageaient tout de même ma première expérience avec Adam.

Il fit remonter mon t-shirt pendant que je regardais dehors. Je haletai lorsque la froideur du granit toucha ma peau chaude, encore une fois, une douleur qui se transforma en plaisir tourmenté. C'était encore plus interdit que de laisser quatre hommes me partager derrière des portes fermées. J'étais en public, où n'importe qui pourrait me voir. Où n'importe qui pourrait nous dénoncer aux flics ou prendre des photos pour se moquer. Ou autre chose.

Toutefois, Adam interrompit mes pensées, récupérant mon attention lorsque je sentis son doigt toucher la base de mon cou avant de glisser le long de mon dos. Chaque centimètre me fit frissonner alors que le doigt descendait, se rapprochant de mon cul. Lorsqu'il atteignit cette partie large de moi, sa main descendit pour saisir ma chair. Une légère claque fit brûler la peau de mon autre fesse, et je me retournai vers lui.

Son autre paume passa dessus et je sentis la brûlure augmenter, mais d'une manière qui était... agréable. Oh.

— Laisse-moi juste te guider, Nicolette.

Il avait semblé si soumis, si disposé à laisser Daniel et Michael passer en premier, que je fus un peu surprise de voir à quel point il était dominant. Ou, peut-être était-ce la raison pour laquelle il était un peu plus sombre que ses autres frères.

— Donne-moi tes mains, dit-il tranquillement, et j'obéis.

Je sentis quelque chose de soyeux s'enrouler autour de ma main avant qu'il ne me tire vers le haut. Par-derrière, il poussa mes mains devant moi et attacha ensuite l'autre main. Je sentais chaque centimètre de lui pressé contre moi et il était dur. Prêt pour les festivités. Très prêt.

C'était une sorte de cravate noire en satin, mais cela n'avait pas d'importance. Il accrocha une longueur de la cravate autour d'un crochet qui devait être une sorte de support pour plantes ou autre. Je ne savais pas, je m'en foutais. J'étais fascinée. Où étais-je sur le point d'aller maintenant ?

— Je te mettrais bien un bandeau sur les yeux, mais je pense que tu devrais pouvoir voir la ville devant toi. Savoir qu'il y a des centaines de milliers de personnes dehors qui pourraient te voir si elles essayaient suffisamment fort. Qu'il y a tant de gens, si proches, qui pourraient te voir quand tu jouiras sur ma queue.

Sur ce, il s'enfonça en moi. Son acier dur et satiné glissa

dans mon velours lisse et chaud et je gémis de plaisir. Je ne m'attendais pas à ce qu'il le fasse si rapidement, mais mon corps était prêt pour cela. Mes hanches s'élancèrent en arrière pour répondre à sa poussée alors qu'il se retirait lentement. Je ne voulais pas qu'il quitte mon corps. C'était si bon d'être ouverte avec sa longue et épaisse queue et je ne voulais pas que cela s'arrête.

Je sentis la puissance épaisse de ses cuisses serrées contre mon cul lorsqu'il se remit à pousser. Seulement ce n'était pas juste une poussée, il s'enfonça en moi et je sentis mes hanches cogner contre le mur de granit. Plus de douleur, mais cela recentra mon esprit, m'apporta une piqûre de plaisir que je ne me savais pas capable d'avoir.

Je voulais bouger mes mains, enfoncer mes ongles dans tout ce que je pouvais atteindre. Je voulais donner autant de douleur que j'en recevais parce que ça faisait du bien. Je n'avais jamais pensé que j'aimerais la douleur, que j'aimerais être marquée, mais c'était le cas. Ce n'était qu'un marquage léger, de toute façon. Je ne rentrerais pas chez moi avec des bleus sur les hanches ou quoi que ce soit, mais je saurai ce que j'ai fait quand je monterai dans cet avion pour rentrer chez moi.

Je m'agrippai au bord du balcon, maintenue en place par la cravate. Je gémis de frustration alors qu'une sauvagerie que je ne comprenais pas forcément se libéra soudainement en moi. Je la ressentis juste et je voulus la libérer. Je tirai sur l'attache, mais elle tint bon et je n'arrivai pas à me libérer, quels que soient mes efforts. J'abandonnai, la seule façon de libérer cet animal en cage qui voulait sortir de moi était de l'exprimer et de riposter.

Je le punis maintenant, en imposant un rythme qu'il ne pouvait pas suivre, pas avant qu'il ne prenne le contrôle de mes hanches avec une poigne punitive. C'est à ce moment-là qu'Adam me révéla son propre côté sauvage. Il me baisait littéralement contre le mur et je ne pouvais pas suivre. Tout ce que je pouvais faire, c'était ressentir tandis qu'il frappait le bon endroit, au plus profond de moi, ce qui me fit hurler son nom.

Mes mamelons étaient froids contre le granit, de petits cailloux durs qui tiraillaient contre la pierre fraîche. Chaque tiraillement était un mélange de plaisir et de douleur, une brûlure qui descendait jusqu'à mon clitoris encore intact. Mais cela n'avait pas d'importance, la poussée de la bite d'Adam en moi était suffisante. Putain, c'était vraiment suffisant.

Je saisis le balcon afin de pouvoir m'arc-bouter pour bouger, juste un centimètre plus haut, juste à l'endroit où j'avais besoin qu'il frappe directement avec sa queue lascive.

Un gémissement s'échappa de ma gorge alors qu'il poussait directement en moi, encore et encore. Je criai à nouveau, un son guttural qui ressemblait plus à un rugissement qu'à un cri. J'avais l'impression d'être sur le point de basculer complètement et c'est ce que je voulais faire, alors que mes yeux se retournèrent dans ma tête.

— C'est ça, Nicolette. C'est ça, bébé. Jouis sur ma queue pendant que Las Vegas te regarde, m'encouragea à nouveau Adam, me poussant vers un endroit plus élevé, mais j'étais déjà plus haut que je ne pensais pouvoir aller.

Mon corps bourdonnait de plaisir, de douleur alors que mes muscles déjà bien éprouvés s'efforçaient de supporter un peu plus de punition.

— Je vais venir juste derrière toi, Nicolette. Juste derrière toi, bébé.

Je le sentis pulser à l'intérieur de moi, mais je savais qu'il avait mis un préservatif. Nous en avions déjà discuté, alors je ne doutais pas qu'il en avait un. C'était sans danger.

Je sentis mes parois se serrer contre lui alors que le plaisir me berça une dernière fois. Je sentis la façon dont il palpita plus fort lorsqu'il sentit cette contraction. Mes réactions provoquèrent une réponse chez lui, comme cela avait été le cas avec les autres. J'étais fascinée et j'avais envie de tester davantage cette histoire de serrement, de le faire exprès, et pas seulement par accident.

Je sentis son corps se relâcher derrière moi et je sus que nous avions fini. Adam avait terminé et moi aussi, pour l'instant. J'étais épuisée et j'avais besoin d'une sieste.

Je m'effondrai contre le mur lorsqu'il se retira de moi, puis sur le sol. Je n'y restai pas longtemps, car Tristan vint me relever. Il me souleva sans effort jusqu'à ce que je sois dans ses bras. Adam commença à détacher mes liens pendant que Tristan me soulevait et j'étais libre.

— Allons te mettre au lit, ma puce, dit Tristan en embrassant mon front. Tu le mérites.

— Quelle est ton émission de télévision préférée ? demanda Daniel alors que les frères nous suivaient dans une pièce où se trouvait un très large lit.

C'était le plus grand lit que j'avais jamais vu.

D'après ce que j'avais aperçu jusqu'à présent, toutes les chambres de la suite avaient un sol en marbre, et celle-là ne faisait pas exception. Je ne le sentis cependant pas, car Tristan me porta jusqu'au lit. Je levai les yeux vers lui alors qu'il me déposait sur le lit, mon t-shirt étant maintenant redescendu au niveau de mes hanches.

— On avait tous prévu de dormir ici avec toi ce soir, mais je pense que tu as besoin de repos, dit Tristan, qui portait désormais un pantalon de pyjama, en se glissant derrière moi.

Je vais rester avec toi ce soir si ça te convient.

— C'est parfait, murmurai-je, un peu trop fatiguée pour trouver quelque chose de mieux à dire.

— Désolé, Nicolette, mais tu veux regarder quelque chose ? demanda Daniel en interrompant ma descente au pays des rêves.

— Juste un documentaire. J'en regarde pour m'endormir parfois, dis-je d'une voix chantante.

Dans deux minutes, je serais endormie. Je le savais.

— Laisse-moi te couvrir, Nicolette. Il fait toujours froid dans ces chambres d'hôtel. Ce qui n'est probablement pas une mauvaise chose à Las Vegas, pour être honnête.

Tristan tira une couette gris ardoise sur nous et je me blottis dans le luxueux monticule d'oreillers contre la tête de lit en marbre noir.

Cet endroit n'était que froid et pierre, ce qui pourrait sembler peu accueillant, mais alors que je glissais dans le sommeil, la voix d'un narrateur bourdonnant à mes pieds, j'eus l'impression d'être enlacée, accueillie dans le clan de la grotte.

Un peu plus tard, j'entendis des voix. Les frères discutaient d'un nouveau problème qu'ils avaient découvert. Je ne bougeai pas, je me contentai de respirer en essayant de me rendormir, mais la conversation attira mon attention.

— On ne peut pas l'emmener en Espagne avec nous, elle a sa propre vie à mener, mais on peut peut-être la faire venir pour une semaine ou deux. Vous pensez qu'elle a un passeport ? dit Tristan derrière moi.

Quelque part près du mur, j'entendis les murmures d'approbation de ses frères.

— C'est une bonne idée. On lui fera un passeport en urgence si elle n'en a pas.

— J'en ai un, répondis-je en rêvant.

Je n'étais pas sûre que je me souviendrais de tout cela, ou si c'était un rêve, mais je continuai.

— J'ai failli faire un semestre à l'étranger et j'ai obtenu mon passeport à ce moment-là.

Je me sentis ronfler alors que mes yeux se fermaient à nouveau. Cela me réveilla pour entendre les gloussements de mes quatre amants derrière moi.

— Ça répond donc à la question. Est-ce qu'elle est encore endormie ? demanda Michael.

Je ne l'étais pas, mais je l'étais. Je le découvrirais demain.

— Je crois que oui. Bon. On est tous d'accord ? Elle est celle qu'on attendait ? demanda Tristan.

— J'aimerais définitivement passer beaucoup plus de temps avec elle. Je ne vois pas pourquoi on ne pourrait pas ouvrir notre programme à Charlotte, d'ailleurs, dit ensuite Daniel.

— Tu pourrais être sur une bonne piste, Daniel. Charlotte ne semble pas mal du tout, approuva Adam, et je souris.

Oh, c'est sympa, ils veulent être proches de moi.

— Je n'ai jamais eu une connexion aussi instantanée avec quelqu'un que celle que j'ai avec elle. Et ce n'est pas que le sexe non plus, entendis-je Michael chuchoter bruyamment. Elle est si... provocatrice.

— C'est ses yeux, soupira Daniel. Je pourrais me noyer dans ses piscines bleues.

— Et elle a un cerveau. Elle nous a dupés jusqu'au bout. Et puis elle a de bons arguments pour ce qui est de renoncer à nos fonds fiduciaires, lui répondit Tristan.

— C'est réglé alors. On lui demandera de continuer jusqu'à ce qu'on soit tous lassés, ou pas, quel que soit ce qui arrive.

Tous les frères approuvèrent et je sombrai finalement dans un sommeil bien mérité. Il me restait cependant un frère. Et j'étais déterminée à l'avoir.

16

Nous nous étions couchés tôt et je me réveillai après seulement quelques heures. Las Vegas avait aussi trois heures de retard sur ma région du monde, alors même si mon corps savait qu'il était tard, mon cerveau disait qu'il était bien trop tôt pour dormir. J'avais mal partout, mais je sentis la chaleur de Tristan derrière moi, et je me retournai doucement pour le regarder.

La pièce était sombre, mais la télévision était toujours allumée. Elle éclairait Tristan d'une lumière blanche bleutée lorsque je le regardai. Son visage était paisible dans son sommeil et il ronflait doucement, mais cela ne me dérangeait pas. Je laissai mon regard parcourir tout son visage, puis, sans pouvoir m'en empêcher, je tendis la main pour toucher la ligne robuste de sa mâchoire.

Ses ronflements s'atténuèrent avant de revenir. J'attendis ce moment pour laisser ma main descendre, jusqu'à la peau soyeuse de son épaule. Comme ses frères, chaque centimètre de son corps était parfaitement musclé. Je supposais que c'était à cause de la natation que l'un d'eux avait mentionnée. Je les avais tous touchés, je les connaissais tous intimement, mais je voulais connaître chaque centimètre de leur peau, de leur corps.

Mes doigts se déployèrent alors que je passais ma main sur sa poitrine. Lisse et satiné, son torse était large, dépourvu de lignes et non marqué par des tatouages. J'avais remarqué qu'aucun d'entre eux n'en avait, ce qui était inhabituel à notre époque et à notre âge, mais pas inédit.

Je laissai ma main descendre plus bas, en gardant une oreille tendue au cas où sa respiration changerait. Je trouvai un abdomen dur, plat mais musclé, qui descendait jusqu'à son centre.

Je fis une nouvelle pause pour m'assurer qu'il dormait toujours. Je ne voulais pas le réveiller, pas encore. Je voulais juste le toucher, explorer l'étrangeté de la silhouette masculine. J'avais vu des femmes nues, comme ma mère quand elle se changeait devant moi, des filles dans le vestiaire de l'école, mais jamais un homme. Pas dans la vraie vie en tout cas.

Ils étaient différents, plus durs par endroits, avec une peau douce comme la soie la plus fine que l'argent puisse acheter. C'était impressionnant et je voulais en sentir plus. Mais mon attention fut attirée par sa queue. Mon premier contact lui donna vie. Il devint dur dans ma main en un instant et je cessai de respirer, je ne bougeai plus du tout. Il continuait à ronfler doucement, alors je déplaçai ma main pour voir quelle nouvelle réaction j'obtiendrais.

Un léger gémissement interrompit les ronflements et je souris de satisfaction. Je l'avais excité, même dans son sommeil !

J'enroulai mes doigts plus fermement autour de sa longueur et la caressai comme il me l'avait montré plus tôt.

— Je vais devoir te baiser si tu continues à faire ça, Nicolette.

Ses mots interrompirent ses ronflements et je restai de marbre.

— Alors, soit tu me laisses me rendormir, soit tu te roules sur le côté.

— Sur le côté ? demandai-je, surprise.

Je n'avais aucune idée de ce qu'il avait en tête.

— Oui, ma puce. Vas-y, roule sur le côté.

Il me poussa doucement pour me guider et je fis donc ce qu'il me demandait.

— Mets cette jambe en avant, comme ça.

Il poussa ma jambe droite, celle du dessus, par-dessus ma jambe gauche contre le lit.

— Maintenant, recule ton cul comme ça.

Il me déplaça à nouveau puis se pelotonna derrière moi. J'étais déjà excitée après l'avoir exploré. Je savais que cela ne ferait pas mal du tout. Je serais trop mouillée pour ressentir la moindre douleur.

— Putain, j'ai attendu toute la journée pour ça. Je ne sais pas combien de temps je vais tenir, prévint-il en posant son visage contre mes cheveux et en inspirant.

— C'est bon, Tristan. Fais ce que tu veux.

Il posa une main sur mon épaule droite, tira mon torse en arrière vers sa poitrine et se glissa directement en moi. Il me pénétra en douceur, sans la moindre hésitation. Un frisson de plaisir, si familier maintenant, mais toujours une délicieuse surprise, parcourut mon échine.

Il passa son bras gauche sous moi et me tira jusqu'à sa poitrine. Tristan palpa mes seins en me serrant contre lui avec une intensité que je n'avais encore jamais ressentie de sa part.

— Tu es tellement belle, Nicolette, chuchota-t-il à mon oreille en glissant dans et hors de moi à un rythme lent.

Nous ne nous provoquions pas l'un l'autre et ne nous battions pas pour la domination, nous nous appréciions simplement langoureusement.

Je tournai la tête et il m'embrassa, au moment où ses doigts tirèrent sur mes tétons.

— Tristan.

Je soufflai son nom alors que cette course folle vers le plaisir m'envahissait à nouveau. Ses lèvres sur les miennes, la façon dont il m'entourait et glissait en moi alors que mes cuisses se pressaient juste ce qu'il fallait pour faire pression sur mon clitoris, firent tourbillonner un brasier de plaisir intense dans mon bas-ventre.

Je la connaissais maintenant, cette montée vers l'orgasme, et j'en appréciais chaque seconde. Quand il explosa en moi, ce fut aussi doux que l'était Tristan. Je criai doucement, trop fatiguée pour me retenir, mais tout était si doux et si exquisément tendre que je n'aurais pas pu faire un bruit plus fort si j'avais voulu.

— Jouis avec moi, Nicolette. Suis-moi, bébé, s'il te plaît.

C'est tout ce qu'il fallut pour me faire basculer entièrement. Je sentis son corps se rigidifier derrière moi alors que le mien se cambra à nouveau contre lui. Il s'immobilisa et gémit alors que des vagues commençaient à s'agiter sur moi, encore et encore, tandis qu'il se laissait aller.

Une autre bourde, mais pour l'instant, je m'en fichais. Je prendrais la pilule du lendemain, ou quelque chose pour être sûre, décidai-je à moitié endormie alors qu'il se retirait de moi. Je me recroquevillai dans mon oreiller avec ses bras toujours autour de moi.

— Dors, princesse. Tu le mérites après la journée que tu as eue.

Il embrassa ma tempe et s'éloigna un peu, juste assez pour me laisser mon propre espace dans le lit gigantesque.

Je ne voulais pas qu'il parte, mais je n'avais pas l'habitude de dormir avec quelqu'un, alors c'était aussi une sorte de soulagement. Je ne m'attendais pas à ça, à me retrouver au lit avec l'un des hommes les plus sexy que j'avais jamais rencontrés, à m'endormir dans un t-shirt qui n'était même pas le mien.

Quand cette journée avait commencé, j'avais eu peur d'être

rejetée, terrifiée à l'idée de faire une énorme erreur, mais une fois que j'avais convaincu Michael de me laisser entrer, tout avait changé. J'étais montée dans cet avion, j'étais venue ici, et j'avais réussi à accomplir mon seul objectif.

Je les avais eus tous les quatre, l'un après l'autre.

Je suppose qu'ils avaient leurs propres plans pour Amanda, ce qui me fit me demander où elle se trouvait. Elle savait sûrement qu'ils étaient à Las Vegas. Était-elle ici aussi ? Était-elle à leur recherche ?

Je ne voulais pas encore l'affronter, pas avant d'avoir mis en place un plan pour révéler exactement comment je m'étais vengée d'elle. J'avais ruiné tout ce pour quoi elle avait travaillé si dur. Bien que d'après ce que les frères avaient dit, ils n'avaient jamais prévu de faire autre chose que de l'humilier de toute façon. Je voulais quand même être sûre de pouvoir voir son visage lorsqu'elle apprendrait la nouvelle. Je voulais voir son visage s'effondrer et la colère le rendre rouge de rage.

C'était puéril, je le savais, mais quatre ans de ses conneries m'avaient rendue un peu irascible. Et alors ?

Je ne regrettais rien, pensai-je alors que je dérivais vers le sommeil. J'avais non seulement perdu ma virginité, mais j'avais aussi acquis des connaissances sur le fait que le sexe ne devait pas forcément se limiter à deux personnes. J'avais souvent entendu dire que certains hommes voulaient deux femmes à la fois, mais je ne savais pas que les femmes pouvaient avoir plus d'un homme, et encore moins quatre.

J'avais trouvé cela étrange il y a plusieurs semaines, mais maintenant que j'en avais fait l'expérience, eh bien, je n'étais pas totalement sûre de pouvoir revenir à quoi que ce soit de normal. Je me souvins de la conversation que j'avais entendue plus tôt. S'agissait-il d'un rêve ? Je n'eus pas le temps d'y penser trop sérieusement. Mon cerveau plongea plus profondément, et j'étais partie, dans des rêves où j'avais à nouveau chaque frère un par un, puis tous en même temps.

Une minute, nous étions dans les montagnes dans une cabane enneigée, puis dans une maison au milieu d'une plantation, à l'époque où les femmes portaient des jupes longues. Tout cela n'était que des rêves, des fantasmes, mais cela semblait si réel. Je me réveillai pour découvrir que Tristan était à nouveau sur moi, cette fois avec un préservatif alors qu'il s'inséra en moi.

— Mm, salut, bébé, chuchotai-je, et je détournai la tête lorsque je réalisai que je ne m'étais pas encore brossé les dents.

— Bonjour, Nicolette. Putain, tu es tellement serrée. C'est incroyable.

Il bougea rapidement, vite, et avant que je ne m'en rende compte, il avait trouvé sa libération.

Tristan était donc mon amant tendre, celui qui voulait ces doux moments privés pour lui seul. Certains pourraient dire que c'était égoïste quand on considère la dynamique dans laquelle nous nous étions mis, mais je pensais que c'était plutôt qu'il voulait un peu de romantisme dans sa vie. C'était sympa d'être cochonne, de les avoir tous autour de moi en même temps, mais ça aussi, c'était agréable.

Je sortis du lit après que nous ayons repris notre souffle, une seule pensée en tête. Cette salle de bain, puis la pilule du lendemain. Les gars étaient géniaux, mais aucun de nous n'avait besoin d'un bébé dans sa vie en ce moment. Je voulais m'assurer que cela n'arriverait pas, alors je savais que je devais trouver une pharmacie.

Une fois sortie de la douche, j'enfilai un jean et la chemise que j'avais portée dans l'avion, et je trouvai le petit-déjeuner sur la table et le service prêt pour moi.

— Salut, les gars !

Mes cheveux étaient mouillés dans mon dos, un poids lourd, mais auquel j'étais habituée. Ils trempèrent l'arrière de ma chemise avant même que je me sois assise, ce qui me fit frissonner un peu.

— Tu as froid ? demanda Daniel sur le point de se lever.

Pour changer le thermostat, je supposais, mais je lui fis signe de rester sur son siège.

— C'est juste mes cheveux qui rendent ma chemise humide.

J'ouvris une bouteille de jus d'orange et vis un paquet de pilules à côté de l'assiette.

— Qu'est-ce que c'est ?

— C'est la pilule du lendemain. Michael est sorti de bonne heure pour aller les chercher pour toi.

Je n'étais pas sûre qu'un homme puisse obtenir ce genre de pilules, mais c'était Las Vegas et l'argent coulait de leurs pores, alors tout était possible, non ?

Michael me donna les instructions et je pris rapidement la dose nécessaire.

— Merci, je ne voulais pas me retrouver dans cette situation.

— Pas de problème. On s'est dit qu'on allait te montrer les sites touristiques aujourd'hui si tu voulais sortir ? suggéra Adam de l'autre côté de la table, et je hochai la tête.

— Je pense que mon corps a besoin d'une pause, dis-je en rougissant mais sans détourner le regard. Juste une petite.

— Bien. Qu'est-ce que tu voudrais visiter en premier ? me demanda-t-il, et nous nous lançâmes dans une discussion sur l'endroit où nous devrions aller pendant que je finissais mon omelette espagnole.

Nous décidâmes de nous promener un peu sur le Strip, de trouver un endroit où manger pour le déjeuner, puis de revenir à l'hôtel quand nous serions prêts. J'attrapai mon sac à main et nous sortîmes. Je vis que chacun des mecs portait un short noir avec un t-shirt noir et des tongs noires aux pieds. Ce n'était pas exactement les mêmes tenues, le t-shirt de Tristan avait une bande vert fluo sur la poitrine, tandis que les chaussures d'Adam ressemblaient plus à des mocassins qu'à des tongs, mais il y avait définitivement un thème dans leur choix de vêtements.

Il faisait chaud dehors, mais nous passâmes beaucoup de temps dans les magasins et dans les quelques musées que nous visitâmes. Je trouvai quelques t-shirts pour mes proches et un pour moi, des choses simples avec Las Vegas écrit dessus. Nous achetâmes tous des bouteilles d'eau au fur et à mesure que les heures passaient, et je regrettai de ne pas avoir apporté un short au lieu d'un jean. Mais je tins bon et bus plus d'eau.

C'est lorsque nous entrâmes dans un magasin réservé aux adultes que je découvris une nouvelle facette des garçons, joueurs, généreux et pleins d'un désir brûlant. La boutique avait deux étages, remplis d'articles de créateurs avec de magnifiques habits au premier étage, des choses comme des robes, des pantalons et des chemises pour femmes et hommes et de la lingerie au dernier étage. Nous nous promenâmes et je vis beaucoup de miroirs, de vitres et de noir jusqu'à ce que nous nous enfoncions plus profondément dans le magasin.

Je remarquai que chaque zone avait un thème différent. Les vêtements et les articles de bondage pour hommes étaient décorés de cuir noir et de chaînes, tandis que la lingerie pour femmes comportait beaucoup de roses, de blancs et de plumes fines. Je regardai les étiquettes de prix pendant que nous marchions et reposai rapidement tout ce que j'avais sélectionné. Même avec l'argent que mes grands-parents m'avaient envoyé, je ne pouvais rien me permettre dans cet endroit. Ces trucs étaient faits d'or ou un truc dans le genre ?

Michael arriva derrière moi et ramassa tout ce que j'avais reposé. Je le dévisageai, pour lui dire de tout remettre en place, mais il se contenta de sourire comme si c'était Pâques, le matin de Noël et mon anniversaire le même jour. Je plissai à nouveau les yeux vers lui, mais il me tira la langue et saisit quelque chose que je n'avais même pas regardé.

C'était un endroit où on pouvait essayer des tenues avant de les acheter, il fallait juste rester hygiénique. J'essayai plusieurs choses différentes que les garçons aimaient et je trouvai deux robes qu'ils insistèrent pour m'acheter. J'avais porté des sous-vêtements blancs hier soir, mais ils n'en avaient rien vu puisque je m'étais déshabillée pour aller nager dans la piscine. Aujourd'hui, ils choisirent du noir pour moi et une nuisette en soie bleu ciel qui était assortie à mes yeux.

— Ceux-là vont aussi sur la pile, déclara Michael, et je le fixai.

J'avais vu les étiquettes de prix sur ces choses. Comment ces garçons pourraient-ils renoncer un jour à leurs fonds fiduciaires, me demandai-je, alors qu'ils dépensaient de l'argent comme si c'était de l'eau ?

Cette pensée me troubla, et je fronçai les sourcils en me changeant pour essayer la tenue suivante, une robe en dentelle satinée dorée et noire qui tenait fermement mes seins mais s'évasait jusqu'aux genoux. Elle avait l'air presque conservatrice, jusqu'à ce qu'on remarque que mon corps était nu en dessous, et clairement visible si on regardait d'assez près. Une tunique dans un tissu similaire recouvrait la robe et je sortis dans la pièce privée que les garçons avaient réservée.

Chacun avait arboré un regard de fascination totale chaque fois que j'étais sortie, mais quelque chose dans cette dernière tenue les fit tous se redresser. Elle était innocente, mais pas tout à fait. Comme moi, je suppose. Quoique je n'étais plus aussi innocente que je l'étais hier à la même heure. Un sourire en coin se dessina sur mon visage et je mis une main sur ma hanche en m'appuyant sur le cadre de la porte.

— Alors ? leur demandai-je, et ils hochèrent tous la tête.

— Celle-là aussi, répondit Adam, et ils approuvèrent tous.

— Les gars, vous savez que je n'ai pas apporté de valise, n'est-ce pas ? Comment je suis censée ramener tout ça à la maison avec moi ?

— On t'en achètera une, ne t'inquiète pas, répondit

Michael avant de poursuivre. Au fait, j'ai surclassé ton billet. Tu peux voyager avec autant de bagages que tu veux maintenant.

— Oh, dis-je, surprise par le geste.

C'était généreux, gentil et attentionné.

— Merci.

— Pas de problème. Autre chose ? demanda-t-il, et je regardai à nouveau la cabine d'essayage, qui était plus un placard qu'autre chose.

— Non. Je suppose qu'on a tous faim maintenant, non ?

Je m'apprêtai à retourner dans la pièce et c'est alors que je remarquai l'absence de Tristan.

— Où est Tristan ?

— Je suis là ! Encore une chose. Tu veux bien essayer ça pour moi ?

Il était à peine essoufflé lorsqu'il se précipita vers moi.

— Et ça ?

C'était une robe noire moulante et une paire de chaussures noires à talons bien plus hauts que tous ceux que j'avais portés auparavant. J'acceptai néanmoins le défi et fermai la porte avec un sourire.

La robe m'allait parfaitement et je la lissai en me regardant sous tous les angles dans le miroir. Ouah était tout ce à quoi je pouvais penser. Je mis les talons et sortis pour parader devant les gars.

— C'est ce que tu porteras dehors, décida Tristan en retirant les étiquettes de la robe et en prenant la boîte pour l'ajouter à la pile.

— Je n'en reviens pas, les gars, dis-je, et je les embrassai tous en signe de gratitude.

Je ne voulais pas accepter les cadeaux, mais ils insistaient, et je savais que cela les blesserait si je refusais.

Payer mon butin se transforma en un jeu, car chaque frère ne cessait de repérer des choses qu'il voulait que j'aie. Un délicat collier en argent avec une fée assise sur la lune, une paire de boucles d'oreilles en onyx en forme de cœur qui allait avec la robe noire que je portais, une paire de bas noirs, puis une autre, et une autre paire de chaussures. Ils trouvèrent ensuite d'autres choses et avant que je ne m'en rende compte, nous avions trop de sacs à porter.

Michael appela l'hôtel et leur demanda d'envoyer une voiture pour tout récupérer. Je ne pus que rire alors qu'ils me firent tous des clins d'œil et des sourires en coin qui firent battre mon cœur. C'était trop, mais pour une fois dans ma vie, j'étais gâtée. Cela me plaisait bien, décidai-je.

C'est au moment où nous quittions le magasin que la réalité s'imposa et que les sourires disparurent. Amanda se tenait à l'entrée. Une fille pas du tout heureuse. Je lui adressai un sourire en coin. L'heure de la vengeance avait sonné.

17

Putain, je n'arrive pas à y croire.
Le visage d'Amanda se tordit de haine et de dégoût lorsqu'elle me regarda. J'étais sortie avec le bras de Daniel autour de moi et je me rapprochai maintenant de son côté, avec mon propre bras autour de sa taille.

— C'est pour ça que vous ne m'avez pas contactée ? Vous savez qu'elle est vierge, n'est-ce pas ? Elle n'a aucune expérience *du tout*, ajouta-t-elle.

Elle leur avait posé une question, mais elle n'attendit pas que l'un d'entre eux réponde pour continuer.

— Cette petite *vierge* est absolument dégoûtante. Elle a passé nos quatre années entières sur le campus sans pouvoir attirer un seul gars.

— Oh, tu veux dire comme les gars à qui tu as menti pour qu'ils ne sortent pas avec moi ? Comme celui à qui tu as dit que j'avais de l'herpès, même si ce n'était pas le cas. Ou celui dont tu t'es assurée qu'il reste loin de moi ? Ces gars-là, tu veux dire ? lui ricanai-je au nez, ma main fermement placée dans la poche arrière de Daniel maintenant. Parce que c'est le vrai problème,

Amanda. Toi. Tu me détestes tellement que tu t'es donné pour mission de me détruire. Eh bien, ça n'a pas marché, ma chérie.

Je regardai les gars et vis qu'ils me soutenaient tous. Leurs yeux, lorsqu'ils étaient sur moi, étaient pleins d'admiration, alors qu'ils n'étaient remplis que de dégoût lorsqu'ils regardaient Amanda.

— Allez, les gars, vous ne pouvez pas vouloir une fille comme elle ?

Elle me toisa, un peu surprise par ma tenue, mais elle afficha tout de même un sourire narquois.

— Même dans cette robe, elle ne m'arrive pas à la cheville, continua-t-elle.

Elle se rapprocha de Michael, ses lèvres à quelques centimètres de sa mâchoire tandis que ses doigts jouaient sur son plexus solaire.

— Tu n'as pas envie d'une vraie femme, Michael ? Une qui sait comment faire jouir un homme ?

— Oh, tu veux dire comme toi ? demanda-t-il, la lèvre recourbée en une grimace. Une que tous les gars du campus ont déjà baisée une ou deux fois ? Pourquoi on voudrait ça, alors qu'on l'a elle ? Être négligente au point de perdre ton téléphone encore une fois est probablement la meilleure chose que tu aies faite dans ta vie.

— Alors, c'est toi qui as trouvé mon téléphone ! s'exclama Amanda en se retournant vers moi, son visage devenu un masque de rage. Je le savais, et quand je n'ai pas réussi à joindre les gars sur WhatsApp, j'ai soupçonné que c'était toi.

— Pourquoi tu es ici, Amanda ? demanda Adam, son visage à la limite de la cruauté alors qu'il la regardait. On n'allait jamais te donner ce que tu voulais, tu sais ? Tu nous as montré ce que tu étais, il y a longtemps, et tu t'es laissé convaincre que tu ne te préparais pas à faire une mauvaise chute. Nicolette nous a fait une faveur quand elle a commencé à nous envoyer des textos. Elle nous a apporté ce que l'on désirait vraiment.

Quelqu'un qui ne voulait que nous. Pas notre argent, ni notre nom, ni le droit de se vanter, mais nous. Elle pourrait continuer à baiser toute la population masculine des États-Unis et certaines femmes si elle le voulait, mais elle le ferait parce qu'elle en a envie. Pas pour en tirer un avantage quelconque qui aidera sa carrière ou les objectifs qu'elle s'est fixés dans la vie.

Le visage d'Amanda se déforma de confusion, comme si elle ne comprenait pas pourquoi Adam lui parlait comme ça.

— Je ne comprends pas.

C'était évident, mais elle avait besoin que ce soit expliqué avec des termes qu'elle comprendrait. Je m'approchai d'elle, mes lèvres près de sa mâchoire et mes doigts sur son épaule, pour imiter la façon dont elle avait touché Michael, et je ponctuai chacun de mes mots avec un sourire.

— Tu t'es... fait... avoir. C'est aussi simple que ça. Tu m'as baisée. Je t'ai baisée. Et ces mecs ? Ils se sont foutus de toi. C'est toi l'idiote, Amanda. Pas moi.

Je reculai avant qu'elle ne puisse me gifler et ris quand elle faillit tomber. Elle portait une robe débardeur rose fluo qui faisait ressortir le faux bronzage qu'elle avait appliqué de façon inégale. Ses cheveux blonds semblaient avoir récemment vécu une expérience de mort imminente avec une bouteille de coloration et son maquillage fondait sous la chaleur. Elle n'était pas franchement à son avantage.

— Je n'arrive pas à y croire, haleta-t-elle une fois qu'elle se fut redressée sur ses stilettos rose vif. Vous ne me feriez pas ça, les garçons. Tous les mecs de l'école veulent me baiser, et vous étiez chauds pour ça jusqu'à ce que cette salope arrive.

— Cette *salope* est maintenant notre petite amie, alors s'il te plaît, ne dis plus un seul mot à son sujet, lui cracha Tristan, le visage rempli de colère. Jamais, Amanda, et je suis sérieux.

— Mais j'ai fait tout ce chemin, j'ai retrouvé votre trace grâce à vos comptes Instagram. J'ai travaillé dur pour ça !

— Non, tu as travaillé dur pour un jeu, Amanda, dit Michael tranquillement en remarquant que nous avions commencé à attirer une foule. Tu as passé quatre ans à être fausse et à être cruelle. J'ai vu ce blog dont tu t'es vanté et tu sais quoi ? Ça m'a rendu malade de voir à quel point tu étais puérile et susceptible. Le fait que tu sois superficielle au point de devoir faire quelque chose comme ça dit tout ce qu'on doit savoir de toi. Oh, et tous ces endroits où tu as envoyé des demandes d'emploi en nous mettant comme références ? Oui, on leur a envoyé ton blog. C'est peut-être pour ça que personne ne t'a rappelée.

Sa mâchoire se décrocha et la mienne aussi. Ils avaient vraiment fait ça ? Ils ne me connaissaient même pas à l'époque. Je serrai les fesses de Tristan à travers son jean, et il me jeta un regard en coin avec un clin d'œil. Ma tête tournait, mais je le cachai derrière un sourire éclatant. J'étais leur petite amie maintenant ? Quand est-ce que c'était arrivé ? Et ils avaient détruit toutes les chances qu'elle avait d'obtenir un boulot auprès des employeurs de ses rêves ? Enfin, techniquement, c'était elle qui avait merdé, mais vous voyez ce que je veux dire.

— Maintenant, si cela ne te dérange pas, nous étions sur le point d'accompagner cette magnifique créature à un déjeuner. Tu veux bien bouger, s'il te plaît ?

Michael poussa Amanda pour l'éloigner de lui. Elle commença à s'approcher furtivement de lui comme si elle planifiait un assaut discret qui pourrait impliquer qu'elle supplie. J'adorerais voir ça, mais la réalisation soudaine dans ses yeux indiqua qu'elle en avait eu assez. Jusqu'à ce que Michael reprenne la parole.

— Oh, on l'a aussi envoyé à ton père hier soir. Il n'était pas du tout content de toi. Je suis surpris que ta carte de crédit fonctionne encore.

Michael se tenait au-dessus d'elle, le regard délibérément braqué sur elle.

— Elle ne fonctionne pas, j'ai dû payer mon déjeuner en espèces. Une expression horrifiée commença à envahir son visage et elle le baissa pour fouiller dans son sac.

— Je dois y aller, dit-elle distraitement alors qu'elle appuyait désespérément sur le bouton d'appel de son téléphone. Papa, décroche, s'il te plaît.

J'entendis les mots alors qu'elle s'éloignait. Voilà, ça, c'était de la vengeance. Je n'éprouvai pas le soulagement que je pensais ressentir ou la douce brûlure de la victoire. Je me sentis simplement... légitimée. Comme si l'univers avait soudainement basculé pour redevenir ce qu'il était censé être et que tout allait bien dans le monde. C'était le cas, dans mon monde du moins.

Nous marchâmes tous tranquillement jusqu'à l'hôtel et déjeunâmes dans le restaurant de celui-ci. C'était une salle moderne, avec des gris foncés et des noirs partout. Nous choisîmes une table avec une banquette pouvant tous nous accueillir, avec moi au milieu, et prîmes les menus. Tristan taquina ma jambe à ma droite, tandis que la main de Michael alla directement entre mes jambes pour découvrir que j'avais oublié de mettre la culotte toute neuve qu'ils m'avaient achetée. Il me regarda avec des yeux remplis de désir mais aussi d'amusement.

Tout ce que je pus faire fut de sourire et d'éloigner sa main pour pouvoir me concentrer sur le menu. On aurait le temps de s'amuser et de jouer plus tard. J'avais besoin de nourriture et cet endroit avait un menu qui comblerait tous mes besoins.

Je jetai rapidement un coup d'œil aux choix de nourriture et optai pour quelque chose qui avait l'air de ne pas prendre une heure à préparer. J'avais faim et je ne voulais pas attendre longtemps, alors je parcourus le menu jusqu'à ce que je trouve ce que je voulais. J'eus la meilleure salade de ma vie, recouverte de morceaux de jambon et d'une tonne de vinaigrette crémeuse et presque comme une sauce César qui avait manifestement été faite maison par le restaurant. Je me régalais, mais je dus finalement m'arrêter de manger.

— Tu avais faim, remarqua Tristan, et je souris en le regardant.

— Je me suis ouvert l'appétit ces deux derniers jours.

— Bien. Maintenant, je pense qu'on devrait tous se détendre un peu dans la piscine, et ensuite, peut-être faire une sieste.

— Ce n'est pas du tout sexy, me plaignis-je en plaisantant, mais il se contenta de rire en caressant ma joue avec son doigt.

— Je n'ai pas dit que tu ferais cette sieste seule.

— Oh, bien, dans ce cas, on fait la course jusqu'au lit !

Je m'élançai hors de la banquette et m'éloignai de la table en courant.

Je vis que tous les gars étaient derrière moi avec des sourires sur le visage alors que nous laissions l'endroit derrière nous. Fidèles à leur parole, nous passâmes une heure à nous prélasser dans la piscine avant que je ne me dirige vers le jacuzzi. Je l'allumai et constatai que l'eau était déjà chaude.

Je grimpai dedans, totalement nue, et soupirai de soulagement à mesure que les jets d'eau chaude apaisaient mes muscles encore douloureux. J'avais pris de l'aspirine pour la douleur plus tôt, mais cela n'avait pas beaucoup aidé. Mais ça, c'était paradisiaque.

Je sentis les gars me rejoindre dans l'eau et j'ouvris les yeux. Un sourire se répandit sur mon visage alors que je les regardais.

— Pourquoi ces regards sérieux, les gars ?

— Parce qu'on devrait parler, Nicolette, répondit Michael, toujours le chef de file.

— De quoi ?

J'attendis qu'il réponde en retenant ma respiration. N'étaient-ils pas heureux avec moi ?

— De ce qu'on fait ici, répondit Tristan lorsque Michael fit une pause.

Il était alors impatient de poursuivre.

— Je, nous, voulons que cela continue, si tu veux la même chose, Nicolette. Je sais qu'on part bientôt en Espagne, et tu as mentionné hier soir que tes grands-parents voulaient que tu ailles en Californie en août. Mais une fois que tout sera réglé et qu'on aura décidé de l'avenir, eh bien, nous voulons déménager à Charlotte et commencer par là.

— Je vois.

Je tirai ma lèvre inférieure entre mes dents, excitée et ravie de ce qu'il avait dit, mais craignant quand même de tout faire foirer d'une manière ou d'une autre.

— Ça me plairait bien.

— Vraiment ? Les gens finiront par découvrir tout sur nous, d'une manière ou d'une autre. Cela pourrait nuire à nos carrières et à nos autres relations, dit Michael avec sérieux, comme s'il voulait faire impression sur moi.

— Je sais, répondis-je. Comme vous avec votre décision concernant vos carrières, je dois décider si je veux tout risquer pour vous.

Je m'enfonçai à nouveau dans l'eau et fixai la vue sur la ville. Le crépuscule arrivait et la ville brillait dans les derniers rayons du soleil. Ne serait-il pas agréable de vivre ici, dans ce château dans le ciel, et de regarder le monde comme ça tous les jours ? Mais la réalité m'attendait et je me retournai vers chacun des hommes présents dans le jacuzzi avec moi.

— Je n'ai pas autant à perdre que vous, mais je suppose que tu parles de choses comme le respect de ma mère et de mes amis, ou des collègues que j'aurai à l'avenir. Je ne veux pas perdre ces choses, mais ma mère m'aime et je pense qu'elle m'encouragerait silencieusement. Quant à mes amis ? Eh bien, il n'y en a que deux qui comptent et je sais qu'ils me soutiendraient, quoi qu'il arrive. Je n'ai pas encore de collègues de travail, alors je me fiche d'eux.

J'émis un rire nerveux qui se transforma bientôt en certitude.

— Oui, je sais ce que cela signifie si quelqu'un apprend ce qui se passe entre nous, mais je m'en fous. Si vous voulez tous continuer, si vous voulez voir où cela nous mène, alors j'adorerais faire partie de cette aventure avec vous.

Il y eut des soupirs de soulagement tout autour puis l'air changea. Il devint électrique alors que quatre paires d'yeux affamés se rivèrent sur moi. Oh bordel. Bye-bye la sieste.

18

Nous passâmes la nuit ensemble, chaque frère me disant au revoir à sa façon. Mon vol décollait tôt dans la matinée et je devais rendre la voiture de location avant même d'entrer dans l'aéroport.

Nous eûmes un dernier essai, tous les quatre dans la baignoire. Je touchai son visage pendant qu'il me faisait jouir, essayant de tout graver dans mon cerveau. Tristan me voulut pour lui tout seul, pour me faire la cour avec des fleurs et des baisers, avec des touchers tendres et délicats, jusqu'à ce qu'il me fasse trembler de besoin. Adam me réclama ensuite et me plaça contre la paroi en verre qui donnait sur le balcon. C'était chaud, avec cette pointe de danger qui me fit frissonner, m'excita et me donna envie d'en explorer davantage. Mais nous ne disposions que de peu de temps, alors je m'éloignai de lui après avoir reçu deux suçons, un sur le devant de mon cou qui avait déjà commencé à s'estomper et un sur la nuque que mes cheveux cacheraient. Cela signifie que je passai la nuit avec Daniel.

Il était aussi romantique que Tristan, mais il avait une petite pointe de danger comme Adam, mais pas autant. Juste assez pour être intéressant. Il me tint éveillée pendant des heures alors qu'il explorait mon corps, puis me montra comment lui donner du plaisir, de plus d'une façon. Je m'endormis avec un sourire fatigué sur le visage et un corps très endolori.

Ils se levèrent tous avec moi le lendemain matin et nous prîmes le petit-déjeuner avant de préparer la valise qu'ils m'avaient offerte. Je m'habillai lentement, nullement pressée de partir. Je voulais plus de temps, mais nous savions tous que je devais rentrer chez moi. Après cela, il n'y avait pas grand-chose d'autre à faire. Ils me dirent au revoir chacun à leur manière.

Tristan me serra dans ses bras pendant des lustres, tout comme Daniel. Adam, toujours déterminé à jouer les durs, se contenta de m'embrasser sur la joue et de me dire au revoir, mais craqua lorsque je me tournai vers Michael. À la fin, il me serra tout aussi fort que ses frères. Michael fit de même lorsque ce fut son tour. Sauf qu'il me promit de me les amener tous aussi vite que possible. Un dernier baiser sur ma joue, ses doigts contre mon visage alors qu'il essuyait mes larmes et un sourire larmoyant furent les derniers moments que je passai avec eux.

Je pris une profonde inspiration et franchis la porte. Je ne me retournai pas, je ne pouvais pas. J'aurais couru vers eux si je l'avais fait. Je n'avais peut-être passé que deux nuits avec eux, mais nous avions échangé des textos pendant des semaines avant cela. J'avais parlé avec eux maintenant, j'avais vu qui ils étaient vraiment, et c'était vraiment dur de les quitter.

Je montai dans l'ascenseur, rendis ma clé quand j'atteignis le hall, puis descendis jusqu'au parking. Je trouvai rapidement la voiture et avant même de m'en rendre compte, j'étais à l'aéroport à attendre mon avion. Tout se passa dans le flou, car tout ce que je pouvais voir, c'était leurs visages, leurs sourires, la façon dont ils avaient tous soupiré mon nom.

J'avais du mal à prêter attention aux annonces, je n'arrêtais pas de me souvenir de moments avec eux ou de regarder autour de moi dans l'aéroport, espérant à moitié qu'ils apparaîtraient pour me ramener à leur hôtel. Ou pour rentrer à la maison avec moi.

Cela me fit sourire. L'idée qu'ils essaient tous les quatre de rentrer dans notre minuscule maison, avec ma mère dans l'autre pièce. Cela ne se passerait pas bien du tout.

Mon vol fut finalement appelé et j'embarquai à contrecœur dans l'avion. Je devais à nouveau faire escale à Houston, mais l'arrêt était plus court cette fois-ci. J'aurais assez de temps pour courir d'une partie de l'aéroport à l'autre, puis j'embarquerais dans le nouvel avion. Je ne savais pas pourquoi ils regroupaient les vols comme ça, mais vu que c'était un billet bon marché, je ne pouvais pas me plaindre.

J'arrivai chez moi quelques heures plus tard, vers treize heures. Ma mère était évidemment au travail puisque nous étions mardi après-midi, alors je rentrai dans la maison et déballai ma valise. Je vérifiai mon téléphone et vis qu'il y avait une nouvelle discussion de groupe. Chaque frère m'avait envoyé un message pour me dire combien ils étaient heureux que j'aie pris le téléphone d'Amanda quand elle l'avait laissé tomber et qu'ils m'appelleraient plus tard.

Je sortis vers seize heures pour acheter quelque chose à préparer pour le dîner, mais ma mère m'appela pendant que j'étais dehors.

— Chérie, je vais sortir ce soir. Tu peux te débrouiller pour le dîner ?

Nous nous étions envoyé des messages plus tôt à propos de mon voyage et j'avais répondu avec des détails édulcorés. C'était amusant, j'avais passé un bon moment, j'étais à la maison maintenant. Des trucs du genre. Nous en étions maintenant directement à la raison pour laquelle elle avait appelé, est-ce que je pouvais me nourrir ?

— Bien sûr, maman, je vais juste passer prendre quelque

chose au supermarché, alors. Un rencard sexy ? demandai-je depuis ma voiture. Je venais de m'arrêter quand elle avait appelé et j'étais sur le point d'entrer dans le magasin.

— Oui, quelque chose comme ça. N'oublie pas que je suis vieille. Être sexy n'entre plus vraiment dans l'équation, soupira-t-elle tristement.

— Maman, tu es hyper sexy. Ne laisse personne te dire le contraire ! répondis-je avec autorité, et je l'entendis rire en conséquence.

Tu parles d'autorité !

— Si tu le dis, chérie.

— Hé, écoute, vous allez dans un endroit spécial ?

Je venais d'avoir une idée.

— Oui, il m'emmène chez Alfredo, ce nouveau restaurant italien près du centre commercial.

— Hum, qu'est-ce que tu vas porter ?

— Je pensais mettre ma robe verte, celle avec les découpes au niveau des épaules, répondit-elle sans conviction. Je l'ai apportée avec moi.

— Tu sais quoi ? Rentre à la maison et change-toi avant de partir. J'ai la robe parfaite pour toi.

Nous faisions la même taille, alors je savais qu'elle pourrait entrer dans la robe rouge élégante que les gars avaient achetée pour moi.

— J'ai aussi les bonnes chaussures, ajoutai-je.

— Chérie, je ne pourrais pas... commença-t-elle, mais je l'interrompis.

— Tu peux et tu vas le faire. Au pire, je te les apporterai en vitesse.

— C'est peut-être mieux. On avait convenu de se retrouver à 18 heures et tu sais comment est la circulation.

— Oui. Je vais filer à la maison, prendre la robe et les chaussures, et ensuite je serai là. On se voit bientôt.

— Ok. Et chérie, ne fais pas d'excès de vitesse !

— Au revoir, maman.

Je raccrochai, fonçai jusqu'à la maison, puis jusqu'au cabinet dentaire où elle travaillait. J'entrai, souris à ma mère et désignai le bureau fermé derrière la réception. C'était un bureau d'administration générale. J'ouvris le sac à vêtements noir dans lequel se trouvaient les habits et en sortis la robe et les chaussures.

— Oh, mon Dieu, je ne peux pas porter ça ! dit ma mère en regardant la robe avec émerveillement. Chérie, où as-tu trouvé ça ?

— C'était un cadeau, maman. Ne t'inquiète pas. Je t'expliquerai à un moment donné quand j'aurai assimilé tout ça, mais pour l'instant, sache juste que j'ai passé le week-end le plus incroyable et que cette robe en faisait partie.

Elle me regarda, baissa les yeux vers le léger bleu sur mon cou, fronça un sourcil avec une curiosité satisfaite, puis se mordit la lèvre.

— As-tu... ?

Nous n'étions pas vraiment proches, mais nous étions affectueuses l'une envers l'autre et ma mère avait toujours été ouverte avec moi. Je savais ce qu'elle voulait dire et je hochai la tête.

— Oui. Et c'était... magnifique !

— Bien ! Même si, avec une robe aussi chère, je ne peux que me demander avec qui tu as fricoté...

— Tu vas les, euh, l'adorer.

J'avais failli dire « les », mais je ne voulais pas lui balancer ça ce soir. C'était pour une autre fois.

— Allez, essaie-la. Fais-moi voir, lui demandai-je.

— Cindy est toute seule là-bas.

— Il y avait deux patients quand je suis arrivée. Si tu te dépêches, tu peux l'essayer et remettre ta blouse avant que quelqu'un ne le remarque, l'encourageai-je.

Ma mère, gloussant comme une enfant lâchée dans un

magasin de bonbons, prit la robe en jetant sa blouse. Elle l'enfila et ferma la fermeture éclair sur le côté puis se leva. Même sans les chaussures, je pus voir d'où je tenais ma silhouette.

— Tu es magnifique, maman ! murmurai-je, les larmes aux yeux.

Elle me regarda, puis baissa les yeux sur elle-même et haussa à nouveau un sourcil.

— Vraiment ? Je ne ressemble pas à l'une de ces femmes au foyer désespérées ?

— Pas du tout. Tu as l'air jeune, sophistiquée et belle. Tu ne ressembles absolument pas à une mère.

Je la serrai dans mes bras et restai en retrait pendant qu'elle remettait sa blouse. Elle avait encore du travail à faire alors je la laissai avec la robe et les chaussures et rentrai à la maison.

J'avais reçu d'autres messages des garçons auxquels je répondis au moment où je me garai avec de la nourriture mexicaine à emporter et une bouteille de vin. J'allai dans la cuisine, sortis la nourriture et mangeai tout en répondant aux messages des gars. Je souris joyeusement lorsque Brooklyn m'appela.

— Tu es chez toi maintenant ? demanda-t-elle avec méfiance comme si ce n'était pas moi au téléphone, et je ris.

— Oui, je suis à la maison, maman. Saine et sauve.

Je me détendis dans le fauteuil, prête pour une longue conversation avec ma meilleure amie.

— Bien. Maintenant, explique-moi en quoi consistait ton mystérieux voyage.

— Comment tu l'as su ?

Je m'en souvins maintenant ; je ne lui avais pas parlé du voyage.

— Je... euh... eh bien, j'ai appelé ta mère, répondit-elle finalement après un moment de réflexion.

Sa confession ne fit que me troubler.

— Pourquoi ? demandai-je alors que le mystère s'épaississait.

— Eh bien, je ne l'ai pas encore dit à mes parents et j'avais une question sur la grossesse, alors je l'ai appelée, admit Brooklyn.

— Oh, tu es une poule mouillée !

Mais je savais que révéler des secrets pouvait être difficile.

— Je sais ! Ce n'est pas comme si mes parents n'étaient pas tolérants et gentils, mais je ne sais pas. J'ai peur de leur en parler pour je ne sais quelle raison. Et ils adorent Stuart, donc ce n'est pas à cause de lui non plus. Je ne sais pas, j'ai juste peur de leur dire.

— Je comprends.

J'avais mon propre secret que je n'étais pas prête à révéler, du moins, pas à ma mère.

— Alors, qu'est-ce qu'il y avait à Las Vegas, Nic ? Qu'est-ce que tu as fait ? Tu as passé le week-end à danser dans une cage ou un truc du genre ?

Elle rit parce qu'elle savait que ça n'arriverait pas, mais elle n'était pas loin de la vérité. J'avais été enfermée, mais avec mes quatre hommes.

— Quelque chose comme ça, répondis-je vaguement. Je te le dirai quand je te verrai vendredi, d'accord ? Cette conversation doit se faire en tête-à-tête, pas au téléphone.

J'esquivai cette conversation pour l'instant. Nous avions un accord que nous avions passé il y a longtemps. Si c'était quelque chose auquel nous devions réfléchir, cogiter un peu, nous le dirions d'une certaine manière. La conversation en tête-à-tête était l'une de ces façons.

— J'ai saisi ton message, chérie. Je comprends tout à fait. Il y a certaines choses sur lesquelles on doit méditer pendant un moment. Comme ma grossesse. Je voulais attendre, mais quand c'est arrivé... eh bien, j'ai dû y réfléchir toute seule pendant un moment, avant de pouvoir en parler, même à Stuart.

— Je comprends, répondis-je en passant mon doigt sur un peu de crème fraîche restante sur le bol métallique sommaire dans lequel ma nourriture était présentée. Je suppose qu'on essaie toutes les deux d'entrer dans l'âge adulte maintenant, sans vraiment savoir comment s'y prendre.

— Comme tu dis. Tu crois qu'on aura maîtrisé tout ça quand on aura 40 ans ? demanda-t-elle d'un ton joyeux.

— Je ne suis pas sûre. Je pense que les vrais adultes font juste semblant, comme nous, lui dis-je, et je me levai pour aller sur le canapé.

Je jetai mon bol rudimentaire et le sac qui l'accompagnait en chemin, ce qui m'évita de faire la vaisselle.

— Ma conception de faire la vaisselle à l'instant a été de jeter le sac et le récipient. Donc, je ne suis pas prête pour ce truc d'adulte, continuai-je.

— Est-ce qu'on est obligées de l'être ? Je ne peux pas avoir mon bébé et grandir en même temps ? On resterait des adolescentes, et quand il sera en âge d'aller à l'université, on sera enfin prêtes, je pense, gémit Brooklyn sur le ton de la plaisanterie.

— J'imagine qu'on pourrait faire ça.

Je m'assis sur le canapé. Mon dos et mes jambes étaient douloureux, mais je parvins tout de même à m'étirer.

— On pourrait peut-être convaincre le bébé d'être l'adulte pour nous ? repris-je.

— Nan, on ne pourrait pas faire ça à ce pauvre enfant. Il va m'avoir comme mère et Stuart comme père, c'est une punition suffisante.

— Et moi en tant que tante, donc je vais équilibrer les choses, lui assurai-je, mais je n'étais pas sûre d'être un meilleur modèle qu'eux.

Je venais juste de commencer une relation avec quatre hommes.

— Eh bien, je l'espère.

Elle poussa un profond soupir, puis j'entendis une porte s'ouvrir.

— Salut, bébé. Je parle juste à Nic.

— Dis-lui bonjour de ma part, entendis-je à l'autre bout du fil.

— Salut, Stuart, dis-je au téléphone, et je souris.

Presque comme au bon vieux temps.

— Je suppose qu'on va aller dîner maintenant, Nic. Mais je t'aime et j'ai hâte de te voir bientôt !

— Je serai là avant que tu ne t'en rendes compte, lui dis-je gaiement.

— Bien. On se parlera à ce moment-là, si ce n'est pas avant.

Elle fit des bruits de bisous au téléphone puis raccrocha.

Je soupirai, prête à dormir. J'avais dit aux gars que j'allais me coucher, alors nous avions reporté notre appel d'une nuit. J'avais juste besoin de repos et de temps pour me remettre de ce week-end incroyablement merveilleux.

Je mis un film sur Netflix et avant même de le réaliser, ma mère rentra, me réveilla pour que je puisse aller me coucher dans mon lit et éteignit la télé.

— Maman ? Quelle heure il est ? demandai-je en souriant et en levant les yeux vers elle.

— Il est tard, chérie. Va te coucher. Tu vas avoir un torticolis si tu dors là.

— Ok. Je t'aime, murmurai-je avant de retourner dans ma chambre.

Je me glissai dans mon lit, avec ses draps frais et ses couvertures douces, si différents du lit de la chambre d'hôtel. Ce lit avait été luxueux, mais celui-ci était mon lit et il se trouvait chez moi. Tout était familier ici, même l'odeur des bâtons parfumés que ma mère utilisait dans la maison. J'adorais l'odeur de baies rouges qui se dégageait des bâtonnets en bambou lorsqu'ils absorbaient le liquide, et je savais toujours que j'étais à la maison lorsque je sentais cette odeur.

Je poussai un gros et profond soupir en repensant une fois de plus au week-end. Je n'arrivais pas à croire qu'ils voulaient encore me parler, mais ils le faisaient. J'en étais folle de joie, et demain, je réfléchirais enfin à tout cela. Ce soir, j'avais besoin de repos.

19

L a semaine passa en un clin d'œil et je me mis en route
pour Charlotte. J'avais envoyé un e-mail à mon nouvel
employeur pour lui demander des congés en août
pour rendre visite à mes grands-parents, et il m'avait répondu
que tant que je pouvais travailler à distance, cela ne les dérangeait pas. C'était la chose la plus géniale que j'avais jamais lue.
Enfin, jusqu'à ce que je reçoive un nouveau texto des gars, mais
oui, je tombai amoureuse de mon futur employeur à ce
moment-là.

Je préparai les affaires dont j'aurais besoin pour travailler,
les applications qu'ils voulaient que j'utilise sur mon ordinateur et quelques autres choses qui devaient être faites. J'allais
travailler avec une entreprise de relations publiques et la majorité de mon travail consisterait à faire des recherches en ligne, à
rédiger des articles de blog et à gérer les réseaux sociaux pour
un petit client pour le moment. Une fois que j'aurais acquis un
peu d'expérience, ils me confieraient des clients plus impor-
tants, de plus grandes opportunités, et j'avais vraiment hâte d'y
être.

En plus de cela, c'était une expérience que je pourrais emporter avec moi si les gars décidaient d'abandonner leurs fonds fiduciaires. Je pourrais vraiment les aider pendant mon temps libre et j'aimais l'idée de pouvoir le faire.

Ma mère fut occupée la majorité de la semaine, alors je n'eus pas l'occasion de lui parler, mais je le ferais bientôt. Quand nous aurons toutes les deux un peu de temps pour cela. Les gars revenaient en Caroline du Nord à peu près au moment où j'arrivais chez Brooklyn. Ils avaient proposé de passer chez elle, mais je leur avais dit de rentrer chez eux. Ce serait trop gênant de tout expliquer avec eux là-bas.

Ils avaient compris, ce dont j'étais très contente, et avaient promis de m'appeler plus tard dans le week-end. Cela signifiait qu'ils avaient aussi des choses à faire, donc j'étais heureuse. Ils avaient tous commencé à avoir l'air un peu tristes au moment où ils devaient rentrer chez eux. D'une certaine façon, quand j'avais quitté Las Vegas, j'avais emporté le soleil avec moi. Du moins au sens figuré.

Même si cela me donnait l'impression de compter, cela me rendait aussi triste. Je n'aimais pas savoir qu'ils étaient malheureux alors qu'ils devraient vivre pleinement. Nous nous reverrions bientôt, comme ma mère et moi, quand nous aurions le temps. Nous aurions plus tard tout le temps du monde ensemble lorsqu'ils déménageraient près de Charlotte. Pour l'instant, j'allais devoir me contenter d'appels téléphoniques et d'un voyage occasionnel.

Je me rendis à l'appartement que Brooklyn et Stuart louaient maintenant et je frappai à la porte. La nervosité me frappa alors que j'attendais que l'un d'eux réponde. Accepterait-elle ma décision, ce que j'avais fait ? Je savais qu'elle était assez ouverte d'esprit et qu'elle voulait que les gens profitent de leur vie quand ils le pouvaient, mais cela serait-il juste... trop ? Je ne voulais pas penser à ce mot, mais il était là. Cela serait-il trop digne d'une *traînée*, même pour elle ?

J'eus l'impression d'être une perverse rien que pour avoir pensé à ce mot, mais il était là. Peu importe à quel point nous voulions être progressistes au sein de ma génération, ce mot ne semblait pas s'estomper. Il était maintenant chuchoté par la plupart, crié par d'autres, mais nous l'utilisions toujours.

C'était un mot laid, plein de déshonneur et de honte que les femmes ne devraient plus avoir à porter, mais nous le faisions. Même dans nos propres esprits. Je pris une profonde inspiration en entendant des verrous s'ouvrir et j'affichai un sourire sur mon visage.

— Salut ! m'exclamai-je en voyant le visage de Brooklyn, et je m'avançai pour la serrer dans mes bras. Mon Dieu, tu m'as manqué.

J'inhalai son parfum, quelque chose qui devait être sa propre odeur, car je ne l'avais jamais vue avec une bouteille de ce truc et je sentis mon corps se presser contre le sien. Elle m'avait vraiment manqué.

— Je suis tellement contente que tu sois là, dit-elle en se pressant contre moi de la même façon. Tu m'as manqué, ma belle.

— Comment on va survivre en ne vivant plus ensemble ? demandai-je alors qu'elle ouvrait plus largement la porte et s'écartait.

— Je ne sais pas. Je vais peut-être devoir louer un appartement plus grand et t'y installer, plaisanta-t-elle en désignant le couloir. Viens dans le salon. Enfin, c'est comme ça qu'on l'appelle. C'est en réalité juste la continuité de la cuisine.

C'était un tout petit appartement, avec une chambre et une petite salle de bain, une cuisine et un salon. Mais ce n'était pas dans un mauvais quartier de la banlieue de Charlotte et il avait une belle vue sur la ville au loin.

— C'est sympa.

— Merci. Ça devra faire l'affaire pendant au moins quelques années, jusqu'à ce que le bébé soit assez grand pour avoir sa propre chambre. Au fait, ça ne te dérange pas de dormir sur le canapé, n'est-ce pas ?

— Pas du tout, répondis-je en posant mon sac au bout d'un canapé en cuir noir que je savais d'occasion.

J'étais avec elle quand elle l'avait trouvé sur un groupe Facebook.

— Bien. Il y a un lit gigogne dans ce truc, mais ils ne sont jamais confortables, sauf si on est un enfant.

— Je comprends, Brook, vraiment. Pas de problème. Je ne juge pas, tu le sais.

— Je sais, dit-elle avec un sourire crispé. Mais tout est si différent maintenant, n'est-ce pas ?

— Ça l'est.

Je pris ses mains et nous nous assîmes ensemble sur le canapé.

— Mais on est toujours les mêmes personnes, d'accord ? Tu es toujours l'infirmière géniale qui va bouleverser le monde grâce à tes compétences, et je vais devenir la responsable des relations publiques de rêve d'une énorme entreprise ou quelque chose comme ça. Mais au fond, on sera toujours ces filles qui ont passé leur première année d'études à parler toute la nuit et à rigoler entre elles. Quoi qu'il arrive.

Je n'ajoutai pas le « j'espère » à la fin de cette phrase. Je devais encore lui parler de mon week-end.

— Le dîner est presque prêt. Salut, Nic !

Stuart s'approcha pour déposer un baiser sur ma joue et se redressa.

— Tu es superbe !

— Merci, Stuart.

J'avais mis un jean, avec un chemisier noir et une veste légère par-dessus.

— Je ne sais pas trop pourquoi cependant, ajoutai-je.

— Tu as l'air... différente, dit-il en serrant les lèvres et en plissant les yeux. Tu t'es fait tatouer les sourcils à Las Vegas ou quelque chose comme ça ?

— Quoi ? haletai-je, étonnée par sa question. Non, mais merci.

— Eh bien, il y a quelque chose de différent. Je ne sais juste pas quoi.

— Attends, dit Brooklyn en s'éloignant de moi pour me regarder plus attentivement, puis elle plissa ses yeux à son tour. Tu l'as fait ! Tu as perdu ta virginité !

— Putain, comment tu peux le savoir ? demandai-je, complètement abasourdie par le fait qu'elle ait deviné.

— Tu as cette confiance en toi ou quelque chose comme ça. Je ne sais pas, mais Stuart a raison, tu es superbe et je suis heureuse pour toi.

Elle me serra dans ses bras puis se retira, Stuart étant toujours dans la pièce. Il avait toujours fait partie de ce débat, alors cela ne me dérangeait pas qu'il soit là. Je n'avais pas prévu de parler de cela aussi rapidement, mais c'était au grand jour maintenant.

— Qui est le mec ? Ou la fille ? C'était une fille ? demanda Brooklyn, les yeux écarquillés de joie. Oh, dépêche-toi, ma belle, donne des détails !

— Eh bien...

Je les regardai tous les deux, ma respiration restant bloquée quelque part dans ma gorge avant que je ne la force à sortir.

— Tu te souviens des frères Rome ?

— Oui ! déclara Brooklyn, les yeux encore plus grands maintenant. Lequel ?

— Eh bien...

Je la regardai, dubitative, prête à courir au cas où elle se mettrait à me crier dessus de colère.

— C'était en quelque sorte...

Mes mots s'arrêtèrent dans leur élan. Je fus soudain terrifiée, mais l'expression d'excitation sur son visage et la curiosité oisive sur celui de Stuart me poussèrent à continuer.

— Ma belle, je vais te frapper si tu ne me dis pas lequel, grogna Brooklyn, le sourcil froncé avant de sourire. C'était celui avec la cicatrice ? Il a l'air d'être sauvage au lit.

— Eh bien, commençai-je, mais elle m'interrompit.

— Ou celui avec les cheveux bouclés ? Mon Dieu, il est sexy.

Brook s'éventa le visage.

— C'était...

Mais elle m'interrompit une nouvelle fois.

— Ou le plus sérieux ? Mais il est tellement renfrogné et solennel. Je ne peux pas imaginer que c'était lui, alors ça devait être l'autre, Daniel. Je parie que c'était lui, il a l'air d'être ton type de mec.

Elle hocha la tête comme pour répondre à sa propre question et me regarda avec expectative.

— Tu vas encore m'interrompre ? demandai-je en souriant. Parce que si oui, je ne te le dirai pas.

— Oh, désolée, s'excusa-t-elle, et sa peau pâle se teinta de rose.

— Bon, pour apaiser ta curiosité, c'était...

Je fis une pause et les regardai tous les deux avec jubilation.

— ... Eux tous.

— Hein ? demanda Stuart.

Mais les yeux de Brooklyn devinrent incroyablement grands avant qu'elle ne se mette à hurler de joie.

— Non ! déclara-t-elle en se penchant vers moi. Dis-moi que tu ne plaisantes pas, dis-le-moi tout de suite !

— Non, je ne plaisante pas. C'était tous les quatre. En même temps, séparément, sur le lit, sur le canapé, sur une table, dans la piscine, contre un mur, contre un balcon...

Je laissai ma voix traîner en longueur de crainte qu'elle ne s'évanouisse, car j'étais certaine qu'elle avait cessé de respirer.

— Oh, Seigneur ! Je ne peux pas, oh mon Dieu, je ne peux pas respirer.

Elle agita sa main devant son visage et prit une inspiration malgré son affirmation.

— Je suis tellement... oh ma belle, tu viens d'illuminer ma *journée* !

— Vraiment ? demandai-je d'un air dubitatif en la regardant.

J'avais eu tellement peur, mais j'aurais dû m'en douter.

— C'est le meilleur jour de tous les temps ! Non seulement tu as perdu ta virginité, mais tu y es allée à fond ! Les quatre frères Rome ? Tu es une star, Nicolette.

— Ce n'est pas tout, admis-je, et j'attendis qu'elle arrête de bafouiller. C'était censé être Amanda. Elle a fait tomber son téléphone un jour et, eh bien, j'ai trouvé leurs messages. Je t'expliquerai plus tard, mais pour faire court, quand elle s'est pointée à Las Vegas, la justice a repris sa place dans le monde. Du moins, ce fut le cas pour moi.

— Maintenant, je veux tout savoir à ce sujet, répondit Stuart avant que sa femme ne le fasse, ses yeux noisette brillant d'amusement. Mais le dîner est prêt et le pain à l'ail est sur le point de brûler, alors suis-moi dans la cuisine/salle à manger.

Nous mangeâmes des spaghettis avec une sauce préparée par Stuart et du pain à l'ail, pendant que je leur racontais le reste de l'histoire. Je crus que Brooklyn allait se faire mal à force de rire quand je lui racontai toute l'histoire avec Amanda, et Stuart hocha la tête comme si tout cela lui plaisait. Mais ce n'était pas la fin de notre histoire, pas encore. Nous avions encore juillet et août à surmonter.

Après le dîner, Stuart sortit une bouteille de vin et je la partageai avec lui pendant que nous continuions à parler de mon expérience à Las Vegas. Je dus revenir sur les parties avec Amanda plus que sur les autres à plusieurs reprises parce que Brooklyn en était particulièrement réjouie.

— Je suis juste tellement heureuse pour toi, haleta-t-elle à travers un nuage de larmes de joie.

Elle s'essuya les yeux avant de continuer.

— Savoir qu'ils ont fait tout ça avant même de te connaître... Oui, ce sont des perles rares.

— Je sais. Tout ça est incroyable. Je ne le croirais pas, sauf que... eh bien, j'ai encore mal, donc il s'est définitivement passé quelque chose, dis-je en riant, et ils se joignirent à moi.

J'étais légèrement pompette après deux verres pleins de vin blanc et cela me fit tomber sur le canapé, directement sur Brooklyn.

Elle caressa mes cheveux tandis que je restais sur ses genoux, un endroit confortable qui m'était familier.

— J'avais l'habitude de faire ça quand elle avait été particulièrement cruelle avec toi. Ça t'apaisait toujours, dit doucement Brooklyn, ses doigts caressant délicatement mes cheveux.

— C'est vrai, c'est toujours le cas. C'est quelque chose que ma mère n'avait pas vraiment le temps de faire, même quand j'étais malade. Tu as toujours été comme la sœur que je voulais avoir. Je suis contente que tu aies été désignée pour être ma colocataire.

— Putain, imagine si tu avais été assignée à quelqu'un comme Amanda ?

Je la sentis grimacer au-dessus de moi et ne pus qu'être d'accord avec ce sentiment.

— J'aurais perdu la tête. Mais je t'ai eue toi. Et elle est en train de recevoir son châtiment. Peut-être quelques années trop tard, mais également au bon moment. Elle va avoir un moment difficile. Surtout du fait que son père a coupé ses cartes de crédit.

— Quoi ? Tu ne m'avais pas dit ça !

Brooklyn me donna un coup avec ses cuisses, donc je me redressai pour lui faire face.

— J'ai oublié. Ouais, il lui a coupé les vivres. Elle vit de ses derniers milliers de dollars et essaie de trouver sa voie, je suppose.

— C'est peut-être un peu trop sévère.

— Eh bien, elle peut toujours aller travailler dans un restaurant quelque part, lançai-je un peu énervée. Je suis sûre qu'elle le mènera à nouveau très bientôt par le bout du nez.

— Tu as probablement raison. Je ne devrais pas être désolée pour elle, mais c'est rude, tu dois l'admettre. Passer de la richesse à la pauvreté en un instant doit être difficile.

— Les gens le font tout le temps, répondis-je en reprenant mon verre de vin.

Stuart avait trouvé une autre bouteille.

— Je sais. Quoi qu'il en soit, ça lui sert probablement de leçon. Après ce qu'elle t'a fait ? Ouais, tu as raison. Elle mérite ce qui lui arrive.

— Je sais que j'ai raison. Cette salope peut aller se faire foutre.

Je plaquai ma main sur ma bouche et sentis mes yeux s'écarquiller de surprise. Je n'avais pas voulu dire ça à voix haute. Mais cela fit rire Stuart et Brooklyn, et je ne pus m'empêcher de me joindre à eux. Si seulement elle pouvait nous voir maintenant, après tout ce qu'elle avait fait pour m'anéantir. Je n'étais pas du tout anéantie.

— Tu deviens si cruellement drôle après avoir bu un coup, me taquina Brooklyn, les yeux pleins d'un amusement scintillant.

— Je sais. On pourrait penser que je deviendrais plus aimable ou une connerie du genre, mais oh non, je me transforme en un troll vulgaire.

Cela me fit rire encore plus et Brooklyn leva les yeux au ciel.

— Je pense que tu as besoin d'un café, ma belle.

Elle se leva pour m'en préparer un, et ce fut à mon tour de rouler des yeux.

— Je sais que je suis un mec et tout, Nic, mais je suis

content que tu aies perdu ta... hum... tu sais. Et que tu te sois vengée d'Amanda, dit Stuart depuis un fauteuil inclinable bleu foncé en velours dans lequel il s'était assis.

Un des accoudoirs était bancal, mais il ne sentait pas mauvais et fonctionnait quand même. Un bel ajout à leur première maison, pensai-je en souriant alors que je m'étalais sur le canapé.

— Je peux avoir une couverture ? demandai-je alors que l'épuisement prenait le dessus.

Je pense que cela avait plus à voir avec le fait d'être détendue, légèrement ivre et d'avoir bien mangé qu'autre chose. Je n'avais pas fait assez de choses ce jour-là pour être fatiguée et je n'étais généralement pas du genre à boire. Cela ne me dérangeait pas, même si j'aurais voulu rester debout plus longtemps avec Brooklyn.

— Bien sûr, je vais t'en chercher une.

Il se leva du fauteuil et entra dans la cuisine pour dire à Brooklyn de ne pas se préoccuper du café.

Elle m'apporta une couverture une minute plus tard et la drapa sur moi. Elle se mit à genoux par terre et j'ouvris les yeux.

— Salut chérie, je suis à la maison, chuchotai-je.

Le monde tournait un peu maintenant, et tout ce que je voulais, c'était dormir.

— Je sais, et je suis contente que tu le sois. Je t'aime, Nic, je veux que tu le saches. Je suis heureuse que tu aies trouvé une sorte de bonheur aussi, chérie. Tu mérites chaque part de bonheur qui se présente à toi.

Elle repoussa mes cheveux de mon visage et m'embrassa sur la joue avant de se lever et de partir.

Tout allait de nouveau bien dans le monde. La peur avait disparu, tout comme l'inquiétude. Il ne me restait plus qu'une personne à qui révéler mon secret et je saurais alors comment serait mon avenir. Mais c'était pour plus tard. Pour l'instant, j'avais besoin de dormir.

20

O n a réservé une chambre à Charlotte pour demain soir.

Le message arriva de Michael quelques semaines plus tard.

Je souris, heureuse de savoir que j'allais pouvoir les voir avant leur départ. Les semaines précédant ce voyage avaient été bien remplies. Ils avaient organisé beaucoup de choses dont l'un des orphelinats là-bas avait besoin et qu'ils allaient emmener avec eux. Cela avait impliqué beaucoup de paperasse à faire avec les procédures douanières, des vérifications de dernière minute et beaucoup d'appels téléphoniques.

Apparemment, ils allaient chaque année dans la même ville d'Espagne, un endroit que leur mère adorait et où ils s'étaient rendus toute leur vie. Je trouvais ça sympa qu'ils puissent faire ça. Ils étaient devenus amis avec les habitants au fil des ans et lorsqu'ils avaient découvert qu'un orphelinat local avait été décimé par une horrible inondation, ils s'étaient mis à organiser de l'aide pour eux. J'étais vraiment fière d'eux, mais j'avais pensé que nous ne pourrions pas du tout passer de temps ensemble.

Savoir que j'allais pouvoir les voir avant leur départ pour un mois entier était une bonne nouvelle. J'en avais besoin. La vie avait commencé à traîner en longueur sans eux. Même si nous n'avions passé que deux jours ensemble, leur attention avait fait des choses étonnantes pour moi, et ce n'était pas seulement le sexe. C'était les conversations, la compagnie, la façon dont ils me faisaient tous réfléchir et rire.

Maintenant, je disposerais de quelques heures de plus avant leur départ.

— À quelle heure je dois arriver ? répondis-je, espérant une heure précoce.

— Le check-in est à 11 heures, alors dans ces eaux-là ? On a loué une suite, donc il y aura de la place pour nous tous.

Les connaissant, ce ne serait pas non plus n'importe quelle suite. Ce serait dans l'un des hôtels les plus chers de Charlotte. J'avais hâte de me faire dorloter et d'avoir une tonne de sexe.

— Tu peux porter cette robe rouge, s'il te plaît ? envoya Michael dans un autre texto.

— Je le ferai, chéri, avec les sous-vêtements noirs, le taquinai-je.

— Oh, tu es en train de me tuer, là, répondit-il rapidement.

— Oh, pauvre bébé. Je réglerai ça demain.

— Tu veux dire que je ne peux pas le faire moi-même, tout de suite ? rétorqua-t-il.

— Tu peux, si tu le dois, décidai-je pour jouer le jeu.

S'il voulait me donner ce petit bout de contrôle, je me réjouirais d'aller dans son sens.

— Je peux attendre si c'est ce que tu veux.

— Oui, répondis-je avec amusement, ma lèvre inférieure coincée entre mes dents.

Je regardai autour de moi, mais je savais que j'étais seule. Ma mère était de nouveau sortie avec le beau dentiste. Elle avait même passé la nuit avec lui une ou deux fois. Je lui avais juste fait un clin d'œil lorsqu'elle s'était précipitée à la maison pour se changer pour le travail, puis était repartie.

Cette nouvelle dynamique dans notre relation était agréable et j'avais le sentiment que je pourrais bientôt lui révéler mon secret.

— Si c'est ce que tu veux, répondit-il finalement après quelques minutes.

— Tu ne viens pas de te branler, n'est-ce pas, ou tu me dis juste ça comme ça ? demandai-je avec un émoji aux sourcils froncés.

— Non, je te le jure.

— Bien.

— Mais ça fait mal. Il envoya une moue avec le texto.

— Bien. Ça veut dire que demain, quand tu pourras enfin te débarrasser de cette frustration, tu seras plus que prêt pour ça.

— Ne t'étonne pas si je te baise contre la porte de la chambre d'hôtel, alors.

— Oh, maintenant tu veux être autoritaire ? demandai-je en levant gaiement les yeux au ciel.

— Ce n'est pas être autoritaire. C'est du désespoir envers ta douce chatte, Nicolette. J'en rêve, de toi, de toi tout entière. Ton beau visage, ces seins appétissants que j'adore toucher, ces mamelons sombres que j'adore sucer, tout de toi.

— Je rêve aussi de toi et j'ai hâte de vous avoir tous avec moi à nouveau.

— Ce ne sera plus très long. Juste quelques heures, vraiment.

— Je sais, mais tu es aussi désespéré que moi que ces heures passent.

— Je le suis, putain, je le suis !

Il ajouta un émoji avec des yeux écarquillés, et je ris.

— Pauvre bébé.

— Je dois y aller. Daniel a besoin d'aide. Je te verrai demain, bébé. Bonne nuit.

J'envoyai un rapide au revoir et allai me coucher. Il faisait nuit. Il était presque minuit et j'étais fatiguée. J'avais tondu la pelouse pour ma mère et pris une douche. J'étais prête pour m'endormir devant un documentaire de merde.

J'en trouvai un sur les fromages et me vautrai dans mon lit. Demain, j'aurais des hommes jusqu'au cou, alors pour l'instant, j'avais besoin de me reposer. Je n'arrivais pas à me concentrer sur le documentaire, alors je me retournai et je l'ignorai. Mon cerveau était en surrégime, se demandant ce que nous ferions tous ensemble.

Je savais ce que nous allions faire, mais comment ? Voudraient-ils tous m'avoir un par un à nouveau, ou est-ce que je serais un grand festin ouvert à tous ? Je voulais tout expérimenter avec eux. Je voulais explorer les choses que chacun avait à m'offrir, mais pour l'instant, nous devions prendre les moments volés quand nous le pouvions et en profiter du mieux que nous pouvions.

Ce n'était pas non plus une compétition. Ils n'essayaient pas de se surpasser les uns les autres comme j'aurais pu m'y attendre. Ils étaient tous très respectueux les uns envers les autres et de leurs moments passés avec moi. Je supposais que c'était quelque chose dont ils avaient discuté en détail, comme ils faisaient tout, et que cela leur permettait probablement d'être aussi ouverts et libres les uns avec les autres.

C'étaient des quadruplés, engendrés de façon naturelle, et ils se connaissaient depuis le moment de la conception. Ils ne s'étaient pas brouillés entre eux, comme c'est le cas pour certaines familles multiples. Ils avaient créé un lien qui semblait incassable. J'en étais heureuse, car la seule chose que je ne voulais pas, c'était d'être la raison pour laquelle ils se disputeraient ou seraient en colère les uns contre les autres.

Je ne voulais pas non plus que l'un d'entre eux soit jaloux des autres. Je voulais qu'il y ait de la compréhension et rien que de l'amour. C'était peut-être égoïste, mais je voulais que cela continue, alors je faisais souvent attention à ne pas privilégier un frère plus qu'un autre, même si Tristan semblait avoir besoin de plus d'amour.

Lui et Daniel étaient tous deux mes romantiques, mais Tristan, maintenant qu'il me connaissait mieux, était vraiment celui qui avait le plus besoin d'amour. Les autres se contentaient de ce que je leur donnais, mais Tristan voulait les mots doux, l'amour réel que j'avais à donner, plus que les autres.

C'est pour cela que je les adorais tous. Ils avaient chacun besoin de quelque chose de différent de ma part. Ils voulaient chacun avoir leur propre version de Nicolette, mais ils savaient aussi que j'étais ma propre personne. Ils n'étaient pas trop exigeants, ni trop directifs. Ils semblaient savoir que pour que cela fonctionne, nous devions tous faire des efforts et être prudents.

Ce n'était plus un jeu. À partir du moment où nous avions tous décidé de continuer, c'était devenu quelque chose de plus. Je les respectais et je protégeais la relation que nous essayions de créer. Si cela signifiait que l'un d'entre eux avait plus besoin de moi que les autres, alors qu'il en soit ainsi.

Je me réveillai le lendemain avec un sourire sur le visage. J'allai dans la cuisine et trouvai ma mère en train de prendre son petit-déjeuner avant d'aller travailler.

— Salut, ma puce. Comment tu vas ?

Elle m'embrassa sur la joue lorsque je m'arrêtai à côté d'elle, et je fis un bisou sur la sienne.

— Je vais bien, maman. Et toi ? demandai-je à moitié endormie en me dirigeant vers la cafetière.

— Je vais bien aussi. Il se peut que je rentre tard ce soir.

— C'est bien, lui dis-je en me retournant pour lui faire un sourire, une tasse de café à la main. Je ne serai peut-être pas du tout à la maison ce soir.

— Oh ?

Elle me lança un regard du genre « raconte », et je souris encore plus.

— Eh bien, je serai dans un hôtel à Charlotte. Mon... hum... petit ami part en Espagne demain et ne sera pas de retour avant un mois.

— Je vois.

Elle marqua une pause, réfléchit à quelque chose, puis fronça les sourcils.

— Il n'est pas marié, n'est-ce pas ?

Elle grimaça et me regarda attentivement.

— Non ! dis-je en éclatant de rire. Pas du tout. Juste très occupé.

— Ok. J'espère que tu as raison. Sinon, je lui couperai les couilles et les lui donnerai à manger.

Elle grogna un peu en disant cela.

— Pfff, maman !

Je l'embrassai sur la joue et me dirigeai vers le frigo. Mon café avait besoin de crème.

— Tu es ma petite fille, même si tu es grande, chérie.

Elle me regarda avec tout l'amour qu'elle pouvait ressentir dans les yeux.

— Je m'inquiéterai toujours pour toi et je te protégerai quand je le pourrai.

— Je sais et je t'aime pour ça, lui dis-je en la serrant dans mes bras avant de ranger la crème. Ça me convient, je crois.

Je n'étais pas sûre que c'était le cas, car je m'étais déjà attachée aux frères Rome, à plus d'un titre.

— Tu peux faire face à tout, bébé, tu es forte. Tu as toujours été obligée de l'être.

— Toi aussi. Je suis contente que les choses se passent bien avec ton dentiste.

Il avait l'air d'un type bien, n'était pas marié et faisait sourire ma mère. Je ne pouvais pas m'opposer à cela.

— Je suis contente que tu le sois, Nic. Cela signifie beaucoup pour moi. Cela fait si longtemps que ton père est décédé et bon, ça semblait être le bon moment.

— Tant que tu es heureuse, maman, je ne peux pas m'y opposer, n'est-ce pas ? Tu as besoin d'une vie en dehors de moi. Tu as travaillé dur pour t'assurer que j'avais un toit au-dessus de la tête et de la nourriture dans mon ventre. Tu mérites de faire une pause maintenant, de profiter un peu de la vie.

— Merci, ma puce. Oups, je ferais mieux de filer. Je ne veux pas être en retard !

Elle s'écarta du comptoir contre lequel elle s'était appuyée et se redressa.

— Je te verrai demain alors ? Je serai à la maison dans la soirée.

— Oui, je serai à la maison. On pourra discuter à ce moment-là, dis-je, ce qui ne fit que me crisper.

J'avais tellement envie de lui dire mon secret, mais ce n'était pas le genre de conversation à avoir vite fait. Je l'imaginai au moment où elle partait.

— *Oh, salut, maman. Bonjour. Au fait, je baise quatre mecs en même temps. Oh, et ce sont des frères aussi !*

— *Tant mieux pour toi, ma puce, passe une bonne journée.*

Elle m'aurait plutôt giflée et m'aurait demandé ce qui n'allait pas chez moi. Je n'avais pas envie de penser à ça maintenant. J'allais peut-être remettre cette discussion à un peu plus tard.

J'allai dans la salle de bain, luttai contre la cire qui voulait n'arracher rien d'autre que ma peau, jusqu'à ce que je trouve une vidéo en ligne qui disait de saupoudrer d'abord du talc sur ma peau, puis je m'y remis. Je pris une douche après cela, puis séchai mes cheveux. Un peu de maquillage pour les yeux, du rouge à lèvres, et j'étais prête à mettre la robe.

Maman l'avait envoyée au pressing, alors quand je l'enfilai, elle était comme neuve. Elle y avait fait très attention, en tout cas. Apparemment, elle avait fait impression, car le bon docteur avait emmené ma mère faire un peu de shopping de son côté. Elle avait maintenant pas mal de jolies robes dans son placard. Je mis mes chaussures à talons, allai jusqu'à ma voiture et démarrai. Je connectai mon téléphone à la radio, trouvai la playlist que je voulais et me dirigeai vers l'autoroute. Je roulai à toute allure sur la route à 110 km/h, des airs de musique old school sortant de mes haut-parleurs. C'était quelque chose que je n'avais jamais avoué à personne, à quel point j'adorais conduire sur la route en m'assourdissant sur des groupes qui avaient des albums plus vieux que moi.

Je me mis du rock plein les oreilles jusqu'à ce que j'arrive à la sortie pour l'hôtel et que j'éteigne la musique. Je baissai alors le volume de la radio pour chercher l'hôtel, une de ces choses idiotes que nous faisons apparemment tous et j'arrêtai la voiture quand je le trouvai. Je garai la voiture et regardai autour de moi. Je vis une Bentley noire, une Audi blanche et une Porsche rouge que je voulais désespérément conduire. Cette petite beauté filerait sur la route. Peut-être qu'un jour, je pourrais conduire sur l'Autobahn en Allemagne dans une voiture comme celle-là, en écoutant mon groupe allemand préféré.

J'avais le sentiment que, si j'en parlais à l'un des garçons, j'obtiendrais ce voyage plus tôt que prévu. S'ils se pliaient aux souhaits de leur père. Sinon, nous devrions tous travailler très dur pour nous payer un tel voyage. Cela dépendait d'eux, de ce qu'ils décidaient, et je n'étais pas avide d'argent, alors je n'allais pas essayer de les convaincre de faire quelque chose qu'ils ne voulaient pas pour mon propre bénéfice.

Je ne voulais pas qu'ils soient pauvres, pour leur bien. C'était hyper dur, mais en même temps, ce serait peut-être bon pour eux. Ils devraient se débrouiller seuls, et non pas profiter du nom de leur père. Cela semblait être la direction vers laquelle ils se dirigeaient, alors je ne serais pas surprise si c'était ce qu'ils faisaient.

J'ouvris ma porte, remis mes talons et me leva de ma vieille voiture déglinguée. Elle faisait tache sur le parking et je me demandai si je n'aurais peut-être pas dû la garer sur le parking des employés. Je ne voulais pas mettre les gars dans l'embarras. Je décidai que cela n'avait pas d'importance et j'entrai dans le hall de l'hôtel. Il était très chic, comme je savais qu'il le serait, et je me dirigeai vers la réception.

— Bonjour, je suis Nicolette Howell. Est-ce que les frères Rome sont déjà arrivés ? Ils m'attendent.

— Non, mademoiselle, pas encore. Mais ils ne devraient pas tarder. Ils nous ont laissé des instructions et demandé de vous donner une clé et de vous conduire à leur suite.

— Oh, bien.

Je ne savais pas quoi faire d'autre, alors je restai silencieuse pendant qu'il faisait son truc avec la carte clé. Il me donna ensuite des instructions pour l'ascenseur. C'était à peu près la même chose qu'à l'hôtel de Las Vegas.

Cet hôtel n'avait pas autant d'étages que le précédent, mais il était quand même assez haut. Il me fallut un certain temps pour arriver au dernier étage et quand j'y parvins, je ne pus que rester bouche bée. C'était un espace très ouvert, avec un petit jardin sur le toit, un coin salon, un petit bain à remous et enfin la maison qu'ils avaient appelée une suite. Les murs étaient essentiellement en verre, et les seules pièces qui avaient une sorte d'intimité étaient les chambres et la salle de bain.

Cela allait être fun.

21

J'entrai dans la maison et regardai autour de moi pour savoir où il serait préférable de m'asseoir. Je voulais être la première chose qu'ils verraient en entrant. L'endroit était décoré dans des tons de blanc et de bois clair, un contraste avec les gris froids de l'autre hôtel. J'avais bien aimé l'endroit, mais je préférais le clair au foncé quand il s'agissait de la décoration d'une maison.

Depuis la porte, je pus voir que les tabourets pivotants du bar qui séparait la cuisine du salon étaient le meilleur endroit où s'asseoir pour faire une impression. J'ouvris le frigo, sortis une bouteille de soda au gingembre que je trouvai là, et m'assis sur le siège noir métallique.

J'entendis un bruit à l'extérieur et regardai pour voir les gars sortir de l'ascenseur. Je fis ce que j'espérais être un sourire séduisant et croisai mes jambes lorsque Michael ouvrit la porte. Comme toujours, il menait la danse.

Ses yeux scintillèrent lorsqu'il me repéra en entrant. Sa démarche était décontractée, son visage ravi alors qu'il entrait dans la maison pour me saluer.

— Salut, ma belle.

— Salut, dis-je, presque timidement.

Je détournai le regard, baissant les yeux vers le sol pour cacher à quel point j'étais nerveuse avant de les relever. Les autres se tenaient maintenant à côté de lui, prêts à me saluer aussi.

Je me levai du tabouret et avançai vers eux. Je ne m'attendais pas à un câlin de groupe, ni à passer de l'un à l'autre après ça, mais c'est ce que je reçus. Je ris de joie en arrivant au bout de la file et me retrouvai dans les bras de Tristan.

— Salut, toi, dis-je doucement avant de l'embrasser à nouveau.

Ses bras se resserrèrent autour de moi et il me rapprocha, sa bouche avide de la mienne. Le désir s'enflamma, mais Michael nous interrompit avec un gloussement amusé.

— Allez, on a promis de la nourrir avant de profiter d'elle, les gars !

— J'ai déjà pris mon petit-déjeuner, dis-je avant de me remettre à embrasser son frère.

— Peut-être, mais c'est l'heure du déjeuner. Viens. On a commandé des plats pour nous tous et on devrait manger. L'après-midi va être longue. Et la nuit, et peut-être même tôt le matin. Mais on a l'hôtel pour deux jours, alors si tu veux une nuit supplémentaire ici, tu peux rester, m'informa Michael avec un clin d'œil.

— Non, je dois rentrer chez moi pour passer du temps avec ma mère. Elle fait une pause du dentiste demain.

— Bien, tu as besoin de passer du temps avec elle. Tu lui as déjà parlé de nous ? demanda Daniel alors que nous nous dirigions tous vers le coin salon à l'extérieur.

— Non, elle a été tellement occupée que je n'ai pas eu le temps de le faire, lui dis-je.

C'était quelque chose dont nous avions tous parlé. Ils ne me mettaient pas la pression, c'était juste que je voulais le dire à ma mère pour mes propres raisons. Ils étaient curieux de savoir comment cela se passerait.

— Je pense que ça ne lui posera pas de problème, d'après ce que tu nous as dit sur elle, me rassura Daniel en prenant place à côté de moi à la table ronde en verre.

Elle était à l'ombre et assez grande pour nous accueillir tous.

La chaleur de la journée n'avait pas encore atteint son maximum, alors c'était agréable d'être assis dehors pour le moment. Je mangeai du poulet barbecue, de la salade de pommes de terre et des macaronis au fromage, mais je n'avais aucun goût dans la bouche. Nous étions tous silencieux, trop occupés à nous regarder les uns les autres pour apprécier la nourriture ou pour parler. Nous savions pourquoi nous étions ici. Pour nous dire au revoir pour un mois.

Ce n'était pas la meilleure façon de commencer une relation, surtout vu que nous étions déjà séparés depuis des semaines, mais nous ne pouvions rien y faire. Et les gars feraient de bonnes actions pendant leur voyage, tout en prenant une énorme décision concernant leur avenir. Je voulais les supplier de rester, de ne pas me quitter, mais je savais que cela devait se faire, pour leur bien.

Ils pourraient décider d'arrêter de me voir dans quelques mois, peut-être que je deviendrais trop niaise ou autre, et si je les influençais d'une manière ou d'une autre, ils pourraient regretter cette décision. Je leur avais déjà dit, c'était leur vie et leurs décisions.

Nous laissâmes tout cela derrière nous après avoir terminé le déjeuner. Nous ne parlâmes pas de ce qui allait arriver ni de ce que nous devions faire maintenant que nous étions des adultes éduqués. Nous débarrassâmes la table et Daniel alla vers la chaîne hi-fi et mit une playlist. Un son doux et sensuel flotta dans l'air et je lui souris. Je m'approchai de lui et dansai lentement avec lui. C'est ce qu'il voulait à ce moment-là. Un amour sensuel et lent.

— Je n'ai pas envie de te dire au revoir, dit-il alors que nous dansions dans le salon, mes bras autour de son cou tandis que sa main était posée sur ma hanche.

— Je n'ai pas envie que tu partes non plus, mais il le faut, j'en ai peur, dis-je avec toute l'honnêteté dont je disposais. Tu as du travail à faire là-bas, et c'est du bon travail, Daniel. Tu seras bientôt de retour à la maison. Je serai là, à t'attendre.

— Tu seras en Californie quand on sera de retour.

Son visage afficha un air de désespoir et je m'approchai pour embrasser son visage lisse et rasé.

— Non. J'ai changé mes billets pour y aller pendant que vous n'êtes pas là. J'ai aussi tout organisé avec le travail. J'irai cette semaine pour suivre la formation qu'ils veulent que je fasse, puis j'irai en Californie. Je serai là à votre retour, gloussai-je doucement. Je souhaite tout autant que toi être là à quand vous rentrerez. Tu vas me manquer. Vous tous.

— Je dirais bien que c'est une bonne chose, mais ça sonne juste égoïste, non ?

Il sourit ironiquement et je fis de même

— Un peu, mais je suis pareille. C'est agréable d'être désirée.

Je sentis mes joues devenir rouges, mais c'était vrai.

— Ça l'est, c'est une sensation incroyable d'être vraiment désiré pour qui on est.

— Pourquoi vous voulez tous partager une femme ?

J'avais voulu le demander avant mais je ne l'avais pas fait.

— Parce qu'on ne fait qu'un. On est quatre parties d'un tout. Quatre femmes ne pourraient pas s'entendre, ne pourraient pas faire les choses que l'on veut faire ou explorer. Une seule femme, toi, peut le faire. Seulement toi, Nicolette. Je ne pense pas que l'on pourrait refaire ça une nouvelle fois si tu décidais de tout arrêter.

— Pourquoi ça ?

Je devais l'entendre. J'avais été une bonne fille pendant des semaines, je n'avais pas exigé d'entendre des déclarations d'amour, et je n'en voulais pas, mais leurs propos sur la façon dont ils tenaient à moi étaient comme de la manne. Les gestes, la façon dont Michael s'assurait toujours que je mangeais et me reposais, la façon dont Tristan me disait toujours bonne nuit, même s'il savait que je dormais déjà, la façon dont Adam m'envoyait un message le matin, pour me dire qu'il pensait à moi, et la façon dont Daniel voulait toujours que je sache à quel point il m'adorait, étaient des choses que je ne savais pas avoir désirées. Pas avant de les avoir.

Je jetai un coup d'œil à Adam, la noix la plus difficile à casser jusqu'à présent. Il me sourit lentement en me regardant de haut en bas. Il tenait à moi. Il ne le voulait peut-être pas, il voulait peut-être être totalement dépourvu d'amour pour moi, mais il le ressentait. La façon dont il ne pouvait pas détacher ses yeux de moi, la façon dont il perdait le contrôle quand il me baisait, tout cela me disait que je l'avais atteint. D'une très bonne manière.

J'étais nouvelle dans tout ça, mais toute ma vie j'avais écouté d'autres personnes parler de problèmes relationnels. Je savais ce qui était bon et ce qui était mauvais. Je n'avais pas besoin d'être collante ou qu'on s'accroche à moi, mais savoir qu'on avait besoin de moi n'avait pas de prix.

Daniel me fit tournoyer une dernière fois dans la pièce, puis me fit plonger très bas, avant de me redresser.

— Tu vas définitivement nous manquer, Nicolette.

Ses lèvres trouvèrent les miennes et la chaleur explosa entre nous. Mon premier amant me poussa en arrière, jusqu'à ce que je sois contre le mur, la tête inclinée vers le haut pour recevoir son baiser tandis que sa main descendait le long de mon corps, dans mon dos, et sur mes fesses. Il fit remonter ma jambe gauche pour que je sois bien calée contre son érection.

La robe remonta au niveau de mes hanches et je sentis sa queue à travers son pantalon noir, à travers ma culotte en dentelle noire. La façon dont il poussa ses hanches vers mon centre me fit gémir son nom. Ses lèvres se déplacèrent le long de ma mâchoire, jusqu'à l'endroit où celle-ci rencontrait mon oreille, puis il me chuchota :

— Tu es à nous, Nic. Souviens-toi de ça pendant notre absence.

— Je le ferai, Daniel, haletai-je dans son oreille où sa tête était appuyée contre mon visage. Je ne voudrai jamais personne d'autre que vous tous. Vous êtes aussi à moi, tu sais ?

— C'est bien possible, Nic. Pour toujours.

Il se dégagea alors de moi et me fit descendre à genoux. Je ne me plaignis pas, j'avais adoré sucer leurs bites dès le premier jour.

Adam s'approcha pour regarder et je pouvais y voir la faim, la force de son échine qui le poussait à ne pas vouloir céder. Mais il venait de céder, même s'il ne le savait pas.

Je lui fis signe du regard tout en baissant la fermeture éclair du pantalon de Daniel. Ils étaient tous habillés de la même façon, avec des pantalons noirs et des chemises noires, le même uniforme que d'habitude. Je repoussai le pantalon de Daniel pendant qu'il retirait sa chemise. Adam baissa son pantalon tout seul et jeta sa chemise quelque part près du canapé.

Un rapide coup d'œil me révéla que Tristan et Michael étaient au bar, en train de regarder. Quelqu'un allait devoir me baiser après que j'en aie fini avec ces deux-là, après tout. Je leur fis un clin d'œil en me concentrant sur les deux bites incroyablement dures devant moi.

J'enroulai une main autour de chacune d'elles, douce comme une plume, et laissai mes pouces effleurer leurs glands. Je m'étais fait faire les ongles et le vernis noir brillait de mille feux avec une touche de paillettes à laquelle je n'avais pas pu résister. Je fis courir mes pouces le long de chaque queue jusqu'à ce qu'ils se tortillent tous les deux et poussent dans ma main, chacun avide d'être le premier dans ma bouche.

Je levai les yeux vers chacun d'eux, un défi dans mes yeux air de dire « Incitez-moi ».

Adam esquissa un sourire coquin avant de repousser ma main pour saisir son sexe. Quelques caresses rapides, puis il m'offrit sa queue avec un sourcil levé. Fais-le, pensai-je.

— Ouvre, Nicolette.

J'hésitai, regardai Daniel, mais je savais que cela ne le dérangerait pas si je prenais Adam en premier. Il observait avec des yeux avides, pleins de désir, mais fascinés par le fait de me regarder. Je tournai mes yeux bleus vers Adam et ouvris grand la bouche.

Il avança juste assez pour placer le bout de sa queue sur ma langue et attendit. Je refermai ma bouche autour de lui, puis descendis lentement le long de son manche. Je sentis mes tétons se tendre dans le mince soutien-gorge en dentelle que je portais, démangeant contre le tissu, cherchant désespérément un contact pour soulager la douleur à cet endroit.

Cela égalait le désir qui avait rendu ma culotte trempée. Le besoin, puissant et indompté, faisait déjà rage en moi. Je me demandai, pendant un bref instant, si ce serait toujours comme ça. Si je m'y habituerais et si cette excitation et cette douleur disparaîtraient. J'espérais que non.

Je descendis le long de sa longueur, ma bouche grande ouverte jusqu'à ce que mon nez rencontre sa peau. Je fermai alors ma mâchoire pour pouvoir remonter en suçant. Ses doigts s'enfoncèrent dans mes cheveux tandis qu'un gémissement s'échappa de sa gorge.

— Juste comme ça, bébé. Putain, ta bouche va me manquer, Nicolette.

Ses mots n'étaient guère plus qu'un gémissement rauque, un aveu qu'il ne voulait pas faire. Mais il perdit le contrôle et le laissa échapper.

Ses paroles me firent brûler de plaisir et je le léchai avec ma langue, enroulant le bas de sa queue qui fit que ses hanches poussèrent contre mon visage avec un plaisir incontrôlé.

Sa respiration devint aussi irrégulière que sa voix alors que je répondais à ses besoins et qu'il se rapprochait du bord. Je me retirai lorsque ses hanches commencèrent à s'enfoncer dans mon visage. Je me tournai vers Daniel mais gardai Adam dans ma main gauche.

Daniel aspira de l'air lorsque je le pris dans la chaleur liquide de ma bouche. À ce stade, nous avions tous oublié que nous avions un public, mais lorsque je sentis les mains de Michael dans mes cheveux, mes yeux s'ouvrirent et je les levai vers lui. Il guida ma tête vers Adam, juste histoire de nous rappeler à tous qui était réellement aux commandes ici.

J'ouvris la bouche pour libérer Daniel et bougeai la tête pour regarder droit dans les yeux de Michael tandis qu'Adam poussa à nouveau entre mes dents, dans l'humidité sensuelle de ma bouche. Nos pupilles se dilatèrent et je pense que nous étions tous trop absorbés pour détourner le regard les uns des autres. Mes mains se déplacèrent sur Daniel, et maintenant sur Michael. Il était encore habillé, mais dur. J'ouvris la fermeture éclair de son pantalon, ma bouche toujours occupée par Adam, et libérai la queue de Michael. C'est donc lui qui me baisera en premier ce soir.

Je reportai mon attention sur Adam tout en caressant ses frères et laissai mes lèvres et une bonne dose de succion le ramener vers le bord sur lequel nous avions tous envie de danser nus. Je l'entendis gémir au-dessus de moi au moment où une pulsation parcourut sa queue.

Je m'étais arrangée pour avoir une contraception, mais nous devions quand même être prudents. Je prenais la pilule depuis moins d'un mois, alors même si je les laissais éjaculer dans ma bouche ou sur moi, ils ne devaient pas jouir en moi. Ils le savaient et étaient d'accord. Nous devions tous faire plus attention, mais pour l'instant, j'avalai la preuve liquide du plaisir d'Adam. Lorsqu'il eut terminé, il s'éloigna de moi pour s'affaler dans un fauteuil.

Je me tournai vers Daniel, et Michael prit la place d'Adam. Ils s'appuyèrent tous les deux contre le mur en face de moi. Leurs mains les soutenaient tandis que l'un d'eux s'enfonçait dans ma bouche, vite et fort, pendant que l'autre bougeait dans ma main. La façon dont leurs gémissements me faisaient me sentir était enivrante.

Dès que Daniel s'éloigna de moi, son plaisir étant maintenant atteint, Michael me souleva et me plaqua contre le mur. Je plaçai mes bras autour de son cou et enroulai mes jambes autour de ses hanches. Ses doigts trouvèrent mes profondeurs humides, quelques secondes avant qu'il n'enlève son pantalon pour me pénétrer. Il avait réussi à enfiler un préservatif à un moment donné, et je le sentis glisser en moi avec un frisson de plaisir.

J'étais tellement excitée que sa première poussée en moi me fit haleter, si proche de l'orgasme dont j'avais envie depuis des lustres maintenant. Mon halètement l'incita à pousser en moi, fort, rapidement, faisant fi des préliminaires. Sucer ses frères avait été tous les préliminaires dont j'avais besoin. L'anticipation m'avait hantée toute la journée et maintenant, le moindre contact, le bon contact, son contact me faisait vibrer. Il me tira un peu plus haut et plaqua mon corps contre le mur avec le sien. C'était ça, c'était l'endroit dont j'avais besoin.

Ses lèvres descendirent le long de mon cou et sa main se déplaça juste assez longtemps pour libérer mes seins de la robe et du soutien-gorge, pour s'accrocher à un téton. Et le tour était joué. Quand il fit cela au même moment où ses mains s'enfoncèrent dans mon cul, j'explosai.

Je criai quelque chose. Je ne sais pas quoi, mais je criai alors que le plaisir me faisait serrer la longueur de sa queue. Je m'arquai face à cela, face à lui, pour laisser mon corps aspirer chaque moment d'extase qu'il pouvait.

— Putain, tu es magnifique quand tu jouis, gémit-il juste au moment où il se déversa en moi.

Nous jouîmes ensemble, et quand il poussa en moi une dernière fois, il lâcha mon téton pour m'embrasser.

Il me reposa finalement et je me laissai tomber sur le sol. J'étais complètement débauchée, avec mes cheveux en bataille, mes deux seins qui pendaient hors de ma robe et celle-ci remontée autour de mes hanches. Je regardai Tristan et constatai qu'il me contemplait comme s'il n'avait jamais rien vu de plus tentant. Je souris, prête à en recevoir davantage.

22

Tristan me ramassa sur le sol et me porta dans la chambre. Il laissa la porte ouverte pour que si l'un de ses frères le désirait, il puisse nous rejoindre. Je souris en levant les yeux vers lui alors qu'il retirait ma robe et mes sous-vêtements.

— Tu n'es jamais aussi belle que les instants après avoir fait jouir l'un d'entre nous. Tu aimes ça.

Il me regarda attentivement, sentit ma peau alors qu'il se déplaçait sur moi, ses propres vêtements ayant maintenant disparu.

— Je ne savais pas que ça pouvait procurer du plaisir à une femme de faire jouir un homme comme ça le fait pour toi.

— Ça te plaît quand tu sais que tu as fait quelque chose qui bouleverse mon monde ? demandai-je d'un ton enjoué.

— Oui, répondit-il, ses mains maintenant occupées à caresser mon cou. C'est aussi comme ça pour les femmes ?

— Oui, Tristan.

Je me mordis la lèvre et repris la parole.

— Je vous veux tous, mais c'est plus que ça, Tristan.

— C'est de l'amour ? demanda-t-il, curieux.

Il s'installa entre mes cuisses comme si cela pouvait influencer ma réponse.

— Je ne sais pas, je n'ai jamais été amoureuse auparavant.

Je détournai les yeux de ce regard pénétrant pour fixer aveuglément le mur.

— Je pense que c'est possible, mais je ne sais pas. C'est quoi l'amour ? demandai-je.

— C'est un besoin. Le besoin brûlant d'être avec cette personne. De lui parler, de la voir, de la sentir et de la toucher. De la faire rire, de la faire pleurer de bonheur, de prendre soin d'elle quand elle est malade, d'être là quand elle a besoin de toi.

— C'est ça ? Ce n'est pas de ne pas réussir à dormir parce que tout ce qu'on peut faire, c'est de penser à elle ?

J'entrelaçai mes doigts dans ses cheveux et reportai mon regard sur lui.

— Je pense que oui, Nic. C'est tellement de choses. Des choses que l'on ressent tous, des choses dont on veut parler mais dont on a tous peur.

Il me tira sur lui pour que je me mette à califourchon sur sa taille juste au moment où Daniel entra pour s'asseoir sur le lit à côté de nous. Je le regardai, me penchai pour l'embrasser, et ne me retirai que lorsque Michael et Adam entrèrent aussi.

— Baise-moi, Nic. Mets-moi une capote et baise-moi. S'il te plaît, implora Tristan.

Ces yeux langoureux et pleins de désir firent naître quelque chose en moi, un besoin de soulager sa douleur. Je pris le préservatif que Michael me tendit et le mis sur lui.

Je saisis sa queue avec ma main pour pouvoir m'enfoncer sur lui. Je gémis à la puissante sensation d'être ouverte. Daniel se déplaça entre les jambes écartées de Tristan pour me tirer en arrière contre lui. Je m'arc-boutai là dans ses bras et ris de plaisir lorsque ses mains descendirent le long de mon corps.

Ce rire se transforma en un gémissement lorsque les autres

frères s'attaquèrent à mes tétons au moment où Daniel trouva mon clito. Il pressa ses deux mains sur mes lèvres intimes pour comprimer doucement l'organe. Cela me fit cambrer les hanches et Tristan commença à bouger en moi. J'avais prévu de faire le plus gros du travail, mais les frères en avaient décidé autrement.

Tristan allait devoir faire les poussées, mais je m'en fichais. Je m'étais perdue dans un plaisir doux et intense. Mon corps était animé d'un bourdonnement qu'eux seuls avaient créé en moi. Je sentais cette vibration dans ma peau, dans mes os et dans mon sang. Directement dans mon cerveau, le bourdonnement continuait à m'amener dans un endroit sauvage et libre.

Je reculai mon visage, impatiente que quelqu'un m'embrasse, et Daniel s'exécuta. Sa langue soyeuse contre la mienne créa une douce sensation et je savais que cela ne tarderait pas. Un seul souffle pourrait me faire exploser à cet instant. Je ne serais plus que de la cendre à cause de la chaleur qu'ils créaient en moi alors que chaque frère se faisait un devoir de me toucher quelque part.

C'était trop, c'était bouleversant, mais pas assez non plus. Je voulais les toucher en retour, les faire gémir avec moi, mais je voulais aussi juste jouir. J'avais besoin de prendre mon pied, d'exploser, et lorsque Daniel appuya à nouveau sur mon clito, directement dessus maintenant, le monde s'enfonça dans l'oubli.

J'essayai de crier un nom alors que les nœuds serrés en moi se libérèrent enfin et se déployèrent vague après vague, me poussant plus profondément et plus haut à chacun de leurs contacts. Mes ongles s'enfoncèrent dans les bras de Daniel, et j'entendis un cri venant de Tristan alors qu'il pulsait en moi, mais je ne pouvais pas répondre, je ne pouvais pas desserrer mes doigts, car mon corps était trop occupé à ressentir.

— Je vais mourir, haletai-je en reprenant assez de souffle pour parler. Vous m'avez tuée, je vais mourir.

Ils rirent tous et Daniel me tira en arrière, loin de Tristan, pour que je m'allonge au pied du lit.

— Tu ne vas pas mourir, chérie. Tu pourrais t'évanouir, mais tu ne mourras pas.

— Promis ? demandai-je en prenant une bouteille d'eau que Michael me tendait.

— Je te le promets, Nicolette, répondit-il.

— Ok. Je vais dormir alors.

Je me tournai sur le côté et fixai la télévision contre le mur. Daniel avait beau promettre que je ne mourrais pas, mon cœur battait toujours la chamade dans ma poitrine alors qu'ils sortaient tous pour me laisser me reposer. Je décidai que plus tard, je prendrais une douche et que je referais tout cela. Parce que si j'en mourais, je mourrais heureuse.

<><>

Le lendemain matin, je leur dis au revoir à tous à la porte de l'hôtel. Mon visage était noyé de larmes que je ne pouvais pas arrêter. Cela me fendait le cœur de les regarder partir et c'est là que je sus que je les aimais peut-être tous, après tout. Lorsque cela me fit mal de savoir qu'ils s'envolaient si loin, les choses se cristallisèrent enfin pour moi. J'étais amoureuse de quatre hommes différents.

Je conduisis jusqu'à chez moi une heure plus tard, le cœur lourd, et quand j'entrai dans la maison, ma mère était là. Elle avait pris sa journée pour être avec moi et elle m'attendait sur le canapé. J'allai la rejoindre et m'affalai près d'elle, la tête sur ses genoux, comme je le faisais avec Brooklyn.

— J'ai des ennuis, maman. Et non, je ne suis pas enceinte. Je suis juste amoureuse.

Je pleurai contre sa jambe alors qu'elle m'apaisait en me chuchotant des mots doux et en passant ses doigts dans mes cheveux.

— Raconte-moi, ma puce. Parle-moi de cette douleur que tu appelles amour.

C'était une étrange formulation, mais elle avait du sens quand elle la dit.

Est-ce que je pouvais lui dire la vérité ? Est-ce que je devrais ? Je ferais peut-être mieux d'attendre, mais quelque chose me disait que c'était le moment de le faire. C'était le bon moment. Je ravalai ma peur nerveuse et pris une profonde inspiration.

Je me hissai de ses genoux et m'essuyai les yeux et le nez.

— Il y en a quatre, maman.

— Quatre ? Quoi ?

Elle avait l'air confuse et l'inclinaison de sa tête m'indiquait qu'elle voulait en savoir plus.

— Ce sont des frères. Des quadruplés. Je suis dans une relation avec les quatre.

Je la regardai, mes yeux remplis de peur et la suppliant de me comprendre.

— Tu veux dire qu'ils te partagent ?

Son visage était maintenant froncé en signe de confusion plus profonde.

— Oui, c'est exactement ça.

Je hochai la tête, espérant que cela ne la dérangerait pas.

— Et tu aimes ça ?

Elle avait l'air dubitative et je ressentis une profonde douleur pendant une seconde. Si elle se détournait par dégoût, cela pourrait me briser.

— Oui, admis-je, totalement honnête.

— Espèce de petite salope veinarde.

Elle se redressa, les bras croisés sur ses seins alors qu'elle me regardait de travers, ce qui me fit presque hurler de rire. Elle me dévisagea. Me dévisagea !

— Tu es sérieuse ?

— Oui ! Pourquoi je n'ai pas pu trouver quatre gars, moi ?

Elle fit la moue pendant un moment, puis sourit avec un bonheur enthousiaste.

— Vas-y, raconte-moi, c'est comment ?

Je n'arrivais pas à croire que cette femme était ma mère !

— Vraiment, maman ? Tu ne me détestes pas ou ne veux pas me renier ?

— Bien sûr que non, Nicolette. Ta génération pense toujours être la première à tout inventer !

Elle se pinça les lèvres et se réajusta pour s'asseoir avec son pied sur le canapé.

— Ma fille, de mon temps, on rêvait d'avoir plus d'un homme. Je suis probablement trop vieille pour ce genre de bêtises maintenant, mais à l'époque ? Oh oui, mes amies et moi l'aurions fait en un clin d'œil ! Je l'ai fait avec deux filles une fois...

— Attends, tu te fous de moi, maman ?

Je la regardai fixement, abasourdie.

— Tu veux dire que papa n'était pas ton premier ?

— Non, pas du tout. J'ai eu mes moments sauvages aussi, tu sais ?

Elle sourit alors que les souvenirs inondaient son esprit.

— Il y avait ce type, putain, il était sexy.

— C'était qui ?

J'étais trop curieuse pour me taire. Je voulais connaître les détails de cette femme que je n'avais jamais rencontrée auparavant. Ma mère était soudainement en train de devenir une amie et une confidente, pas seulement une personne qui s'occupait de moi, et j'aimais la femme qu'elle était.

— Je l'ai rencontré dans cet hôtel où je travaillais. Il partait pour l'armée le lendemain, et j'ai bouleversé son monde. Mais il a aussi chamboulé le mien.

— Maman ! Je suis choquée, choquée je dis !

Je me moquais maintenant d'elle et elle le savait.

— Chérie, c'était la fin des années 90, on était tous en quête du bonheur que l'on pouvait trouver. Explorant, pleins d'espoir et émerveillés par le monde qui s'ouvrait à nous.

Alors non, je ne suis pas choquée, j'espère juste que tu es heureuse.

— Je le suis. Enfin, pas pour l'instant. Ils viennent de s'envoler pour l'Espagne, mais à part ça, je suis heureuse. Ils ne me traitent pas comme une sale pute ou quoi que ce soit. Ce n'est pas du tout ça, lui assurai-je avec un sourire. Il s'agit juste de plaisir et d'amour.

— Bien. Je suis contente pour toi alors, chérie.

— Je n'arrive pas à croire que je ne savais rien de tout ça à ton sujet, dis-je alors que nous nous détendions toutes les deux dans le canapé.

Je regardai vers elle et vis un visage heureux.

— Eh bien, il fallait que je sois ta mère, n'est-ce pas ? Ton père est décédé, et bon, ça a été dur. Il fut l'homme qui a gagné mon cœur, après toutes ces années passées à chercher le bon.

Elle soupira et je savais qu'elle était triste, mais en même temps, ce moment était en train de nous changer toutes les deux.

— Tu m'as donné un but après ça, et je ne voulais faire que ce qui était bon pour toi. Tu étais vraiment, et tu es toujours mon monde, ma puce.

Elle prit mes doigts et je les entrelaçai dans les siens pour serrer sa main. Je la tins serrée pendant un moment.

— Je suis fière de toi, maman. Tu as fait du bon travail.

— Je sais que tu as eu des moments difficiles, Nic, et que la vie n'a pas été facile. Si tu trouves le bonheur avec quatre hommes au lieu d'un seul, tu n'es pas seulement chanceuse mais aussi aimée. Je ne pourrais pas espérer davantage de la personne, des personnes, se corrigea-t-elle lorsque je la regardai, des personnes qui prendront en charge la prochaine phase de ta vie.

— Je pense qu'ils réaliseront tous nos rêves. Ils finiront peut-être complètement fauchés, mais je m'en fiche. Ils ont cette idée d'association à but non lucratif, mais leur père veut qu'ils travaillent dans son entreprise. Ils ne veulent pas faire ça, mais il coupera leurs fonds fiduciaires s'ils refusent. Tout ce qu'ils veulent, c'est jouer au baseball, leur seule vraie passion dans la vie.

— Je pense que si vous êtes tous assez forts, ils pourront surmonter ça. Tu seras là pour les aider, pas vrai ?

Elle me regarda comme si elle connaissait déjà la réponse mais voulait me l'entendre dire.

— Je le serai, maman. Je ne veux pas d'eux pour leur argent, même si c'est agréable d'être gâtée. Je les veux, c'est tout, peu importe combien d'argent ils ont.

Je reposai ma tête contre le canapé et respirai profondément.

— Ils sont parfaits, chacun à sa façon.

— Tu peux me parler d'eux ? me demanda-t-elle, et c'est ce que je fis.

Nous passâmes deux heures à parler d'eux, et le temps qu'elle sache tout sur eux, c'était l'heure du déjeuner.

— Mexicain ?

Je lui fis un sourire quand elle demanda cela.

— Comme si j'allais refuser ça !

— Allons-y, c'est moi qui régale.

— Merci, maman. Pour tout, vraiment. Je suis si heureuse de t'avoir comme mère. Même si tu étais une petite traînée à l'époque.

— Chérie, j'étais une traînée très douée !

Elle rit plus fort que je ne l'avais jamais entendue et cela me fit du bien d'entendre ça.

— Bon sang, je t'aime, femme !

Je la serrai soudain dans mes bras, cette femme parfaite qui me faisait fondre d'amour.

— Je t'aime aussi, ma puce, mais j'ai faim. Lâche-moi.

Enjouée, heureuse, elle avait même l'air plus jeune lorsque

nous montâmes dans la voiture. La mère dont je me souvenais de mes jeunes années.

— Allons-y.

Elle mit de la musique du début des années 2000 et nous filâmes sur la route. J'avais perdu mes amoureux pour les quatre semaines à venir, mais aujourd'hui, j'avais gagné une nouvelle amie, une nouvelle meilleure amie pour la vie, ma mère. Cela ne dérangerait pas Brooklyn, car elle n'avait pas été remplacée. Elle serait juste heureuse que j'aie l'amie dont j'avais besoin maintenant que j'étais grande. Parce que, que ça me plaise ou non, j'étais adulte, et il était temps d'y faire face.

Je regardai mon téléphone et vis que les garçons avaient atterri en Allemagne, la première escale de leur vol vers l'Espagne. Je leur parlai pendant que maman conduisait, et nous chantâmes ensuite une chanson sur la dureté de la vie pour les enfants et nous fîmes disparaître la douleur en riant. C'était génial.

23

Quelques semaines plus tard, j'étais dans une grande maison de la banlieue de Los Angeles, en train de me prélasser au bord de la piscine. Ma grand-mère était allongée à côté de moi, dans un maillot une pièce avec un grand chapeau de paille sur le visage.

— C'est important de ne pas s'exposer au soleil, chérie. C'est mortel, dit-elle en sirotant un rhum-coca.

— Je sais, mamie.

Je lui souris, mon propre chapeau de paille cachant entièrement mon visage.

— Je ne veux pas de taches de rousseur, et j'en ai quand je m'expose trop, ajoutai-je.

— C'est le gène roux du côté de ton grand-père. Ton pauvre père l'avait méchamment. J'avais l'habitude de le badigeonner de crème solaire et de lui faire porter des chemises longues, même lorsque le monde nous disait d'absorber le plus de soleil possible et d'essayer de transformer notre peau en cuir. Je n'ai jamais pensé que c'était une bonne chose.

C'était une femme pleine d'humour avec beaucoup d'amour à donner. Je leur avais pardonné les années de silence lorsqu'elle avait expliqué à quel point la perte de mon père avait été dévastatrice pour eux deux. La douleur qui était encore dans sa voix quand elle parlait de lui me disait tout ce que j'avais besoin de savoir. Je ne pouvais qu'imaginer ce qu'ils avaient ressenti, à quel point cela devait encore faire mal.

— C'est vrai. Mais c'est agréable de sentir la chaleur.

Je souris parce que, malgré nos chapeaux et notre crème solaire, un énorme parasol nous mettait à l'ombre. Il n'y avait aucune chance que le soleil nous atteigne.

— Alors, parle-moi de cet homme qui ne cesse de te tenir occupée au téléphone, demanda-t-elle, et je sentis que cela allait être un autre de ces moments qui pourraient me déchirer le cœur.

Je décidai de lui en parler malgré tout, car je ne voulais pas qu'elle l'apprenne d'une autre façon.

— Eh bien, il y en a quatre en fait, commençai-je, et son sourcil se leva si haut que je pouvais le voir au-delà de ses grosses lunettes de soleil.

— Quatre ? Qu'est-ce qu'ils en pensent ? Ou est-ce qu'ils sont au courant ?

Elle avait l'air de vouloir connaître les potins juteux et je ne pus que laisser le soulagement m'envahir.

— Oh, ils sont au courant. Ce sont des quadruplés.

J'attendis qu'elle réponde, et elle me fit patienter en prenant une gorgée de sa boisson.

— Alors, tu t'éclates au lit avec eux ?

Elle remonta ses lunettes de soleil pour révéler des yeux d'une couleur pas trop différente des miens. Mon père tenait ses yeux de son père.

— Mamie !

Je ne pus m'empêcher d'être choquée.

— Je suis une enfant des années 80, ma chérie. Tu crois que c'est ta génération qui a inventé la cocaïne et les fêtes sauvages ? Ha !

Elle essuya une goutte de sueur qui coulait de la racine de ses cheveux blonds.

— Je me souviens de fêtes à Los Angeles qui te feraient tomber dans les pommes, ma petite chérie. Des moments sauvages.

Tout comme ma mère l'avait fait, ma grand-mère se remémorait maintenant les vieux jours. Des vieux jours qui étaient apparemment plus sauvages que je ne le pensais. Je ne sais pas trop pourquoi tout cela me choquait, mais c'était le cas. Ma mère n'avait pas mentionné la drogue, mais le reste était identique.

— Ton grand-père et moi nous sommes rencontrés dans un club échangiste, tu sais ? J'y étais allée avec une amie et je l'ai rencontré là-bas.

Elle esquissa un sourire espiègle et mes yeux s'écarquillèrent.

— Sérieusement ?

— Oh oui. Je suis très sérieuse. C'est comme ça que ton grand-père gagnait sa vie, après tout, il faisait... hum... des films pour adultes.

J'aurais pu m'évanouir tellement elle m'avait choquée.

— Du porno, mamie ?

J'étais presque certaine d'être tombée dans une réalité alternative, mais elle se contenta de glousser.

— Il fallait bien que quelqu'un fasse ces films. Et il gagnait beaucoup d'argent grâce à eux, alors je ne me plaignais pas.

— Il n'était pas, genre, acteur dedans, n'est-ce pas ?

Je ne voulais pas savoir, mais je devais aussi savoir.

— Non, ma chérie, il faisait tout le reste. Il avait reçu un petit héritage et il a fait une tonne de fric avec.

Je voyais maintenant qu'elle avait été nerveuse aussi, inquiète que je les rejette pour leurs actes passés.

— Génial.

— Ça l'était. C'était amusant aussi. Juste pas une vie à

laquelle on voulait t'exposer. C'est une autre raison pour laquelle on est restés à l'écart. Si on avait eu un peu de bon sens, on aurait aidé un peu plus ta mère, on se serait plus impliqué avec toi, mais le chagrin est une chose difficile à surmonter.

— Je comprends, vraiment, lui dis-je, mon cœur se brisant presque pour eux deux. C'est tellement triste que papi ait Alzheimer.

— Ça l'est. J'aurais aimé que tu le connaisses avant que les choses n'empirent. Il adorait ton père, et il t'aurait encore plus adorée. On a fait beaucoup d'erreurs dans nos vies, et je regretterai celle qu'on a faite avec toi jusqu'à la fin de nos jours.

— Eh bien, vous êtes tous les deux là pour moi maintenant, même si papi ne me connaît pas.

— Je suis heureuse qu'on puisse l'être, ma chérie. Dis-m'en plus sur tes hommes.

Comme je l'avais fait avec ma mère, je parlai à ma grand-mère des quatre merveilleux frères Rome et de leurs projets. Sauf qu'elle eut quelque chose à offrir une fois que je lui ai parlé de leurs fonds fiduciaires.

— Cela semble être un beau projet. Fais-moi savoir si leur père leur coupe les vivres, chérie, et s'ils veulent persévérer. J'aurai un peu d'argent prêt à verser comme donation pour eux.

— Oh, je ne pourrais pas te demander ça !

Je refusai son offre mais me sentais heureuse qu'elle ait fait ce geste.

— Je ne le fais pas pour toi, Nic, je le fais pour les enfants qu'ils veulent aider, dit-elle doucement.

— Oh. Bien. Dans ce cas, je suis sûre qu'ils accepteraient avec plaisir.

— Tiens-moi juste au courant de comment ça se passe pour eux.

— Je le ferai, promis-je, et je décrochai mon téléphone lorsqu'il sonna.

Le fait d'être en Californie rendait difficile la communication avec les gars. Ils étaient à des heures et des heures d'avance sur moi et je ne pouvais jamais me rappeler combien. Apparemment, ils étaient descendus à l'orphelinat ce jour-là pour voir des enfants souriants pour la première fois. Cette inondation avait été terrible et avait beaucoup pris aux enfants qui possédaient déjà si peu.

Je montrai à grand-mère les photos des enfants heureux qu'ils avaient envoyées et elle me posa aussi des questions sur l'orphelinat. Quand je lui en parlai, elle demanda leurs coordonnées pour pouvoir leur envoyer de l'argent tout de suite.

— Mamie, tu vas dépenser ton fonds de retraite, là, prévins-je, mais elle me fit signe de ne pas contester.

— Chérie, on a gagné des milliards avec le porno. Ne t'inquiète pas pour ça. D'ailleurs, tu hériteras de ce qui reste quand on ne sera plus là. Tu recevras un fonds fiduciaire avec une partie de l'argent lorsque ton grand-père mourra et le reste après que ce soit mon tour.

— Quoi ? demandai-je, stupéfaite.

Je n'avais pas imaginé qu'ils avaient autant d'argent !

— Ouaip, tu vas valoir des millions, ma puce. Il va falloir t'y habituer.

— Je ne peux pas ! criai-je, complètement choquée.

— Si tu n'en veux pas, donne-le à une œuvre de charité. Je m'en fiche, il sera à toi le moment venu.

Elle se leva alors pour remplir son verre et m'en apporta un aussi. Je pris la boisson forte et la sirotai avec précaution. J'avais dû apprendre à boire du rhum avec elle. Ce n'était pas difficile à faire, à condition que je n'en boive pas trop. J'avais déjà récolté une gueule de bois avec ces conneries.

— Maintenant, détendons-nous jusqu'au dîner.

Elle rentra bien avant pour vérifier que mon grand-père allait bien et qu'il était aussi heureux que possible. Il avait une infirmière à plein temps qui le surveillait quand ma grand-mère n'était pas avec lui.

J'étais allée le voir tous les jours, même s'il était clair qu'il n'avait aucune idée de qui j'étais. Cela lui faisait du bien, car il souriait toujours quand je lui parlais ou lui lisais une histoire. Il ne parlait pas beaucoup, mais il avait dit le nom de mon père une fois. Il avait eu les larmes aux yeux en me regardant, et je suppose qu'il avait vu quelque chose dans mon visage qui lui rappelait mon père. Je lui avais tenu la main et avais simplement souri jusqu'à ce qu'il cligne des yeux et détourne le regard.

Ce n'était pas toujours l'endroit le plus facile à vivre, mais ma grand-mère rendait les choses amusantes. Nous allions manger dans certains des restaurants les plus branchés que j'avais jamais fréquentés et elle m'avait emmenée faire du shopping plus d'une fois. J'avais une autre valise pour transporter tout ça à la maison.

— Je pense que je vais venir en Caroline du Nord et rendre visite à ta mère, dit-elle en revenant vers les chaises longues et en s'asseyant près de moi. Je lui dois des excuses pour l'avoir abandonnée comme ça.

— Oh, elle comprend, vraiment. Vous avez tous fait face du mieux que vous pouviez.

Ils auraient pu faire plus, c'est vrai, mais le chagrin peut emporter une vie aussi rapidement que n'importe quelle maladie. Dans le cas de mes grands-parents, il les a fait se retirer du monde pendant très longtemps. Certains couples ne supportent pas d'être près l'un de l'autre après la mort d'un enfant, alors le fait qu'ils soient restés ensemble était un accomplissement en soi.

— Oui, je sais. Tu es une brave fille, Nicolette, et je ne peux pas assez dire à quel point je suis fière de toi.

Elle sourit tendrement, les rides autour de sa bouche étant profondes à cause de toutes ces années de chagrin. C'était une femme mince, une de celles qui restent minces peu importe ce qu'elles mangent, et elle avait l'air fragile, mais je soupçonnais que c'était elle qui avait été la plus forte dans son mariage.

Elle alluma une cigarette et souffla la fumée loin de moi. Je ne me plaignis pas, elle était assez âgée pour savoir qu'elle ne devrait pas, mais c'était son choix.

— La vie est parfois merdique. On avait tout et on pensait prendre notre retraite avec plus de petits-enfants à aimer. Puis tout s'est écroulé en un instant. Mais ta mère avait besoin de nous, et toi aussi. On aurait dû... Je ne sais pas, mais on aurait dû.

— Mamie, arrête de t'en vouloir. Ce n'est pas grave. Je te le promets.

Cela aurait pu être sympa de pouvoir me tourner vers eux lorsque je me sentais seule au monde, mais je m'en étais sortie. Cependant, je ne voulais pas lui dire ça.

— Je l'espère, Nicolette, sourit-elle en prenant une nouvelle taffe sur sa longue cigarette.

J'aimais bien l'odeur, même si la plupart des gens la détestaient. Je n'étais pas sur le point d'en allumer une, mais ce n'était pas si terrible.

— C'est le cas, mamie. Bon, on va aller à ce truc d'art tout à l'heure ou tu as changé d'avis ?

Je voulais discuter sur Skype avec les gars avant qu'ils n'aillent se coucher et je le ferais avant que nous partions si elle voulait y aller.

— Bien sûr que je veux y aller. Pas besoin de rester ici à se morfondre sur mes péchés. En fait, je vais commencer à me préparer.

Elle se leva, son verre à la main, et entra dans la maison.

Je souris alors qu'elle s'éloignait. Elle faisait des efforts mais avait encore du chagrin. Je soupçonnais que cela ne la quitterait jamais, mais elle avait appris à y faire face à sa façon. J'entrai dans la maison et allai dans ma chambre pour pouvoir appeler les gars.

Michael décrocha à la première sonnerie.

— Salut, mon cœur !

— Salut, chéri ! répondis-je avec mon téléphone sur ma table de nuit. Comment ça va pour vous tous ?

— On va bien, même si Tristan meurt d'envie de rentrer à la maison. On en a tous envie, mais je crois qu'il est vraiment en mal d'amour. Je pensais que c'était un concept romantique à la con que quelqu'un avait inventé il y a longtemps, mais en fait il se languit de toi ou quelque chose comme ça.

— Et pas toi ? le taquinai-je avant de sourire.

— Bien sûr que si, mais pas autant que lui. J'ai hâte de revenir vers toi, tu le sais.

— J'ai hâte que vous rentriez à la maison. Il ne reste plus longtemps, lui répondis-je.

Daniel arriva ensuite, puis le reste des frères. Ils étaient assis à l'extérieur sur un patio carrelé de terre cuite rouge avec une douzaine de lumières blanches suspendues à une ligne derrière eux.

— Pas longtemps du tout, puis on sera de retour entre ces cuisses incroyables, répondit Adam pour eux tous, et je me mis à rire.

— Tu as toujours le cul en tête.

— C'est vrai, mais c'est parce que c'est toi. Je n'y pense avec personne d'autre, Nic, seulement avec toi.

C'était un sacré aveu venant de lui. Peut-être qu'il avait aussi un petit côté romantique. Ou peut-être que je lui manquais juste vraiment. Dans tous les cas, je prendrais ce côté romantique à tout moment.

— Tu me manques aussi, Adam. Je ne peux pas m'empêcher de rêver de vous tous, vous savez ça ? Je veux dormir tout le temps parce que je suis avec vous dans mes rêves chaque nuit.

Je me sentais bête de le dire au téléphone, mais il n'y avait pas d'autre moyen de le leur dire.

— Ce ne sera plus très long maintenant. Et comme tu l'as dit, on fait du bon travail ici, intervint Daniel cette fois. Et on a reçu un message d'une dame qui, je pense, est ta grand-mère. Elle veut nous donner 25 000 dollars pour l'orphelinat.

— Ouais, c'est probablement elle. Merde, elle ne perd pas de temps ! dis-je, surprise.

Elle était donc sérieuse.

— Oui, c'est vrai. Non pas que je me plaigne. Ce sera d'une grande aide ici. Ces enfants ont si peu, ce serait bien de leur donner plus avant de partir.

— Je m'assurerai qu'elle n'oublie pas alors.

Je m'assis sur le bord du lit, gênée. Il y avait des gens partout dans la maison, des femmes de ménage, un cuisinier, l'infirmière de mon grand-père, mes grands-parents, et c'était le milieu de la journée. La nuit, quand j'étais seule, je me sentais plus à l'aise, alors je gardai ma conversation un peu guindée. Ils le savaient, mais je remarquai que Tristan fixait le téléphone et je savais ce qu'il pensait. Je pouvais le voir dans ses yeux.

— Tristan, arrête ça ! dis-je en gloussant.

— Je ne peux pas m'en empêcher, Nic ! Tu ne sais vraiment pas à quel point tu es belle. Même avec cette connexion de merde.

Il se pencha plus près et sourit. J'adorais son sourire. D'accord, tous leurs sourires, mais le sien était celui que je regardais pour le moment.

— Désolée, je ne peux pas faire plus pour toi.

Je regardai la porte fermée et je savais que j'avais de l'intimité, alors j'enlevai ma chemise rapidement, malgré la nervosité que je ressentais. Je mis mes écouteurs et retirai ensuite mon soutien-gorge.

— Est-ce que ça aide ?

— Putain non ! On peut rentrer à la maison demain, les

gars ? craqua soudainement Michael, le stoïque. J'ai tellement besoin de toi, Nic.

— Non, on doit aller chez Juan Emanuel demain, dit Tristan avec tristesse. Mais on sera bientôt à la maison.

— Touche-toi, montre-nous ces jolis seins, Nicolette.

Adam s'assit en avant, prenant soudainement le contrôle.

— Je dois bientôt partir, alors vous n'aurez droit qu'à un aperçu, bande de mendiants.

Je souris, contente de les narguer. Je savais que je paierais pour ça quand ils rentreraient à la maison. Je savais aussi que le châtiment serait exceptionnellement bon.

Je soulevai cependant mes seins dans mes mains pour leur montrer ce qui leur manquait. Des gémissements remplirent l'air alors qu'ils jetèrent tous un regard plus attentif sur ma poitrine. De bons moments, même si ça craignait d'être si éloignés les uns des autres.

24

Je pris l'avion pour rentrer en Caroline du Nord le jour où les gars revenaient d'Espagne. Nous nous retrouvâmes au même hôtel, dans la même suite, et en quelques minutes, nous étions tous nus, en tas sur le lit. Je passais de l'un à l'autre, embrassant, murmurant de doux bonjours, réclamant plus d'attention. Chacun d'entre nous était nu, mais nous étions tous à l'aise ensemble.

J'étais au-dessus de Tristan, là où il aimait le plus m'avoir, avec Daniel à ma gauche et Adam à ma droite. Michael était derrière moi, prêt à faire quelque chose que je n'avais jamais fait auparavant. J'étais tellement excitée, tellement prête pour eux tous, que j'étais disposée à faire tout ce qu'ils voulaient essayer.

Nous étions là depuis une demi-heure, nous embrassant simplement, devenant plus excités, plus en manque, à chaque seconde qui passait. Maintenant, alors que les mains de Daniel taquinaient mon clito, et que Tristan et Adam travaillaient sur mes tétons, je descendis sur la longueur de Tristan. Je devais d'abord être là avant de passer à l'étape suivante.

Avec mon torse étalé sur celui de Tristan, j'étais aussi plate que possible, mon cul levé en l'air aussi haut que possible. J'étais ouverte, prête, attendant que Michael envahisse la dernière entrée non testée de mon corps.

Cela ne semblait pas soudain, nous nous étions retrouvés à la porte de l'hôtel, nous nous étions enregistrés, et Tristan m'avait presque baisée dans l'ascenseur. J'étais nue lorsque nous atteignîmes notre étage. Une fois que nous avions franchi la porte, Daniel m'avait attirée dans la chambre pour cette longue séance de baisers et de caresses.

Maintenant, avec mon corps en feu et un brasier dans leurs yeux, j'étais prête à aller jusqu'au bout. Je crois. Je n'avais jamais fait ça, alors je ne savais même pas si ça allait marcher.

— Reste calme, Nic, dit Michael derrière moi. Ressens simplement. Toutes ces mains sur ton corps, Tristan à l'intérieur de toi. Et me voilà, sur le point de te pénétrer.

Je le sentis là, à l'entrée de mon cul, et je retins mon souffle.

— Tu dois respirer, bébé. Respire pour moi.

Il fit courir une main le long de ma colonne vertébrale avant de presser cet acier doux contre moi *à l'arrière*. Je pris une inspiration et je le sentis glisser à l'intérieur de moi. J'arrêtai à nouveau de respirer, complètement paniquée pendant un instant.

— C'est trop, retire-toi !

Avec Tristan à l'intérieur de moi et ensuite Michael, c'était trop envahissant, beaucoup trop.

— Si c'est vraiment ce que tu veux. Ou tu peux te détendre, respirer et me laisser glisser en toi.

Il avait mis une sorte de gel sur sa queue et elle glissa un peu plus profondément quand je respirai profondément.

Ce n'était pas... eh bien, ce n'était pas si mal que ça une fois que je m'étais détendue. Le désir ne m'avait pas quittée, les sensations incroyables d'être excitée plus que je ne l'avais jamais été ne m'avaient pas quittée, j'avais juste peur de la douleur. De me faire mal.

— Je serai très doux, Nic, chuchota Michael avant de bouger, de pousser, juste un peu plus profondément.

Sous moi, les hanches de Tristan fléchirent involontairement et le glissement de sa queue à l'intérieur de moi fit briller des étincelles derrière mes yeux tandis que le plaisir me traversait.

Michael poussa plus profondément, plus loin en moi, et je me redressai, juste un peu, sur mes coudes.

— Oh, maintenant, c'est... putain, c'est bon.

— Tu veux que je bouge ? demanda Michael, et je hochai la tête.

— Essaie.

Je sentis mes parois se resserrer autour de Tristan alors que Michael entrait en moi, chaque centimètre qu'il pouvait me donner maintenant à l'intérieur de moi. J'étais... pleine.

J'avais été curieuse de savoir ce que ça ferait, et pour être honnête, c'était tellement pervers que cela m'excitait au plus haut point. Maintenant que le fantasme était une réalité, je voulais en profiter. Je n'abandonnai pas, je tins bon alors que les deux hommes commençaient à bouger à l'intérieur de moi, en moi, et que les deux autres me poussaient directement dans ce monde qui m'était maintenant familier.

L'endroit où vivait la félicité, où le plaisir pulsait, coulait et se tordait à l'intérieur de moi, autour de moi, à travers moi. Je jouis soudainement, ma main s'agrippant avec avidité aux draps et je fis un bruit affreux, mais je m'en fichais. J'avais deux hommes en moi, et je pensais que maintenant je mourrais vraiment de plaisir. C'est à ce moment-là que je sentis mon cœur s'emballer plus vite que jamais, que je sentis mes yeux rouler profondément dans ma tête, et que mon corps fut pris de *spasmes*.

Alors qu'ils s'enfonçaient en moi, l'un après l'autre, se relayant, puis joignant leurs rythmes, je volai en éclats à plusieurs reprises. Je ne connaissais même plus mon propre nom quand c'était fini. Je ne savais pas quel jour de la semaine on était ni qui était le président, et je m'en foutais. Je n'avais jamais joui aussi fort, aussi longtemps de toute ma vie.

Michael et Tristan eurent pitié de moi et jouirent à quelques secondes d'intervalle, leurs corps libérant un déclencheur qui me fit exploser à nouveau. Ils restèrent à l'intérieur de moi, leurs corps me berçant, tandis que je retournais dans cet endroit où seul le plaisir existe.

Michael se retira finalement de moi et je roulai pour me détacher de Tristan.

— De l'eau.

Daniel alla me chercher une bouteille et Adam me berça contre son corps. Il me caressa, m'apaisa pendant que les deux autres essayaient de reprendre leur souffle. Évidemment, c'était ces deux-là qui avaient été les plus impatients de me baiser, pensai-je en souriant.

— C'est bon de te voir, Adam, dis-je, et je levai mon doigt pour toucher sa cicatrice.

Il était tombé d'une montagne rocheuse quand il était adolescent et avait eu cette cicatrice en conséquence. Elle lui donnait toujours l'air d'un dur, peut-être même un côté un peu bad boy.

— C'est plus que bon de te voir, Nicolette. Je n'arrive pas à croire que tu sois là.

— Et que tu m'as pour... toujours ? demandai-je en enroulant mes bras autour de son cou.

— Si c'est ce que tu veux. Je pourrais passer l'éternité à explorer ton esprit.

Il m'embrassa tendrement, plus tendrement qu'il ne l'avait jamais fait auparavant, et je savais que la séparation lui avait fait réaliser certaines choses.

— Bien.

J'inclinai la tête et souris.

— L'éternité pourrait ne pas être suffisante cependant.

— Alors on te suivra dans l'éternité, Nic. Nous tous. On t'aime.

Ses yeux fixèrent profondément les miens, sans ciller.

Tout cela n'avait été qu'une plaisanterie, une farce pour me venger. Ou du moins ça l'avait été quand ça avait commencé. Maintenant, c'était quelque chose de tellement plus. C'était de l'amour.

— Vraiment ?

— Vraiment. Incroyablement, invraisemblablement, pour toujours, chuchota-t-il avant de me couper le souffle avec un baiser.

Il n'y avait pas d'urgence maintenant. Ce baiser était juste pour confirmer que j'étais réelle et il se retira lorsque Daniel apporta de l'eau pour nous tous.

— Alors, qu'est-ce que vous avez décidé ? demandai-je en m'asseyant sur le lit. Je meurs d'envie de savoir.

— Eh bien, chose incroyable, on n'a pas eu à prendre de décision. Notre père a appelé juste après notre atterrissage. Apparemment, notre mère a découvert son ultimatum et sa menace de nous couper les vivres et a piqué une grosse crise. Elle lui a balancé un vase vieux de 3 000 ans dans la gueule ! rit Tristan.

— Ouais, elle a pété les plombs, convint Adam. Il a été question d'un tableau brisé sur sa tête. Et de beaucoup d'excuses à nous fournir à nous tous.

— Alors, vous allez lancer l'organisation à but non lucratif ? demandai-je, pleine d'espoir.

— Bien sûr qu'on va le faire, Nic ! Et on le fait ici, à Charlotte, déclara Daniel, et je jetai mes bras autour de lui.

— Je suis si fière de vous tous !

Je ris de joie et de fierté. Ils avaient réussi et allaient pouvoir le faire comme ils le voulaient maintenant !

— Je suis si heureuse pour vous. Et pour nous !

— On a trouvé un appartement en ville, pour nous tous, si tu veux emménager avec nous ?

Michael posa son regard sur ses doigts. Est-ce que M. Le Dominant avait peur que je dise non ?

Je me penchai vers lui et pris son menton dans mes doigts.

— Tu crois que vous pourriez me donner envie de partir si vous êtes si près de moi ?

Je clignai des yeux bleus vers lui, si pleine d'amour pour lui, pour eux tous.

— Je ne pensais pas qu'on pourrait, mais il y a toujours une possibilité que tu changes d'avis à ce sujet. On pourrait devenir trop exigeants, ou cela pourrait te submerger. Ce ne sera pas toujours aussi frénétique, mais ce serait beaucoup de travail pour toi.

— Ça ne me dérange pas. Parce que je sais que vous prendrez tous soin de moi quand j'en aurai besoin. Et vous ferez en sorte que je sois toujours heureuse. Et surtout, je sais que vous comprenez que l'argent ne me rend pas heureuse, pas plus que les cadeaux. C'est votre amour qui le fait. C'est tout ce dont j'ai toujours eu besoin, d'être aimée.

— Et de baiser Amanda, me rappela Tristan avec un sourire en coin joyeux.

— Oh oui, ça aussi.

— Son père a rétabli ses cartes de crédit, au fait. Mais elle a ruiné toutes les chances qu'elle aurait pu avoir de travailler sur la côte ouest. Ou sur la côte est. Son père l'a envoyée au Canada. J'ai de la peine pour cet endroit, dit Michael en gardant son sérieux.

— Ces pauvres gens. Devant subir cette horrible personne. J'ai de la peine pour eux.

— Je parie que sa colère fera fondre la neige là-bas cet hiver, songea Adam alors que nous nous levions tous du lit pour nous diriger vers la cuisine.

C'était l'heure de manger.

— Ça se pourrait, songeai-je, et je pris le menu du service d'étage.

Je trouvai un steak qui avait l'air bon et une salade, alors je les commandai. Michael les appela et nous nous installâmes tous dans le salon. Un long canapé en cuir beige en faisait un endroit confortable où s'asseoir.

Je m'étalai sur les genoux de Tristan, ma main entrelacée dans la sienne, tandis que Daniel me massait les pieds. Mon corps était fatigué, endolori, mais tellement désireux d'en avoir plus. Cependant, pour l'instant, je savais que nous avions le temps, et cela signifiait que je pouvais passer plus de temps à parler avec les gars.

— Oh, on t'a ramené quelque chose d'Espagne.

Adam se leva du canapé et alla fouiller dans le sac de son ordinateur portable. Il en sortit une minuscule boîte rose et me l'apporta.

Je fronçai les sourcils d'un air interrogateur mais pris la boîte. À l'intérieur se trouvait une bague en or délicate, avec quatre anneaux entrelacés pour former une épaisse bande d'or. Elle se divisait en quatre anneaux, toujours attachés ensemble, mais les quatre réunis ne faisaient qu'un. Tout comme eux.

— C'est magnifique.

Je la fis glisser sur mon annulaire gauche et la regardai.

— C'est pour une occasion spéciale ?

— Eh bien, on ne peut pas tous t'épouser, mais on aimerait bien avoir quelque chose un jour peut-être. Quelque chose de très privé, pour des raisons évidentes, mais quand même. C'est notre bague de fiançailles.

— Je l'adore. Tout comme je vous aime. Chacun de vous. Toi, Michael, parce que tu veux toujours que tout soit parfait, juste comme il faut, pour ceux que tu aimes. Et toi, Adam, parce que tu es aventureux et que tu me fais repousser mes limites. Même si Tristan et Michael ont endossé ce rôle ce soir.

Je fis une pause pour rire.

— Et toi et Daniel. Vous deux, vous me faites frissonner avec votre passion, votre romantisme, votre besoin de me faire savoir à quel point je suis aimée. Et vous êtes tous des personnes incroyables, vous le savez ? Les gars les plus incroyables et les plus aimants du monde.

Je pleurais à ce moment-là, alors je m'arrêtai. Je ne voulais pas chialer à travers autre chose. Le dîner arriva juste au moment où Tristan se penchait pour m'embrasser et je maintins son visage contre le mien. Laissons un des autres s'en occuper, j'avais besoin d'un baiser.

— On t'aime. Je t'aime, Nic, dit Tristan. Je ne veux plus jamais être aussi loin de toi.

— J'espère que tu n'auras pas à l'être, Tris.

Je l'embrassai à nouveau et me levai.

Je les observai pendant que nous mangions. Ils parlaient déjà de projets pour leur agence à but non lucratif, du bâtiment qu'ils voulaient, et chacun prit la parole à son tour. Ils étaient courtois et ne se disputaient pas du tout. Mais cela ne me surprit pas. Ces frères avaient beaucoup de respect les uns envers les autres, et d'amour amour.

Maintenant, je faisais partie de tout cela. Je les écoutai pendant un long moment et fis ensuite une suggestion.

— Vous savez, vous avez besoin d'une bonne campagne pour attirer des volontaires et prendre un bon départ. Je pourrais concevoir quelque chose.

— Ce serait génial, Nic, sourit Michael, heureux que je me sois enfin joint à la conversation.

— Désolée, je suis juste tellement contente que vous soyez rentrés que je ne pouvais pas avoir les idées claires pendant un moment.

La conversation se poursuivit jusqu'à ce que Daniel commence à faire courir son doigt de haut en bas sur mon poignet. Je le regardai, complètement attentive à lui tout à coup.

Mes narines se dilatèrent et mes yeux s'écarquillèrent. Le désir s'anima et la pièce devint silencieuse.

Après un moment, Michael, Tristan et Adam recommencèrent à parler. Ils avaient décidé que Daniel pouvait m'avoir pour lui tout seul à cet instant. Je souris, satisfaite de cette décision. J'adorais passer du temps en tête à tête avec eux tous.

— Je t'aime, Nic, chuchota-t-il en m'amenant au lit et en retirant le peignoir que j'avais mis pour manger.

— Je t'aime, Daniel. Tout cela est assez difficile à assimiler, mais j'essaie.

Je savais que je pouvais lui en parler et qu'il comprendrait.

— Je veux ça plus que je n'ai jamais voulu quoi que ce soit dans ma vie, et j'espère juste que vous serez patients avec moi.

— On en est conscients, Nic, et on sait que ce n'est pas la vie que tu avais probablement prévue pour toi. On est reconnaissants pour le cadeau que tu nous as fait, car c'est ce que c'est. Un cadeau.

Il m'embrassa à nouveau, longuement et lentement, tandis que mes doigts s'aventuraient dans son peignoir. Je le repoussai, trouvai son cul et le tirai vers moi.

Nous nous fîmes face sur le lit et rîmes lorsque je le serrai contre moi. Mais les rires cessèrent lorsqu'il trouva mes mamelons et les suça fort. Puis il descendit plus bas et m'apprit encore une fois que la félicité ne résidait pas uniquement dans la pénétration. Sa langue opéra une sorte de magie que seuls ces quatre-là avaient.

Je ne pense pas qu'il y ait un homme, ou une femme, sur cette terre qui pourrait me combler comme ces quatre-là le faisaient, et s'ils voulaient une éternité, c'est ce qu'ils auraient. Tant qu'ils continueraient à m'aimer comme ça.

Je me tortillai pour rencontrer la bouche de Daniel, mes hanches dansant sur le lit alors que ma tête se jeta en arrière avec un cri. Il lécha mon clito jusqu'à ce que le monde devienne un kaléidoscope de couleurs.

J'avais commencé l'année en colère, vaincue, effrayée. Maintenant, j'avais quatre hommes qui m'aimaient plus que tout et une relation avec ma mère que je n'aurais pas pu espérer. Il y avait aussi mes grands-parents, mais pour le moment, tout ce à quoi je pensais, c'était à quel point c'était bon d'avoir Daniel entre mes cuisses.

La vie s'était avérée parfaite alors que je pensais que tout allait continuer à aller de travers. J'avais peut-être détesté la vie tous ces mois auparavant, mais maintenant, je savais que je vivrais chaque moment avec le souffle coupé dans un émerveillement joyeux. C'était tout ce que je connaîtrais avec tout l'amour qu'on me donnait, et tout ce que j'avais à offrir. L'amour avait gagné, pas la haine d'Amanda.

###La fin###

À PROPOS DE SARWAH CREED

Sarwah Creed est l'auteure de la série The FlirtChat. Elle écrit des romances contemporaines et érotiques, avec un ou plusieurs hommes adorant la même femme. Ses héroïnes sont adulées, choyées et aimées.

Quand Sarwah n'écrit pas, elle court, lit et écoute de la musique.
Elle habite avec ses trois enfants à Madrid.

Pour suivre son actualité, plusieurs possibilités :
FB Group : https://www.facebook.com/groups/1213041075857885

Si tu as envie de lire ses livres en avant première et d'intégrer sa liste de chroniqueuses, inscris-toi à la newsletter en cochant Newsletter **ET** Service Presse
"Newsletter registration" : https://mailchi.mp/843e60806d3a/inscriptionnewletter

DU MÊME AUTEUR

Salut toi,

Tu as aimé ce livre ?

Tu ne sais pas quoi lire ensuite ? Voici un bref aperçu de mon tout nouveau livre chaud bouillant. Il s'agit de Triple #Sexto, et il vient de paraître !

À PROPOS DE TRIPLE # SEXTO

Et si ma relation idéale sur le campus n'était pas avec un mec, mais avec trois ?

J'avais un fantasme vraiment torride. La nuit précédant mon départ à la fac, j'ai rêvé que la star de l'équipe de football américain tombait à mes pieds. Le retour à la réalité a été difficile quand j'ai découvert que la vie à l'Université de New York était bien loin de ce que j'avais espéré. Tous les clubs que j'ai intégrés ont tourné au fiasco et ma coloc, loin de se lier d'amitié avec moi, n'était qu'une espèce de brute que je devais éviter.

Soudain, j'ai reçu un texto.

Non pas un texto ordinaire, mais un texto si érotique qu'il m'a mise dans tous mes états.

J'en avais le cerveau tout retourné.

Alors, j'ai répondu.

Et c'est ainsi qu'une relation par messages interposés a commencé, avec des textos de plus en plus dépravés. Bientôt, je n'avais plus qu'une question en tête... Qui était ce mec ?

À moins qu'il s'agisse de trois mecs différents ?

En effet, le style changeait selon l'heure de la journée.

Les messages que je recevais le matin étaient si brûlants qu'ils auraient réduit l'acier le plus solide en flaques de métal fondu.

Les messages de l'après-midi étaient encore meilleurs... quoique différents.

Et ceux du soir étaient d'une telle sensualité qu'ils m'empêchaient de fermer l'œil sans avoir glissé les mains entre mes cuisses.

Je suis devenue accro et j'ai fini par accepter de rencontrer ce Casanova du monde virtuel. *Cependant, j'avais une inquiétude.*

Et si c'étaient bel et bien trois mecs ?
Qu'allais-je faire avec eux, tous les trois en même temps ?

TRIPLE # SEXTO - PROLOGUE

Je marchai vers la boîte aux lettres située à l'autre bout du terrain de camping. Ce dernier s'était agrandi au cours des dernières décennies. C'était là où vivait ma famille et où j'avais grandi. Normalement, cette boîte devait contenir une lettre. Une lettre qui apporterait de l'espoir à tous. L'espoir de pouvoir un jour quitter ce petit bout de terre dans l'Iowa pour quelque chose de meilleur.

En chemin, je jetai un coup d'œil à la rangée de petites caravanes toutes plus vieilles que les personnes qui vivaient dedans. C'était ce à quoi ma famille était réduite.

Tout était la faute de mon père. Si ce pli contenait la nouvelle que j'attendais, alors je pourrais tout arranger.

En réalité, ce n'était pas vraiment la faute de mon père. C'était la faute à pas de chance, ou plutôt à la génétique. Puisqu'il avait hérité de son père la maladie d'Huntington. Parmi ses deux sœurs et trois frères, mon père a été le seul à perdre la partie de roulette russe sur laquelle ses parents avaient involontairement misé.

Papa et papi étaient tombés malades en même temps. Nous

avions alors appris pour la maladie qui les emporterait tous les deux à mes cinq ans.

Papa avait trente et un ans quand je suis née. En plein dans la tranche d'âge d'apparition de la maladie. Il a commencé par perdre le contrôle de ses mouvements, puis par avoir des tics et des sursauts qui avaient alerté les membres de ma famille. Lorsque papi avait commencé à présenter les mêmes symptômes, ils s'étaient rendus chez le médecin.

Au cours des années suivantes, ils avaient été affreusement touchés par les déficiences de cette terrible maladie. Papi avait perdu l'équilibre et ses yeux clignaient tout seuls. Papa avait perdu la parole et il ne pouvait plus avaler. Il avait fini par succomber à une pneumonie, et je pense que papi était mort de chagrin. Il avait transmis l'affreuse maladie à son fils, même s'il ne l'avait pas fait exprès.

Papi ayant été adopté, il ne savait rien de ses prédispositions génétiques lorsqu'il s'était marié et avait eu des enfants. Cependant, comme tout bon père, il avait ressenti le poids du fardeau qu'il avait transmis.

La famille avait assemblé toutes ses économies dans le but de trouver un traitement pour papi et papa. Malheureusement, cela avait ruiné tout le monde parce que cette maladie était incurable. Les frères et sœurs de papa avaient fait en sorte de s'occuper de lui, mais aussi de papi. C'était un fardeau que tout le monde portait.

Lorsque mes proches avaient appris pour la maladie, ils m'avaient fait dépister, à la recherche éventuelle de l'horrible gène dont les personnes atteintes étaient porteuses. Je faisais partie des chanceux. Je l'avais échappé belle et n'étais pas porteuse. À l'époque, j'étais encore petite, donc je ne le savais pas. Je ne l'ai appris que plus tard.

Nous avons perdu deux proches cette année-là. Mais tout ce dont je me souviens, c'est d'avoir emménagé dans ces caravanes avec ma famille, à la mort de papa. Papi les avait gardées sur ce bout de terrain qu'il possédait.

Il avait travaillé dur toute sa vie en reprenant les affaires que le papa de mamie lui avait léguées à sa mort. Lorsque papi était tombé malade, ils avaient dû vendre le parc à mobile-homes et hypothéquer les maisons de tout le monde. Papi avait alors acheté ce terrain pour y installer les caravanes. Elles étaient beaucoup trop vieilles pour être louées, mais comme il ne savait pas qu'en faire d'autre, il les avait installées ici. Toute ma famille y avait emménagé peu de temps après l'enterrement de papi. Treize ans plus tard, nous vivions encore ici.

Mais, à présent, j'avais une chance de pouvoir tout arranger. De rendre nos vies meilleures. De nous faire quitter cet endroit. J'avais travaillé dur tout au long de ma scolarité. J'étais restée concentrée sur mes objectifs. J'avais obtenu assez de bourses pour financer la majeure partie de ma scolarité. Il me fallait juste trouver le reste avant l'obtention de mon bac le mois prochain.

Cela faisait longtemps que j'attendais cette lettre. Il était temps qu'elle arrive. Nous étions le 5 avril. La lettre avait eu assez de temps pour pouvoir faire New York – Iowa.

Alors que je marchais, la vieille balançoire rouillée qui était accrochée à l'unique arbre du terrain grinça. Ma famille en avait planté plusieurs, mais ces satanés arbres ne voulaient tout simplement pas pousser. Nous n'arrivions même pas à faire pousser de la pelouse. Il y avait donc toujours de la poussière partout sur les caravanes, qu'importe le nombre de fois où nous passions un coup de chiffon. Je jetai un nouveau coup d'œil aux six caravanes derrière moi. Leurs couleurs autrefois vives s'estompaient.

La caravane de mamie était à présent rose. Celle d'oncle Mark beige. Celle d'oncle Allan était presque vert menthe tandis que celle de tata Irène était bleu clair. La caravane de tante Jenna et celle de maman étaient quasiment blanches, avec une légère trace de gris, leur couleur d'autrefois.

Toute la famille travaillait et faisait de son mieux depuis qu'elle s'était retrouvée dans cette situation précaire. Il nous avait fallu du temps pour payer les frais médicaux et les funérailles. Nous devions finir de payer les derniers frais médicaux de mon père cet été, et utiliserions le reste des économies pour que j'aille à l'université.

J'ouvris le clapet de la boîte aux lettres gris métallique et regardai à l'intérieur. Il y avait une pile d'enveloppes. Celle que j'attendais depuis si longtemps se trouvait au-dessus. Ernie, notre facteur, savait que j'attendais cette lettre et il avait fait exprès de la mettre en haut de la pile.

Je ne fis pas comme dans les films, où l'on voit les gens qui fixent l'enveloppe et essaient anxieusement de deviner ce qu'il y a l'intérieur. Je ne l'apportai pas à la maison non plus pour partager la nouvelle avec ma famille. Non. J'ouvris cette fichue enveloppe sur le champ et lus la lettre en diagonale à la recherche de ce que je voulais trouver.

« Vous avez été admise... »

Je tombai à la renverse en lisant les mots que j'attendais à tout prix.

C'était tout ce que j'avais besoin d'entendre. J'avais été admise. Je fus envahie par une vague de soulagement et des larmes de joie coulèrent le long de mes joues. Je pouvais enfin me rendre utile et aider ma famille. J'allais entrer à l'université de New York. J'allais intégrer la prépa médecine et si tout se passait bien, continuer sur un master en neurosciences. Je pourrais alors sortir ma famille de la misère et lui offrir une nouvelle vie. Une nouvelle vie où je pourrais peut-être trouver un remède contre la maladie responsable de notre malheur.

Printed in Poland
by Amazon Fulfillment
Poland Sp. z o.o., Wrocław

28348534R00141